WELTENBAUM VERLAG

WELTENBAUM VERLAG
Vollständige Taschenbuchausgabe
04/2022 1. Auflage

Der zehnte Kreis der Hölle

Rathausstr.3
79588 Efringen-Kirchen

Umschlaggestaltung: © 2021 by Magicalcover
Lektorat/Korrektorat: Hanna Seiler
Buchsatz: Giusy Amé
Autorenfoto: Logo / Magicalcover

ISBN 978-3-949640-18-6

www.weltenbaumverlag.com

Bibliografische Informationen der Deutschen Nationalbibliothek: Die Deutsche Nationalbibliothek verzeichnet diese Publikation in der Deutschen Nationalbibliografie; detaillierte bibliografische Daten sind im Internet über http://dnb.de abrufbar.

Printed in Germany

G. O. Hoffmann

DER ZEHNTE KREIS DER HÖLLE

Dystopie

Auf halbem Weg des Menschenlebens fand
ich mich in einen finstern Wald verschlagen,
weil ich vom graden Weg mich abgewandt.
Wie schwer ist's doch, von diesem Wald zu sagen,
wie wild, rau, dicht er war, voll Angst und Not.
Schon der Gedank' erneuert noch mein Zagen.
Nur wenig bitterer ist selbst der Tod;

(aus „Göttliche Komödie“ von Dante Alighieri)

Kapitel 1

»Hi, ich bin Baxter.«

Erschrocken riss ich die Augen auf. Wo war ich? Alles um mich herum wirkte verschwommen, beinahe unwirklich. Ich spürte … Wasser. Nein, kein Wasser, ich lag in einer anderen, viel zäheren Flüssigkeit.

»Bleib ganz ruhig, du wirst dich gleich besser fühlen.«

Wem gehörte die Stimme? Ich erinnerte mich nicht daran, sie schon mal vernommen zu haben, aber sie klang irgendwie angenehm. Luft! Etwas über mir sperrte mich ein und ich presste meine Hand gegen die gläserne Platte.

»Ich werde sie gleich öffnen, doch vorher müssen wir das Heilbad absaugen«, sagte der Mann … Baxter … sein Gesicht erschien nun über mir, hinter der Glasscheibe. Ich konnte ihn nur undeutlich erkennen.

»Wo bin ich?« Meine Frage erstarb in Geröchel, denn mir drang zäher Schleim in den Mund und mein Gehirn verlangte dringend nach Sauerstoff.

»Du brauchst keine Angst zu haben. Nun wird es gleich etwas kühler. Ist aber leider nicht zu vermeiden.«

Ein leises Zischen drang an mein Gehör, doch gleichzeitig wich der Druck von mir und ich konnte endlich freier atmen. Mein wild pochendes Herz beruhigte sich allmählich. Die zähe, eklige Flüssigkeit verschwand, aber nun wurde es kalt, wie Baxter es angekündigt hatte. Erneut presste ich die Hände gegen das Glas über mir, wollte nur noch dieses Gefängnis verlassen.

»Ich werde nun die Reste des Heilbades abwaschen«, sagte Baxter.

Im nächsten Augenblick spürte ich, wie mich warmes Wasser umschmeichelte. Die Kälte verschwand, die widerlich zähe Brühe wurde mir vom Körper gespült und zum ersten Mal seit meinem Erwachen fühlte ich mich gut.

»Das ist doch angenehm, oder?«, fragte er. Ich nickte und lächelte ihn dankbar an, auch wenn der Schock noch immer nachwirkte. »Jetzt werde ich die Luke zurückfahren. Ich weiß, das wird jetzt unangenehm frisch werden, aber ich habe hier eine schöne, warme Decke, in die du dich gleich einhüllen kannst.«

Er hatte nicht übertrieben. Als die Platte über mir geräuschlos aufgezogen wurde, drang mir empfindlich kalte Luft an die Haut und ich begann sofort zu zittern. Fast hätte ich ihn angefleht, mich wieder in das Heilbad zu legen, doch da breitete er auch schon die Decke vor mir aus. Er lächelte, als ich mich darin verkroch.

»Es geht gleich vorbei. Das ist nur der erste Schock, wenn man aus der Flüssigkeit heraussteigt. Hier! Zieh dir die Hausschuhe an, damit dir an den Füßen nicht kalt wird.«

Dankbar folgte ich der Aufforderung und nahm gleichzeitig die Gelegenheit wahr, einen ersten Blick über die Umgebung schweifen zu lassen. Ich erkannte nichts davon wieder. Es war ein ziemlich kleiner und kahler Raum, der außer ein paar Monitoren, einer Liege und zwei Stühlen buchstäblich nichts enthielt. Natürlich abgesehen von dem großen Becken, aus dem ich gerade gestiegen war.

»Wo bin ich hier?«

Sein Lächeln fror ein. »Du weißt es wirklich nicht mehr, oder?«

»Was denn?«

»Wer du bist, woher du kommst und wieso du im Heilbad lagst.«

Ich schüttelte den Kopf. Er hatte recht, ich erinnerte mich an gar nichts mehr. Mit zittrigen Fingern wickelte ich die Decke noch enger um meinen Körper. Plötzlich fühlte ich mich einsam und verlassen, obwohl es dafür doch keinen Grund gab.

»Hab etwas Mut«, flüsterte er und strich mir mit einer Hand tröstend über die Wange. »Das ist völlig normal, wenn man berücksichtigt, was du alles durchgemacht hast.«

Und genau das jagte mir Angst ein. Ich hatte nicht die leiseste Ahnung, von was er da sprach. »Sag mir bitte, was …«

»Nicht jetzt«, unterbrach er mich. »Du musst vorher zu Kräften kommen.« Er führte mich zur gegenüberliegenden Wand und erst als ich unmittelbar davor stand, bemerkte ich, dass sich da eine Tür befand. Sie hob sich kaum von der Wandverkleidung ab. Mit einem Druck auf einen ebenfalls kaum sichtbaren Taster ließ er die Tür aufgleiten. »Du findest im Zimmer etwas Kleidung und ein Bett. Ruh dich aus. Ich hole dich in einer Stunde ab und werde dir dann all deine Fragen beantworten.«

Er lächelte noch einmal, bevor er sich umdrehte und den Raum verließ. Mein Mund öffnete sich, doch die Worte blieben mir im Hals stecken. Ausruhen! Das sagte sich so leicht. Ich wusste nicht, wo ich mich befand und was mit mir geschehen war. Als ob ich mich so einfach auf das Bett legen und schlafen könnte. Für einen kurzen Moment stieg wieder Panik in mir auf. Meine Hände zitterten und ein stechender Druck breitete sich in meiner Brust aus, doch ich zwang mich, es zu unterdrücken. Nein, so nicht! Ich wollte Antworten und jemand würde sie mir geben!

Eilig lief ich in den Nebenraum und wie er mir gesagt hatte, fand ich in einem kleinen Schrank einige Kleidungsstücke, die mir überraschenderweise wie angegossen passten. Anscheinend hatten sie meine Größe gemessen, bevor sie mich in dieses Zeug gelegt hatten – wer auch immer 'sie' waren.

Hastig zog ich mich an und wollte Baxter folgen – doch es gelang mir nicht, die Tür zu öffnen. Wie war das möglich? Mehrmals drückte ich auf den Knopf neben der Tür, ohne irgendeinen Effekt zu erzielen. Langsam bekam ich es wieder mit der Angst zu tun, dabei hatte ich mich doch gerade erst ein wenig beruhigt. Hatte man mich entführt und etwas mit mir angestellt? Misstrauisch betrachtete ich das Becken, aus dem mich Baxter erst vor ein paar Minuten befreit hatte. War das wirklich ein Heilbad gewesen?

Ich durchsuchte den gesamten Raum, schaltete die Monitore aus und ein, kramte in sämtlichen Schubladen herum, aber fand nicht den kleinsten Hinweis. Selbst den Nebenraum stellte ich auf den Kopf, doch bis auf die wenigen Kleidungsstücke und das Bett war er ebenfalls komplett leer. Neben der Angst, die ich nun schon seit einiger Zeit empfand, stieg jetzt auch Wut in mir hoch. Niemand hatte das Recht, mich hier einzusperren, denn ich hatte ja wohl kein Verbrechen begangen. Zumindest hatte Baxter nichts davon erwähnt.

Ein kleiner Wandspiegel erregte meine Aufmerksamkeit. Ich blickte hinein und betrachtete ein mir völlig unbekanntes Gesicht. Keine atemberaubende Schönheit, aber auch nicht unbedingt hässlich, vielleicht Mitte zwanzig. Dass ich mich nicht im Spiegel erkannte, versetzte mir den bisher größten Schock.

Ich stürmte zur Tür und trommelte mit den Fäusten gegen das Metall. »Lasst mich gefälligst hier raus! Baxter! Ich will raus!«

Auf einen Außenstehenden wirkte ich wahrscheinlich wie eine Irre, aber das war mir egal. Ich tobte, schrie und schlug auf die Tür ein, bis mir die Hände schmerzten. Endlich hörte ich ein leises Scharren und die Tür glitt zur Seite. Baxters besorgtes Gesicht tauchte vor mir auf.

»Um Himmels willen! Was ist denn, Hope?«

Hope? War das mein Name? Wieso erinnerte ich mich nicht daran? Die Erkenntnis versetzte mir einen weiteren Schock und davon hatte ich heute schon einige durchlebt.

»Ich heiße … Hope?«, fragte ich. Es wäre nicht verwunderlich gewesen, wenn er mich sofort wieder in dieses klebrige Zeug verfrachtet hätte.

»Natürlich. Weißt du das denn nicht mehr?«

Ich zermarterte mir das Gehirn, suchte in den Erinnerungen nach … irgendwas. Es traf mich wie ein heftiger Schlag, als mir klar wurde, dass ich absolut keine Ahnung hatte, wer ich war. Allmählich verwandelte sich meine Angst wieder in Panik. Und wenn ich nun in die Fänge von irgendwelchen Verrückten geraten war?

»Hör mal, ich kann mir denken, wie du dich fühlst.« Baxter näherte sich mir und streckte eine Hand aus. »Lass mich dir helfen. Bitte!«

Ich wich einen Schritt zurück. »Woher weiß ich, dass ich dir trauen kann? Ich wache hier in dieser klebrigen Pampe auf und habe keine Erinnerungen mehr, was meine Vergangenheit angeht. Du sagst mir nicht, was geschehen ist und an welchem Ort ich mich befinde. Ich will jetzt mit jemandem sprechen, der mir

Antworten gibt!«

Er hob seine Arme in einer beschwichtigenden Geste. »Ich kann dich sehr gut verstehen und du bist nicht die Erste, der es so geht. Du hast eine sehr schwere Zeit hinter dir und dein Gehirn versucht, dich zu schützen, indem es dir gewisse Informationen vorenthält. Deine Erinnerungen werden zurückkommen, glaub mir. Vorerst musst du mir einfach vertrauen. Wenn es dir besser geht, werden wir all deine Fragen beantworten.«

Ich musterte ihn misstrauisch. Er sah nicht so aus, als würde er mich in einen dunklen Winkel zerren wollen, um mich dort umzubringen. »Woher kennst du eigentlich meinen Namen? Gesagt haben kann ich ihn dir ja wohl kaum, wenn ich ihn selbst nicht kenne.«

»Du hast ihn dem Rettungstrupp genannt, bevor du ohnmächtig wurdest.«

»Was für ein Trupp? Wann und wo …«

»Wir sollten nichts überstürzen, glaub mir. Wir haben viel Erfahrungen mit Menschen, die von der Oberwelt zu uns kommen. In den folgenden Tagen und Wochen wird sich das Puzzle zusammensetzen.«

Konnte ich ihm trauen? Er wirkte ehrlich und … hatte ich überhaupt eine Wahl? Schließlich konnte ich ja nicht mein restliches Leben in diesem Raum verbringen.

»Du hast doch bestimmt Hunger, oder?«, fragte er.

Wie zur Bestätigung meldete sich mein Magen mit lautem Knurren, was ihn zu einem mitleidigen Lachen reizte.

»Dann komm, ich bring dich jetzt in die Mensa. Schraub deine Erwartungen aber nicht zu hoch. Unser Koch hat es leider nie zu einem Stern im Michelin gebracht. Vielleicht treffen wir dort auch deine Begleiter, die wir ebenfalls vor den Clearern retten konnten.«

Nach kurzem Zögern folgte ich ihm und fragte mich gleichzeitig, wieso ich wusste, was es mit Sternen in dem Gastronomieführer auf sich hatte, aber meinen Namen nicht kannte.

»Was sind denn Clearer?«

Er sah mich erstaunt an. »Das weißt du auch nicht? Ehrlich gesagt kannst du in dem Fall für deine Gedächtnislücken dankbar sein. Es sind nicht gerade die schönsten und freundlichsten Wesen.«

Da hatte er wohl recht und ich entschied mich erst einmal dafür, nicht weiter in den Erinnerungen zu bohren. So sehr war ich nicht darauf erpicht, irgendwelche Monster vor meinem geistigen Auge entstehen zu lassen. Im Augenblick interessierte mich mehr, wer ich war und wo ich mich befand.

Der Weg führte uns durch einen Gang, von dem eine ganze Menge Türen in andere Räume abzweigten – jedenfalls nahm ich das an.

»Wo genau befinde ich mich eigentlich?«

»Zuflucht 16, in Wisconsin. Nach dem Zusammenbruch der letzten Verteidigungslinien haben sich die Überlebenden in insgesamt zweihundert solcher vorbereiteter unterirdischer Stützpunkte zurückgezogen.«

»Wir befinden uns unter der Erde?«

»Ungefähr eine halbe Meile.«

Mir wurde schwindelig. Warum erinnerte ich mich an nichts davon? »Und wie komme ich dann hierher? Wieso war ich nicht bei den ersten Personen, die hierher geflohen sind? Wie konnte ich überhaupt draußen überleben, wenn es doch so gefährlich ist?«

Baxter blieb stehen und legte mir eine Hand auf die Schulter. »Wir sollten langsam vorgehen. Die Ärzte werden dich noch gründlich untersuchen und danach entscheiden, wie sie weiter vorgehen. Aber du kannst sicher sein, dass jeder hier dafür sorgen will, dass es dir gut geht.«

Obwohl er mich damit wohl beruhigen wollte, erreichte er nur das Gegenteil. Nun war ich erst recht nervös. Aber ich stellte keine weiteren Fragen und folgte ihm, während er mich durch zahlreiche Gänge führte. Den Weg zurück in das Zimmer würde ich bestimmt nicht mehr finden. Wir passierten dabei einige Männer und Frauen, mit denen er kurze Grüße austauschte oder auch manchmal ein paar Worte wechselte. Es ging hauptsächlich um irgendwelche technischen Apparate und Instrumente, wovon ich aber nichts verstand. Ich kam mir hoffnungslos verloren vor.

Daher atmete ich auf, als wir einen größeren Raum betraten, den ich unschwer als eine Art Kantine identifizierte. Mein Magen wusste ebenfalls, welchen Ort wir erreicht hatten. Zumindest deutete das Knurren, das von ihm ausging, darauf hin.

Manche Tische waren von zwei oder drei Personen besetzt und zu einem davon führte mich Baxter hin. Der Mann und die Frau blickten erwartungsvoll in meine Richtung und schon an ihrer Kleidung erkannte ich, dass wir zur gleichen Gruppe gehörten. Wir trugen alle drei einen Freizeitanzug, dessen dunkle Farbe von zwei Streifen hellem Grün aufgelockert wurde. Sie waren in meinem Alter und sahen bedeutend gesünder aus als ich mich fühlte.

»Hope, dies sind Dalton und Evelyn«, stellte Baxter mir die beiden vor. »Einer unserer Erkundungstrupps hat sie vor rund zwei Wochen gefunden und vor den Clearern gerettet.«

»Wir können anscheinend echt von Glück reden, dass wir ihnen förmlich in die Arme gelaufen sind«, sagte Dalton zu Baxter, während er mir die Hand reichte. »Sonst hätten uns die Clearer doch noch erwischt.« Seine Miene war reichlich mürrisch und passte irgendwie nicht zu den Worten.

Evelyn presste sich theatralisch eine Hand auf das Herz. »Das wäre scheußlich gewesen. Ich kann mich nicht genug bei meinen Rettern bedanken.«

Baxter bezog wohl einen Teil des Dankes auf sich, denn er lächelte bescheiden und neigte leicht den Kopf, bevor er einen Blick auf die Uhr warf. »Es ist ja alles gut ausgegangen. Kümmern Sie sich doch bitte um Hope. Sie ist erst vor ein paar Stunden aus dem Heilbad gekommen und hat bestimmt viele Fragen. Ich seh später nach dir«, wandte er sich zum Schluss an mich. »Iss etwas, damit du wieder zu Kräften kommst.«

Er strich mir abschließend noch aufmunternd über den Rücken, bevor er die Kantine verließ.

»Das muss für Sie doch eine ziemliche Erleichterung gewesen sein, hier aufzuwachen«, sagte Evelyn, während sie mich zur Essensausgabe führte. »Waren Sie allein unterwegs?«

»Ich … ich weiß nicht.«

Sie nickte mitfühlend. »Ich habe dieselben Erinnerungslücken wie Sie. Zum Glück vollbringen die Ärzte hier wahre Wunder. Wissen Sie schon, wann Sie die erste Sitzung haben?«

Ich konnte nur stumm verneinen.

»Na, darum wird sich wohl Ihr Betreuer kümmern. Mit Baxter haben Sie einen guten Fang gemacht. Ich hörte, dass er kompetent und sehr umgänglich sein soll.«

Mittlerweile hatte ich ein Tablett in die Hand genommen und ließ mir von der reichlich mundfaulen Frau hinterm Tresen das

Tagesmenü – oder wie man es auch immer hier nannte – geben.

»Waren Sie seit Ihrer Ankunft mal an der Oberfläche?«

Evelyn schüttelte sich. »Um Gottes willen! In diesem Leben möchte ich sicher nicht mehr hinaus. Und im nächsten auch nicht«, ergänzte sie mit einem stillen Lachen. »Ich will ganz bestimmt keinem Clearer mehr begegnen – und auch sonst nichts, was da so herumkreucht.«

Eigentlich war ich bis gerade eben nicht scharf darauf gewesen, mehr über diese Kreaturen zu erfahren, doch letztendlich siegte meine Neugier. »Wie sehen die denn aus?«

»Sei froh, dass du dich nicht daran erinnerst. Für meinen Teil hätte ich nichts dagegen gehabt, wenn dieser Bereich meiner Erinnerung verschüttet geblieben wäre. Als man sie mir auf dem Monitor gezeigt hat …«

Sie schüttelte sich und mein Bedürfnis, Genaueres darüber zu erfahren, ging in dem Moment stark zurück.

Das Essen schmeckte mir nicht besonders, denn vor allem das Gemüse schien ohne Gewürze gekocht worden zu sein. Daher ließ ich die Hälfte davon auf dem Teller liegen. Während des gesamten Mittagessens redete Evelyn wie ein Wasserfall, derweil Dalton nur schweigend und in sich gekehrt auf seinem Stuhl saß. Gelegentlich warf er ihr einen finsteren Blick zu, als ob ihm ihr Geschwätz auf die Nerven gehen würde. Ansonsten schaufelte er nur das Essen in sich hinein und ließ seine Augen durch den Raum wandern, als müsste er sich vor irgendwelchen Gefahren in acht nehmen.

»Erinnern Sie sich auch an nichts aus Ihrer Vergangenheit?«, fragte ich ihn. Allmählich kam mir sein Schweigen seltsam vor und es ging mir außerdem auf die Nerven. Wir saßen letztendlich alle im selben Boot.

»Warum wollen Sie das wissen? Geht es Sie irgendwas an? Hat man Sie beauftragt, mich auszufragen?«

Ich konnte nur stumm den Kopf schütteln, so sehr überraschte mich sein Ausbruch.

»Dann lassen Sie mich in Ruhe!«

Er sprang auf und schob seinen Stuhl so heftig zurück, dass dieser lautstark an die Wand prallte. Im nächsten Moment war der Mann auch schon aus der Mensa verschwunden.

»Was hab ich denn gesagt?«, fragte ich Evelyn.

»Sie müssen es ihm nachsehen. Er ist verwirrt, weil er nicht versteht, was vor sich geht.«

»Willkommen in meiner Welt! Aber das ist doch nicht meine Schuld. Soweit ich mitbekommen habe, sollten wir dankbar sein, dass wir uns in Sicherheit befinden. Das Gedächtnis wird schon zurückkommen, auch wenn es vielleicht noch etwas dauert. Zumindest hoffe ich das.«

Evelyn betrachtete die Wand hinter der Essensausgabe und wirkte dabei so, als wollte sie durch den Stahl hindurch in die Ferne blicken. »Vielleicht wäre es besser, wenn die Erinnerung verschwunden bleibt«, murmelte sie und stocherte in ihrem Essen herum.

»Da bin ich anderer Ansicht. Ich möchte schon wissen, was genau passiert ist.«

»Wirklich? Möglicherweise wurden unsere Familien von diesen Monstern zerrissen und wir … entschuldigen Sie mich!«

Plötzlich sprang sie ebenfalls vom Stuhl auf, ließ das Tablett auf dem Tisch zurück und eilte aus dem Raum. Was auch immer ich im früheren Leben gewesen war – Diplomatie und

Einfühlungsvermögen gehörten wohl nicht zu meinen Stärken.

Baxter tauchte im gleichen Moment im Eingangsbereich auf, als Evelyn die Mensa verließ. Er blickte ihr verwundert hinterher, bevor er mit einem Lächeln auf den Lippen zu mir an den Tisch trat.

»Wie ich sehe, hast du dich bereits gestärkt«, sagte er.

»Ja, und ich war auch sonst sehr erfolgreich. Dalton habe ich verärgert und Evelyn … keine Ahnung, da habe ich wohl etwas Falsches gesagt.«

»Nimm es den beiden nicht übel. Nach der Eingewöhnungsphase kommt es häufig zu einer gewissen Verwirrung, die anhalten kann, bis das Gedächtnis zurückkehrt.«

Ich hoffte insgeheim, dass sich diese Symptome bei mir nicht zeigen würden. Mein Ziel war es, völlig gesund zu werden, und herauszufinden, ob ich noch Verwandte besaß und falls ja, wie ich diese finden konnte.

»Ich würde dich jetzt gerne zu deiner ersten, eingehenden Untersuchung bringen. Nur keine Sorge!«, sagte er und lachte dabei, weil ich wohl nicht besonders begeistert wirkte. »Es wird zwar eine Weile dauern, bis alle Ärzte zufriedengestellt sind, doch es ist zu deinem Besten. Das Heilbad leistet natürlich Vortreffliches, aber erst spezielle Screenings können für komplette Sicherheit sorgen.«

Ich stand auf und er legte mir einen Arm um die Schultern. »Du brauchst wirklich keine Angst zu haben. Wir müssen nur sicherstellen, dass du nicht eine Krankheit ausbrütest.«

Wenn er mich mit dem Satz beruhigen wollte, so war er damit jämmerlich gescheitert. Aber immerhin war ich nun sogar begierig darauf, mich eingehend durchchecken zu lassen.

Kapitel 2

»Es wird wohl noch eine ganze Zeit dauern, bis ich mich hier zurechtfinde«, sagte ich.

»Das geht schneller, als du denkst.« Baxter deutete auf einen der zahlreichen Wandmonitore, die überall angebracht waren. »Später, wenn du eine Zugangsberechtigung hast, kannst du dir hier alle Informationen abrufen.«

»Und wann erhalte ich die?«

»Schon sehr bald, glaub mir.«

Wir bogen um eine Ecke und standen endlich vor den Untersuchungsräumen. Hinter den Glasscheiben sah ich zahlreiche Männer und Frauen in Laborkitteln herumwuseln. Es überraschte mich, dass die Einrichtung so viele Ärzte beschäftigte.

»Eine große Anzahl dieser Institute waren ursprünglich Forschungsstationen. Nach dem Angriff wurden sie zu … na ja, eben zu Zufluchten.«

»Wer waren eigentlich die Angreifer. Sind das diese Clearer?« Er strich mir über die Haare, als wäre ich ein unwissendes Kind – was in gewisser Weise wohl auch zutraf, obwohl er kaum älter war als ich. »Sei froh, wenn dich dein Gedächtnis auch in diesem Fall im Stich lässt. Ich hätte nichts dagegen, wenn es bei mir ebenfalls so wäre.«

Mir lief ein kalter Schauer über den Rücken. Was hatte sich an der Erdoberfläche abgespielt? Jedenfalls schien es so, als könnte ich mich glücklich schätzen, hier unten in Sicherheit zu sein. Er brachte mich hinüber in den Wartebereich, der mir als sehr großzügig geplant erschien. Andererseits hatte ich ja auch keine Ahnung, wie viele Patienten hier in der Regel untersucht wurden.

»Bleibst du nicht bei mir?«, fragte ich, da sich Baxter zum Gehen wandte.

Erneut zeigte er mir sein breites Lächeln. »Ich muss mich noch um dein Quartier kümmern. Keine Angst, ich komme dich später abholen.«

Ich bedankte mich, auch wenn ich mir wie ein kleines Kind vorkam, das man an der Hand durch die Einrichtung führen musste.

Er war gerade verschwunden, als sich die Tür zu einem der Räume öffnete und eine junge Frau heraustrat. Sie war wohl ungefähr in meinem Alter, presste die rechte Hand an ihren linken Oberarm und ließ sich auf einem der Stühle nieder. Zunächst schwieg sie und eingedenk der Tatsache, dass ich mit Evelyn und Dalton bereits zwei Personen an einem Tag verärgert hatte, hielt ich lieber meinen Mund.

»Wenn der Kerl dir verspricht, dass es nicht wehtun wird, glaub ihm kein Wort!«, sagte sie schließlich.

»Ich werde dran denken.« Mit dieser Antwort ging ich wenigstens kein Risiko ein.

»Faith«, sagte sie nach einer Weile. »Das ist mein Name«, ergänzte sie.

»Hope.«

Sie lachte leise. »Faith und Hope, Vertrauen und Hoffnung! Das nenne ich mal ein Zusammentreffen.«

Ich schmunzelte ebenfalls, blieb aber reserviert. Schließlich wollte ich nicht noch einmal in irgendein Fettnäpfchen treten.

»Seit wann bist du hier?«, fragte sie. »Ich bin erst vor ein paar

Stunden in so einer klebrigen Masse aufgewacht. War nicht gerade angenehm.«

»Dann sind wir hier wohl gleichzeitig eingetroffen. Kannst du dich auch an nichts erinnern?«

Sie zog die Schultern hoch. »An manche Sachen komischerweise schon, aber an mein früheres Leben da oben? Nee, kompletter Filmriss.«

»Geht mir genauso.«

»Die Spritze hier würde ich jedenfalls sehr gerne vergessen.« Wie zur Bestätigung rieb sie sich die schmerzende Stelle.

»Weißt du, ob noch weitere aus unserer Gruppe gerettet wurden?«

Erneut zuckte sie mit den Schultern. »Ich hab noch mit einem Kerl gesprochen, der sich auch an nichts erinnern kann. Stanford heißt er. Ist eine komische Type, wenn du mich fragst. Und du? Sind dir schon welche über den Weg gelaufen?«

»Evelyn und Dalton, die sind aber wohl schon länger hier. Haben aber auch noch Gedächtnislücken.«

Bevor sie etwas erwidern konnte, wurde die Tür zu einem Untersuchungsraum geöffnet. Ein älterer Mann in einem weißen Kittel blickte freundlich lächelnd in den Wartebereich. »Hope? Würden Sie bitte hereinkommen?«

Faith verzog das Gesicht und tat so, als würde sie sich selbst eine Spritze setzen. »Viel Glück, Hope. Man sieht sich.«

Ich winkte ihr zum Abschied zu und folgte dem Mann reichlich nervös in das Zimmer.

»Sie brauchen sich keine Sorgen zu machen.«

Der Doktor studierte gleichzeitig mit gewichtiger Miene eine Aktenmappe und deutete auf ein rundes, metallenes Ungetüm, was nicht besonders vertrauenerweckend auf mich wirkte. Er lächelte beruhigend, als er meinen besorgten Gesichtsausdruck bemerkte.

»Es ist ein Tiefenscan, der uns nur einen ersten Überblick über ihren Gesamtzustand geben soll. Er ist nicht invasiv.«

Ich strich mit der Hand über das Metall der großen Röhre, bevor ich mich zu ihm umdrehte. »Wieso weiß ich eigentlich, was invasiv bedeutet, kann mich aber an keine Episode aus meinem früheren Leben erinnern?«

»Das Gehirn ist eine rätselhafte Errungenschaft der Evolution. Ich denke, Sie haben derartig traumatische Erlebnisse gehabt, sodass es sich schlichtweg weigert, irgendetwas davon an die Oberfläche zu holen.«

»Aber das bleibt doch nicht so, oder? Verstehen Sie mich nicht falsch, Doktor …«

»Elder, Dr. Elder. Sie werden bestimmt Ihre Erinnerungen zurückerhalten.« Er seufzte leise, während er auf die Akte in seiner Hand blickte. »Obwohl mir schon einige Patienten gesagt haben, dass sie lieber weiterhin im Ungewissen geblieben wären. Da oben herrscht die Hölle, glauben Sie mir.«

Ich fröstelte, als ich es mir auszumalen versuchte. Wenn tatsächlich alles der Wahrheit entsprach, dann konnte ich mich glücklich schätzen, hier in Sicherheit zu sein. Die Frage war natürlich, ob dort oben wirklich die Hölle ausgebrochen war, so wie man es mir erzählte. Doch aus welchem Grund sollten sie mich anlügen?

»Jetzt wollen wir aber mit der Eingangsuntersuchung beginnen, damit Sie so schnell wie möglich etwas Angenehmeres machen können.«

»Eingangsuntersuchung? Folgen denn noch weitere?«

Dr. Elder nickte. »Es tut mir ja leid, aber dieser Prozedur muss sich jeder unterziehen, der von der Oberfläche neu zu uns stößt. Es gibt dort vielfältige Gefahren und das Heilbad kann nur die offensichtlichsten Krankheiten bekämpfen.« Er deutete auf die Liege, die direkt vor der Röhre stand. »Wenn ich bitten darf …«

Ich wollte es möglichst schnell hinter mich bringen, kletterte auf die Liegefläche und legte mich flach auf den Rücken. Dr. Elder gab mir noch ein paar Verhaltensregeln, die aber auf eine einzige Anweisung hinausliefen. »Bleiben Sie einfach ruhig.«

Die Prozedur dauerte bestimmt über eine Stunde – zumindest kam es mir so vor. Daher atmete ich erleichtert auf, als die Liege aus der Röhre gefahren wurde.

»Das haben Sie sehr gut gemacht!«

Der Arzt lobte mich, als ob ich ein Kleinkind wäre und belohnt werden müsste, nur weil ich eine Zeitlang still liegen geblieben war. Fehlte nur noch, dass er mir einen Lutscher anbot.

»Ist denn alles in Ordnung mit mir?«

Er wandte sich seinem Computer zu und tippte irgendwas ein. »Das genaue Ergebnis erhalte ich später, aber auf den ersten Blick würde ich sagen, dass Sie gesund sind. Setzen Sie sich jetzt bitte dort auf den Stuhl.«

Misstrauisch blickte ich auf seinen Tisch, wo ein kleines Tablett mit diversen Utensilien bestückt war. »Kommen jetzt die Spritzen an die Reihe?«

Er lachte leise. »Ich sehe, Sie haben sich mit Faith unterhalten. Sie war etwas empfindlich, aber ich versichere Ihnen, dass Sie kaum etwas davon spüren werden.«

Nun, ich konnte mich wohl nicht weigern – jedenfalls nahm ich es an, und vielleicht war Faith ja wirklich nur ein wenig wehleidig. Also ging ich folgsam zum Stuhl hinüber und setzte mich. Dr. Elder lächelte beruhigend, als er sich mit der Spritze in der Hand näherte.

»Jetzt wird es etwas kühl … so, und nun gibt es einen kleinen Pikser. Danach kann es an der Einstichstelle vielleicht etwas wärmer werden.«

Er hatte mit beiden Dingen recht. Den Einstich spürte ich tatsächlich kaum, aber wenige Augenblicke später brannte die Stelle wie Feuer – und die Glut breitete sich über den gesamten Arm aus.

»Sehen Sie, Hope, war doch nicht so schlimm.«

Dieser Arsch! Sah er nicht, wie mir das Wasser aus den Augen lief? »Es tut beschissen weh!« Ich rieb die schmerzende Einstichstelle, ohne dass es mir Linderung verschaffte.

»Das geht vorbei. Hier! Trinken Sie das. Es wird Ihnen guttun und die Schmerzen bekämpfen.«

Ich fragte gar nicht erst, was das für ein Zeug war, und schluckte es hinunter. Hauptsache, es half. Und wie es half! Es schlug ein wie eine Granate und betäubte nicht nur meinen Arm, sondern den halben Körper.

»Sie werden sich gleich besser fühlen«, sagte er. Seine Stimme drang nur noch wie durch Watte an meine Ohren, in denen es zusätzlich fürchterlich klingelte.

Ich merkte, wie er mir vom Stuhl half und mich in den Wartebereich zurückführte. Dort ließ er mich dann wie ein Häufchen Elend sitzen.

»Hast du etwa das Zeug getrunken, das er dir angeboten hat?«, hörte ich Faiths Stimme.

Die bunten Lichter, die mir vor den Augen tanzten, machten es schwer, ihr Gesicht zu erkennen. Ich nickte und griff mir sofort an die Schläfen, weil sich brutale Kopfschmerzen einstellten.

»Du solltest vorsichtig mit dem sein, was du dir einflößt. Aber aus Schaden wird man klug.«

Immerhin fühlte ich mich so hundeelend, dass ich die Schmerzen in meinem Arm nicht mehr spürte. Zumindest in dieser Beziehung hatte Elder die Wahrheit gesprochen. Das Zeitgefühl spielte mir ebenfalls einen Streich. Als Baxter mich abholen kam, war mir so, als wären bereits Stunden vergangen.

»Das geht vorbei«, sagte er, als ich mich bei ihm beklagte und wohl auch einige Schimpfworte gegen den Arzt absonderte. »Manchmal sind die Reaktionen etwas heftig, aber das zeigt nur, dass die Mittel alle möglichen Krankheiten bekämpfen. Du musst bedenken, dass es für Menschen oben nicht sehr gesund ist, und du warst der ungefilterten Atmosphäre ja lange ausgesetzt.«

Was, um Himmels willen, war nur an der Oberfläche passiert? Anscheinend gab es nicht nur Monster, die die Welt bevölkerten, unser Planet war auch noch verseucht. Wollten diese Clearer die Erde umgestalten, um so ideale Bedingungen für sich zu schaffen? Ein heftiger Krampf in den Eingeweiden ließ diese Überlegungen einstweilen zurücktreten.

»Kann mich nicht erinnern, dass es mir jemals so dreckig gegangen ist«, sagte ich, während er mich behutsam auf die Beine stellte. »Nochmal lasse ich so etwas nicht mit mir machen!«

»Kannst du gehen? Ich wollte dich jetzt in dein eigenes Quartier bringen.«

»Wird schon klappen.« Der Satz schaffte es gerade noch so aus meinem Mund, bevor besonders heftige Übelkeit einsetzte und bei mir die Lichter ausgingen.

Ich wachte auf … und drehte mich sofort auf die Seite. Hatte ich mein Kissen vollgesabbert oder warum war es so nass? Wo befand ich mich überhaupt? Zumindest war die Übelkeit verschwunden und die Schmerzen im Arm waren auf ein dumpfes Pochen reduziert.

Vorsichtig richtete ich mich auf – und sofort waren die bunten Punkte wieder da, die mir vor den Augen herumtanzten, als würden sie eine wilde Party feiern. Zum Glück war es im Zimmer nicht stockdunkel, sodass ich die kleine Lampe erkannte, die auf dem Tisch direkt neben meinem Bett stand. Ich schaltete sie ein und das schummrige Licht enthüllte mir, dass ich mich in einem Raum befand, den ich noch nie zuvor gesehen hatte.

Ich wartete, bis sich die farbigen Schlieren vor den Augen verzogen hatten, und setzte mich auf die Bettkante. Wo hatte mich Baxter hingebracht? Stimmt ja, er hatte von einem Quartier gesprochen. Mein Blick glitt an mir herunter und ich bemerkte, dass ich nun einen Pyjama trug. Fast gleichzeitig mit der Erkenntnis schoss mir das Blut in den Kopf. Hatte er mich ausgezogen? Baxter schien zwar ein netter Kerl zu sein, aber so weit ging unsere Bekanntschaft nun doch noch nicht.

Egal, darum würde ich mich später kümmern. Jetzt fiel mir auch das seltsame Armband auf, das ich am rechten Handgelenk trug. So ein merkwürdiges Teil hatte ich nie zuvor gesehen. Wenn ich es im trüben Licht richtig einschätzte, dann war eine weiße, quadratische Platte daran angebracht. Jetzt erinnerte ich mich auch, dass Baxter – und dieser Pferdearzt - ebenfalls solche Bänder trugen. Was war mit Faith, Evelyn und diesem Miesepeter Dalton? Ich meinte mich zu erinnern, dass sie damit ausgerüstet gewesen waren, aber sicher war ich mir nicht. Ich führte das Armband zum Mund.

»Hallo? Kann mich jemand hören?«

Keine Antwort. Ein Kommunikationsgerät war es also nicht. Aber zu irgendeinem Zweck musste es ja dienen. Für ein Schmuckstück war es jedenfalls zu hässlich. Unschlüssig blieb ich ein paar Augenblicke auf der Bettkante sitzen, bevor ich aufstand. Nur darauf zu warten, was als Nächstes passierte, hatte kaum einen Sinn. Ich konnte mich zwar immer noch nicht an mein altes Leben erinnern, aber Passivität war wohl kein Charakterzug von mir.

Gewissenhaft untersuchte ich mein Quartier, doch bis auf ein Bett, den Nachttisch und einen Kleiderschrank war es fast leer. Wenigstens gab es an der Wand gegenüber einen Monitor, wie ich sie schon in großer Zahl auf den Gängen gesehen hatte. Ich klopfte an die Scheibe, aber es war keine Überraschung, dass nichts geschah. Ich wollte mich bereits abwenden, als ich auf die Idee kam, mein Armband samt Platte vor den Bildschirm zu halten. Und tatsächlich erwachte er zum Leben. Irrationalerweise erfüllte es mich mit Stolz. Jetzt musste ich nur noch herausfinden, wie ich dem Ding Informationen entlocken konnte. Eine Tastatur war im Lieferumfang anscheinend nicht enthalten.

»Hallo!«, sagte ich auf gut Glück.

»Identifiziert. Benutzer: Hope. Wie kann ich behilflich sein?«

»Ja!« Ich klatschte zufrieden in die Hände, bevor ich diesem Ding einige Auskünfte zu entlocken versuchte. »Wo befinde ich mich?«

»Ebene A, Sektor 1, Raum 14. Ihr Quartier.«

Gut, mit den meisten Informationen konnte ich jetzt nicht viel anfangen.

»Zeig mir den Grundriss meines Quartiers.«

Wenige Sekundenbruchteile später sah ich ihn auf dem Monitor und stellte fest, dass es tatsächlich noch eine weitere, gut verborgene Tür im Zimmer gab, hinter der eine Nasszelle lag. Das war sehr nützlich zu wissen, denn ich sehnte mich nach einer Dusche.

»Wie viele Ebenen gibt es eigentlich?«

»Bedaure, Informationszugang verweigert.«

»Wo befindet sich Baxter in diesem Moment?«

»Bedaure, Informationszugang verweigert.«

Allzu viel konnte mir das Ding wohl auch nicht helfen.

»Kann ich mit ihm sprechen?«

»Bedaure, Kommunikation derzeit nicht möglich.«

»Und warum nicht?«

»Frage bitte genauer spezifizieren.«

»Leck mich!«

»Frage bitte genauer spezifizieren.«

»Das war keine … ach, vergiss es.«

Mir stand nicht der Sinn danach, einseitige Unterhaltungen mit dämlichen Bildschirmen zu führen. Ich sollte planvoll vorgehen, erst einmal die Dusche ausprobieren und dann nachsehen, was man mir für Kleidung besorgt hatte.

Das herrlich warme Wasser hatte mich erfrischt und mir die letzten Spuren des Mittels aus dem Körper gespült. Jedenfalls war die Übelkeit verschwunden und es tanzten auch keine Lichter mehr vor meinen Augen herum. Anschließend begutachtete ich die Anziehsachen im Kleiderschrank, die weniger auf Schick, sondern eher auf Zweckmäßigkeit ausgelegt waren.

Nun stand ich also in einer Art Freizeitanzug im Raum und warf dem Monitor noch einen vernichtenden Blick zu. Wenn mir das Ding schon keine Informationen lieferte, dann würde ich mir eben selbst ein Bild machen müssen.

An der Tür zu meinem Quartier stieß ich auf das nächste Problem: Wo befand sich die Klinke? Wie schon zuvor in dem Raum mit dem Heilbad drückte und trommelte ich an das Metall, aber dieses Mal kam kein Baxter vorbei, um mich aus der Gefangenschaft zu befreien.

»Computer, öffne mir die Tür«, sagte ich in der Hoffnung, dass der Bildschirm wenigstens diesen Befehl verstand.

»Benutzen Sie bitte den Zugangschip.«

Chip? Wovon sprach das Ding? Erst als ich genauer darüber nachgedacht hatte, fiel mir das Armband ein. Nach einigem Suchen fand ich eine kleine Fläche direkt neben der Tür, die wohl als Scanner fungierte. Ich presste die Platte meines Armbandes dagegen. Wie durch Zauberhand glitt die Tür in die Wand hinein und gab den Weg frei. Ich fühlte mich wie die frühen Entdecker, an die ich mich aus irgendeinem Grund erinnerte, und betrat den Gang vor meinem Quartier.

»Ein kleiner Schritt für mich, ein großer für die Menschheit.«

Das hatte Neil Armstrong gesagt, falls ich mich nicht sehr täuschte. Wieso um alles in der Welt kannte ich diese

Redensarten, hatte aber keinen blassen Schimmer, woher ich kam und was ich vor dem Aufwachen getrieben hatte? Einerlei, die Fragen würden sich hoffentlich später in Luft auflösen. Das Gedächtnis funktionierte jedenfalls und somit standen die Chancen gut, dass ich mich bald an mein früheres Leben würde erinnern können.

Kapitel 3

Ich trat aus dem Gang und warf noch einen Blick auf die Tür hinter mir, die sich gerade geräuschlos schloss. Ich war stolz auf mich, denn zum ersten Mal verließ ich mein Quartier ohne Begleitung. Es war albern und auch ein bisschen armselig, aber dennoch hatte ich etwas Angst, schließlich wusste ich immer noch nicht, was mit mir passiert war.

Anfangs erschrak ich, wenn mir andere Personen begegneten, doch die meisten hasteten an mir vorbei, ohne mich zu beachten. Manche grüßten, indem sie mir flüchtig zunickten, aber da mir niemand Schaden zufügen wollte, wurde ich allmählich ruhiger.

Die Monitore an den Wänden reagierten auf mein Armband genauso wie der Bildschirm in meinem Quartier. Leider waren sie nicht auskunftsfreudiger. Gelegentlich beobachtete ich jemanden, wie er einen der Monitore benutzte, aber viele der Abfragen ergaben für mich keinen Sinn. Auch warf mir derjenige einen misstrauischen Blick zu, der mir sagte, dass ich nicht alles mitbekommen sollte.

Ich fand außerdem heraus, dass es mir unmöglich war, einen anderen Bereich zu betreten. Die einzelnen Sektoren waren durch stabile Stahltüren voneinander getrennt und die Türen öffneten sich nur, wenn man sein Armband benutzte. Ich befand mich auf Ebene A im Sektor 1, kurz A1 genannt – wie ich ja bereits wusste – und als ich nach A2 wechseln wollte, wurde mir der Zutritt verwehrt. Ein Versuch bei den Fahrstühlen, um auf eine andere Ebene zu gelangen, war ebenfalls nicht von Erfolg gekrönt. Daher kam ich mir immer mehr wie eine Gefangene vor. Geschah das wirklich nur zu meinem Schutz?

Während der Besichtigungstour gelangte ich schließlich zur Mensa, einer Einrichtung, die ich ja schon kannte. Allzu groß war der Sektor anscheinend nicht, aber es war natürlich nicht zu erwarten gewesen, dass man hier unten eine ganze Stadt errichtet hatte. Unschlüssig stand ich im Eingangsbereich, als ich Faith am anderen Ende des Raumes winken sah. Von allen Personen, denen ich bisher begegnet war, war sie mir die sympathischste. Baxter … nun, das war ein verzwicktes Thema. Er gab sich zweifelsfrei viel Mühe mit mir, aber er war kein Schicksalsgenosse und hatte offensichtlich nicht dasselbe durchgemacht wie ich und Faith.

Ich winkte zurück, besorgte mir einen Becher Kaffee und ging zu ihrem Tisch.

Sie grinste und deutete auf den Mann, der direkt neben ihr saß. »Nun sind ja fast alle verlorenen Schäfchen beisammen. Hope, dies ist Stanford.«

Ich tauschte mit ihm einen kurzen Händedruck aus, bevor ich mich auf einen Stuhl niederließ.

»Erzähl Hope doch von deinen Theorien«, sagte Faith. »Sie kann bestimmt etwas Aufheiterung gebrauchen.«

Er blickte fast ebenso finster drein wie Dalton, den ich das letzte Mal in der Mensa gesehen hatte. Außerdem schien er mächtig paranoid zu sein, denn er schaute sich erst einmal gründlich um, bevor er seinen Oberkörper halb über den Tisch schob. Es sollte wohl niemand mitbekommen, welche Geheimnisse er zu erzählen hatte.

»Was glauben Sie, wie viele Ebenen es hier gibt?«

Ich zuckte mit den Schultern. »Keine Ahnung. Der Bildschirm in meinem Quartier schweigt sich darüber aus. Ich wollte Baxter nachher fragen.«

»Das ist Ihr Betreuer, richtig?«

Ich bestätigte es und er lächelte mitleidig.

»Sie glauben doch nicht etwa, dass er Ihnen die Wahrheit sagen würde. Er gehört doch zu denen.«

»Sie meinen, zu den Leitern der Einrichtung?«

»Natürlich. Ich habe herausbekommen, dass es hier sechs Ebenen gibt, eine abgeschotteter als die andere. Und wissen Sie, was im sechsten Untergeschoss getrieben wird?«

Er legte eine Kunstpause ein und wartete darauf, dass ich den Kopf schüttelte. Ich tat ihm schließlich den Gefallen.

»Dort experimentieren sie an den Clearern!«

Ich ließ das erst einmal sacken, während ich mit Faith einen Blick tauschte. Sie schien sich zu amüsieren, also hatte er ihr seine Vermutung bereits mitgeteilt.

»Wenn die so gefährlich sind, wieso bringen sie die dann hier in die Einrichtung?«, fragte ich. »Das ergibt doch keinen Sinn.«

Erneut blickte er sich um und wirkte dabei fast wie ein gehetztes Tier. Oh ja, der Mann pflegte wirklich eine gewaltige Paranoia.

»Deswegen werden wir ja auch untersucht und mit irgendwelchem Zeug vollgepumpt!«, flüsterte er mir zu. »Sie wollen uns als Waffe gegen diese Viecher einsetzen.«

Ich kratzte mich am Kopf und war bemüht, meine stoische Miene beizubehalten. »Und woher wissen Sie das? Ich meine, Sie sind doch auch nicht länger hier als ich, oder? Wenn alles so streng geheim ist, dann wird man Ihnen das doch kaum auf die

Nase binden.«

Er lehnte sich zurück, verschränkte die Arme und trug eine gewichtige Miene zur Schau. »Ich habe meine Quellen! Außerdem bin ich nicht dumm und kann mir zusammenreimen, was hier vor sich geht. Warum sollte man sich denn so viel Mühe geben und uns aufsammeln? Wofür benötigen sie uns denn sonst?«

»Vielleicht behandeln sie uns ja auch nur, um uns für die Clearer schmackhaft genug zu machen«, sagte Faith und grinste dabei. »Das wäre doch auch eine Möglichkeit. Oder sie wollen, dass sich die Viecher an uns überfressen.«

Sie hatte wohl versucht, witzig zu sein, aber damit kam sie bei Stanford nicht gut an. Er sprang auf und wurde krebsrot im Gesicht, so wütend war er.

»Dann spiel doch weiter brav mit und tu alles, was sie von dir verlangen, ohne Fragen zu stellen! Ich werde jedenfalls nicht ruhig abwarten, bis sie mich für irgendwelche Scheiße missbrauchen!«

Er wandte sich ab, rauschte aus dem Raum und stieß dabei die Stühle aus dem Weg, die ihn bei seinem Aufbruch in die Quere kamen.

»Ich sagte ja, dass er eine komische Type ist«, meinte Faith.

Ich stimmte ihr zu und nahm endlich einen Schluck vom Kaffee, der sich nicht nur als halb abgekühlt, sondern auch als beklagenswert dünn herausstellte. Angewidert stellte ich ihn auf den Tisch. »Das ist ja eine widerliche Plörre!«

»Ja, mit Rauschmitteln haben sie es nicht so. Anscheinend wollen sie, dass wir vor Gesundheit nur so strotzen. Vielleicht liegt Stanford ja doch richtig.« Erneut grinste sie breit, als ob sie mir zeigen wollte, wie wenig sie dessen Geschwätz für bare Münze nahm.

»Hast du eigentlich noch weitere Gerettete gesehen?«, fragte ich. »Ich meine, außer Evelyn und Dalton.«

Sie schüttelte den Kopf. »Falls es noch welche gibt, dann sind die sicher in anderen Sektoren untergebracht. Aber ich glaube nicht, dass es viele sind. Schließlich ist es an der Oberfläche nicht gerade gesund für Menschen.«

»Weißt du eigentlich, wie es oben aussieht?«

Erneut verneinte sie. »Aber es soll nicht gerade das Paradies sein, wie mir mein Betreuer sagte.«

»Ich würde mir gerne ein eigenes Bild machen. Vielleicht hilft es mir ja dabei, mein Gedächtnis wiederzuerlangen.«

»Du kannst ja diesen Baxter fragen, ob er dich auf einen Spaziergang mitnimmt.« Sie deutete mit einer Kopfbewegung zum Eingang. »Er scheint dich wirklich zu vermissen, so oft wie er deine Nähe sucht.«

Baxter kam zu unserem Tisch und betrachtete uns wohlwollend. »Da sind ja die beiden Schönheiten, die ich gesucht habe.«

Faith rollte ihre Augen, während ich tatsächlich Wärme in meinen Kopf steigen fühlte. Es war zu albern, schließlich kannte ich ihn überhaupt nicht. Aber im Gegensatz zu diesem Arzt war er immer freundlich und steckte mir keine Nadeln in den Körper. Und was Dalton und Stanford anging …

»Ich habe mich gefragt, ob ihr beiden gerne dabei wärt, wenn jetzt ein Rettungstrupp an die Oberfläche geht. Wir haben das Signal einer kleinen Menschengruppe aufgeschnappt.«

»Du meinst … wir sollen tatsächlich wieder nach oben gehen?« Ich war mehr als nur erstaunt, eigentlich fürchtete ich mich sogar davor, jetzt, wo sich mir die Möglichkeit eröffnete.

Er tätschelte mir beruhigend den Rücken. »Nein, natürlich nicht. Aber wir sind per Voicecam mit der Gruppe verbunden und verfolgen ihre Schritte im Kontrollraum. Ich dachte mir, es könnte euch vielleicht interessieren.«

»Ich bin dabei«, sagte Faith. Ich wollte daher auch nicht zurückstehen.

»Dann folgt mir. Ich bringe euch in die obere Einsatzzentrale.«

Ich konnte meine Nervosität kaum unterdrücken, als Baxter mit Faith und mir im Schlepptau zu einem der Aufzüge ging. Ich schwitzte und mir war gleichzeitig eiskalt, denn nun würde ich endlich den Teil der Einrichtung zu Gesicht bekommen, wo Entscheidungen getroffen wurden. Ich spürte den Geschmack von Galle im Mund, als sich mein Magen vor Aufregung zusammenballte. Im Gegensatz zu meinem Armband funktionierte seines hervorragend, denn die Aufzugtür öffnete sich bereitwillig. Misstrauisch betrachtete ich das nutzlose Plastikband am Handgelenk.

»Wieso klappt es bei mir nicht?«, fragte ich Baxter.

»Ja, das würde ich auch gerne wissen«, sagte Faith.

»Wenn alle Untersuchungen abgeschlossen sind, werden eure Zugangsberechtigungen angepasst. Wir sind hier unten eine autarke Gemeinschaft. Falls ein Unglück passieren sollte – eine Verseuchung oder so etwas in der Art – wären wir verloren. Darum müssen wir die strengsten Vorsichtsmaßregeln treffen und die unteren Ebenen sind daher für euch noch tabu.«

»Und warum sagt mir der Computer nicht einmal, wie viele Ebenen es überhaupt gibt?«

»Das hängt mit eurer Zugangsberechtigung zusammen. Aber um deine Neugier zu befriedigen: Es gibt sechs davon. Euer Quartier befindet sich auf der Ebene A.«

Die Information war mir nicht neu, schließlich war es die einzige, die mir der Bildschirm gegeben hatte. Die restlichen Erklärungen waren allesamt einleuchtend, stimmten mich dennoch nicht glücklich. Ich kam mir fast wie eine Gefangene vor, die bestenfalls zum Hofgang durfte, aber der die interessanten Bereiche versperrt blieben.

Mittlerweile hatten wir das Stockwerk erreicht, wo laut Baxter die obere Einsatzzentrale untergebracht war. Die ganze Einrichtung auf dieser Ebene wirkte auf mich viel militärischer. Es waren keine Teppichböden ausgelegt, sondern wir gingen über nackten PVC-Belag. Die Wände waren kahl, es gab nicht einmal die sonst allgegenwärtigen Monitore. Stattdessen sah ich zum ersten Mal bewaffnete Soldaten, die uns nicht aus den Augen ließen. Der Anblick machte Faith offensichtlich nervös, weil sie sich möglichst nah bei Baxter und mir aufhielt.

Besonders vor einem Bereich fielen mir massive Stahltüren und Waffen auf, die anscheinend automatisch funktionierten und eine ganz bestimmte Tür als Ziel hatten.

»Was liegt denn hinter der Tür«, fragte ich Baxter und flüsterte dabei unwillkürlich, weil mir diese Atmosphäre Angst einjagte. Mein Herz pochte heftig, als ich mir alle möglichen Schreckensszenarien vorstellte, die sich hinter der Tür abspielten.

»Dahinter liegt der einzige Ausstieg zur Oberfläche. Wir wollen natürlich dafür sorgen, dass nichts und niemand ungebeten hier unten eindringen kann.«

»Das heißt, die Clearer können nicht in die Einrichtung

vordringen?«

»Darauf sollten wir es lieber nicht ankommen lassen.«

Die Antwort war nicht geeignet, mich zu beruhigen.

»Scheiße, ich wäre heute besser im Bett geblieben!«, wisperte Faith. Ich konnte es ihr nachempfinden.

Wir mussten nur in einen anderen Gang einbiegen und standen direkt vor dem Zugang zur Einsatzzentrale. Natürlich hielten auch vor der Tür schwer bewaffnete Männer Wache, aber Baxter war anscheinend angemeldet – jedenfalls öffnete uns einer von ihnen bereitwillig die Tür.

Mir stockte für einen Moment der Atem, als ich den riesigen Bildschirm an der Wand sah. Er zeigte das körnige Bild einer Handkamera oder etwas in der Art. Wahrscheinlich trug einer der Soldaten, die wohl gerade in einem Aufzug standen, die Kamera am Helm.

Erst danach richtete ich meine Aufmerksamkeit auf die verschiedenen Personen, die sich sonst noch im Raum befanden. Besonders der einzige Mann, der nicht vor einer der zahlreichen Konsolen saß, interessierte mich. Er war wohl derjenige, der hier das Sagen hatte. Baxter bestätigte es, als ich ihn leise darauf ansprach.

»Das ist Colonel Brian Karlson, der militärische Leiter von Zuflucht 16«, flüsterte er mir ins Ohr.

»Und was hat …«

»Shht!«, unterbrach mich Baxter, zumal uns der Colonel bereits einen verärgerten Blick zuwarf. Vermutlich waren wir ihm zu laut. »Ich erklär es dir später.«

»Geben Sie mir den Statusbericht, Leutnant Grady!«, befahl Karlson in diesem Augenblick und warf dabei einen flüchtigen

Blick zu einem der Männer.

»Alle Parameter im normalen Bereich!«

Gerne hätte ich mir die ganzen Anzeigen und Instrumente genauer angesehen, aber ich ging wohl zurecht davon aus, dass meine Neugier auf nicht viel Gegenliebe stoßen würde.

»Noch einhundert Yards bis zu Point Zero!«, sagte ein zweiter Soldat. »Keine verdächtigen Aktivitäten am Ausstiegspunkt.«

»Weiter beobachten, Sergeant McCrosky.«

»Dort verlässt nachher der Erkundungstrupp den Aufzug«, flüsterte mir Baxter zu.

Für einen Moment schenkte uns der Colonel seine Aufmerksamkeit. »Ich hoffe, Ihre Begleiter haben bereits die notwendigen Behandlungen erhalten«, fuhr er meinen Betreuer an. »Wir haben schon genug Probleme, auch ohne dass wir eine Entseuchung durchführen müssen.«

»Die Eingangsuntersuchung hat keinerlei Krankheitskeime festgestellt, Sir«, erwiderte Baxter.

»Fünfzig Yards bis Point Zero«, meldete sich erneut McCrosky. »Noch immer keine Aktivitäten.«

»Weitermachen.«

»Bereite Ausstiegsluke vor«, sagte Grady. »Alle Signale weiterhin auf Grün.«

»Etwas gefällt mir nicht«, murmelte der Colonel.

»Ich habe noch keine Anzeige«, meldete der Sergeant.

»Einer von den Scheißern ist da, das spüre ich!« Karlson näherte sich McCroskys Platz und warf über dessen Schultern hinweg einen Blick auf die Bildschirme.

»Ausstiegsluke vorbereitet.« Leutnant Gradys Stimme klang nüchtern und beherrscht. »Verriegelung …«

»… bleibt noch aktiviert«, unterbrach ihn der Colonel. »Geben Sie dem Erkundungstrupp den Befehl, noch abzuwarten.«

»Wird übermittelt.«

»Was ist denn los?«, flüsterte ich Baxter zu. »Ich dachte, es wäre alles in Ordnung.«

»Wollen Sie vielleicht einen Clearer in unserer Zuflucht begrüßen?« Der Colonel sah mich verärgert an. Anscheinend hatte ich nicht leise genug gesprochen. »Schalten Sie die verbliebenen Außenkameras auf den Hauptbildschirm, Grady.«

Der Leutnant kam dem Befehl sofort nach … und mir stockte erneut der Atem. Was ich dort auftauchen sah, waren nicht etwa die saftigen Wälder und hübschen Häuser, die ich zu sehen erhofft hatte. Stattdessen erblickte ich totes, in den Himmel aufragendes Holz und diesige Schwaden. Bei Letzterem wusste ich nicht, ob es an der Außenluft oder aber an den Kameras lag. Und dann sah ich es! Mein Puls raste.

Ich war unfähig, einen klaren Gedanken zu fassen. Faith war es auch nicht entgangen, denn sie stieß sogar einen kurzen Schrei aus.

»Hat mich meine Nase also doch nicht getäuscht«, rief der Colonel. »Da bist du kleiner Scheißer ja. Du kannst dich tarnen, so viel du willst, aber ich finde dich trotzdem.« Er schlug seine Faust auf McCroskys Pult. »Holt die Männer wieder nach unten.«

Ich stand immer noch wie erstarrt da und blickte einem Monster direkt ins Gesicht – falls es so etwas wie ein Gesicht überhaupt besaß. Es war eine mehrere Meter große, achtbeinige Lebensform, aus deren Körper gewaltige Stacheln ragten und an deren beiden Enden sich Fresswerkzeuge befanden. Schwarz und drohend füllte es den halben Bildschirm aus, als es sich aufrichtete und tückisch in die Kamera zu blicken schien. Mir lief es heiß und kalt den Rücken runter.

»Ist es intelligent?«, flüsterte ich.

»Darauf können Sie wetten«, antwortete Colonel Karlson. »Diese Viecher sind viele Lichtjahre durch das Weltall gereist, nur um uns hier heimzusuchen. Also ja, diese miesen Scheißer wissen garantiert, was sie tun.«

Er wandte sich nun direkt an Baxter. »Die Vorführung ist vorbei. Bringen Sie Ihre Schützlinge nach unten, damit sie uns nicht im Weg stehen.«

Kapitel 4

»Ich frage mich, ob es wirklich keine anderen Bücher mehr gibt als diesen Schund!«

Faith stellte den Schmachtfetzen zurück in das Regal. Ich konnte ihr nur zustimmen. Die Bibliothek, die es in unserem Sektor gab, war nicht nur sehr klein, sie enthielt auch kaum andere Romane als seichte Liebesgeschichten. Andererseits wollte ich ganz bestimmt keine Storys über Weltraummonster lesen. Der Anblick, den mir der Clearer vor drei Tagen in der Einsatzzentrale geboten hatte, reichte mir erst einmal aus.

Ich griff mir irgendein Buch und folgte Faith zu einem der kleinen Tische, das sich zwischen den Regalen befand. Sie zog eine winzige Dose aus ihrer Hosentasche, entnahm ihr eine Tablette und schluckte sie hinunter.

»Und runter mit dir, mein Glückspillchen.« Lächelnd setzte sie sich neben mich.

Auch ich musste schmunzeln. »Wie nennst du die Dinger? Glückspille?«

»Weil es zutrifft. Die Dinger haben eine unheimlich beruhigende Wirkung und das kann ich wahrlich gebrauchen. Hier! Nimm auch eine. Geht aufs Haus.«

Unschlüssig blickte ich auf ihre offene Hand. Sollte ich wirklich? Schaden konnte es sicher nicht. Beherzt nahm ich eine von den runden, grünlich schimmernden Tabletten, bevor ich es mir noch anders überlegte, steckte sie in den Mund und schluckte sie runter. Vielleicht war es nur Einbildung, doch nach wenigen

Sekunden breiteten sich Ruhe und Frieden in mir aus. Als würde mein Körper schwerelos durch Zeit und Raum schweben. Ich verstand, warum Faith die Dinger so gerne einnahm. Wenn jetzt ein Clearer hier im Raum erschienen wäre, hätte ich ihn wohl am Kinn gekrault. Falls die Monster so etwas wie ein Kinn besaßen.

Glücklich rekelte ich mich auf dem Stuhl und streckte die Beine aus.

»So kann es bleiben, oder?«, fragte Faith und ich nickte versonnen. »Ich frage mich, ob sie den Einsatztrupps vorher diese Pillen geben. Ohne die würde ich mich bestimmt keinen Schritt aus der Zuflucht wagen.«

»Wir haben wirklich Glück, dass wir hier sein dürfen.«

Vor ein paar Tagen wäre ich mir noch nicht so sicher gewesen. Doch dann ... war dieses Vieh auf dem Bildschirm in der Einsatzzentrale erschienen. Ich verdrängte das Bild aus meinen Gedanken und gab mich der friedlichen Stille hin. Die nächsten Minuten lagen wir halb auf den Stühlen und starrten versonnen an die Decke. Keine Ahnung, ob ich in meinem früheren Leben je Drogen genommen hatte, aber falls ja, dann war die Wirkung bestimmt ähnlich gewesen. In Anbetracht der Umstände juckte es wohl niemanden mehr, was man sich so reinzog, am wenigsten mich. Wie durch eine Nebelwand sah ich einen der Betreuer, der in unsere Richtung blickte und nachsichtig lächelte. Ich hätte ihn gerne gegrüßt, konnte mich aber nicht dazu aufraffen. Es war ja auch egal, da ich mit dem Mann bisher kaum mehr als drei Worte gewechselt hatte.

»Hast du eigentlich schon die Neuankömmlinge gesehen?«, fragte mich Faith.

Es dauerte ein paar Sekunden, bis ihre Frage den Weg in mein

Gehirn fand. »Ja … sahen ziemlich verschreckt aus …«

»Kein Wunder. Wir waren wohl auch nicht anders. Stanford ist sofort mit seinen Verschwörungstheorien hausieren gegangen, aber ich glaube kaum, dass sie ihn sonderlich ernst genommen haben.«

»Damit sind sie in guter Gesellschaft. Der Kerl spinnt doch … irgendwann wird der Colonel ihn ruhigstellen lassen. Der alte Knabe versteht nicht viel Spaß, glaub ich.«

Den Satz über die Lippen zu bringen, hatte ziemlich viel Zeit und Kraft gekostet. Außerdem wollte ich an etwas Schönes denken und dieser knurrige Soldat gehörte nicht dazu. Baxters Gesicht tauchte vor meinen Augen auf. Ja, der Gedanke an ihn war schon besser. Er hatte so etwas Spezielles an sich, was mir gefiel.

»Hope!«

Oh, jetzt redete er sogar mit mir. Die Glückspillen waren wirklich ausgezeichnet.

»Hope!« Nun griff er mir an die Schultern und rüttelte mich sachte.

Erst da merkte ich, dass er kein Traumbild war, sondern leibhaftig vor mir stand.

»Hast du es vergessen? Vor fünf Minuten war dein Untersuchungstermin!«

Himmel, war es denn schon so spät? Die Pillen sorgten wohl auch dafür, dass man sein Zeitgefühl verlor.

»Komm, ich bring dich zu Dr. Zoller.«

Ich winkte Faith zum Abschied noch zu, aber die bekam auch nicht mehr allzu viel mit.

Wir verließen die Bibliothek und ich konnte, trotz meiner Verfassung, Baxters Blick auf mir spüren. »Was ist denn mit dir?«

»Faith hat mir eine ihrer wundervollen Pillen gegeben …«

»Ach du heilige … die darfst du nicht nehmen, die sind auf die jeweilige Person abgestimmt!«

War er ärgerlich auf mich? Ich wollte nicht, dass er mich so ansah. »Tut mir leid!«, jammerte ich und legte ihm meinen Kopf an die Brust.

»Oh weia, dich hat es ja schlimm erwischt!«

Er schleppte mich mehr durch die Gänge, als dass ich ging, und schob mich schließlich in einen Raum, der keinesfalls einer dieser Untersuchungsräume war.

»Halt still!«, befahl er mir und ehe ich etwas sagen konnte, schwappte mir schon kaltes Wasser ins Gesicht.

»Iiihhh!«

»Stell dich nicht so an! Das kommt davon, wenn man etwas schluckt, was nicht für einen bestimmt ist! Komm zur Toilette!«

Was hatte er denn nun vor? Ich konnte aus irgendeinem Grund kaum noch was sehen. Im nächsten Moment kniete ich bereits vor der Schüssel und er schob mir etwas in den Mund, was widerlich holzig schmeckte. Ich wollte protestieren, aber da war es schon zu spät. Mein Magen revoltierte und mit einem gewaltigen Schwung fand das Frühstück den Weg nach draußen – wenn auch durch die falsche Öffnung.

Mir war totschlecht und der saure Geschmack im Mund verstärkte die Übelkeit. »Was hast du getan?« Mein Jammern ließ ihn offensichtlich kalt, denn er antwortete nicht, sondern zerrte mich zurück in den Waschraum. »Halt still!«, befahl er erneut. Mit einem reichlich groben, nassen Lappen fuhr er mir über das Gesicht. »Jetzt spül dir den Mund aus!«

Mechanisch griff ich mir den Becher, den er mir hinhielt, und befolgte seinen Befehl. Ich konnte kaum etwas sehen, weil mir das Wasser in die Augen geschossen war. Ganz allmählich verschwand die Übelkeit und machte einer gewaltigen Schwäche Platz. Meine Beine drohten nachzugeben, aber Baxter stützte mich und langsam kam ich wieder zu Kräften.

»Geht es?«, fragte er.

Ich nickte nur und stellte den Becher auf die Ablage.

»Dann komm, es wird höchste Zeit für deine Untersuchung. Dr. Zoller sollte dir auch besser etwas gegen das Zeug geben, was du geschluckt hast.«

»Wieso ist es so schlecht für mich?«, fragte ich, während er mich aus dem Waschraum und durch den Gang führte. »Faith verträgt es doch wunderbar.«

»Das hat seine Gründe, aber ich bin kein Arzt! Jedenfalls solltest du nichts einnehmen, was nicht ausdrücklich für dich bestimmt ist. Versprichst du mir das?«

»Hoch und heilig!«

»Das will ich auch hoffen. Jetzt komm, du bist schon spät dran.«

Wir erreichten das Behandlungszimmer und Baxter dirigierte mich sofort zu einer Untersuchungsliege, während er dem Arzt mitteilte, was ich eingenommen hatte.

Zoller schüttelte den Kopf und fragte mich bestimmt dreimal, wie ich nur auf diese Idee gekommen war. Vielleicht war es auch noch öfter, aber ich bekam aus irgendeinem Grund nicht allzu viel mit. Jedenfalls untersuchte er mich äußerst gründlich und bereitete alles zur Entgiftung vor, wie er sich ausdrückte.

Während nun aus einem Tropf sehr langsam eine Flüssigkeit in meinen Arm lief, unterhielten sich Baxter und der Arzt am anderen Ende des Raumes. Vermutlich war es gut, dass ich nichts davon mitbekam, denn Zoller hielt mich bestimmt für verrückt, weil ich diese Pille eingeworfen hatte. Wahrscheinlich konnte ich von Glück reden, dass er mir nicht auch noch den Magen auspumpte.

Jetzt war Baxters Gespräch offensichtlich beendet, denn er kam auf mich zu. Wenn ich sein Lächeln richtig deutete, dann war er ziemlich erleichtert.

»Es ist noch einmal gutgegangen«, sagte er. »Versprich mir, dass du nicht nochmal so einen Unsinn machst!«

Ich liebte es, wie fürsorglich er war, auch wenn ich es mir rational nicht erklären konnte.

»Das habe ich dir doch schon zugesichert.«

»Ich kann es nicht oft genug hören. Du bist viel zu wichtig, als dass wir dich durch so eine dumme Handlung verlieren dürfen.«

»Seit wann das denn? Bisher habe ich doch nur …«

Er griff meine Hand und drückte sie sanft. »Es gibt nicht mehr viele Menschen, so habe ich das gemeint. Wenn die Menschheit überleben will, dann brauchen wir jeden Einzelnen von uns! Auch so eine unvorsichtige Person wie dich.«

Nun trat auch Dr. Zoller an meine Liege. »Sie haben uns einen ganz schönen Schrecken eingejagt. Ich werde mit Faith ein ernstes Wort reden müssen. Sie darf ihre Medikamente doch nicht einfach wie Bonbons verteilen.«

»Es ist nicht ihre Schuld.« Die Worte kamen aus meinem Mund, ohne dass ich lange darüber nachdachte. Es lag mir fern, Faith in die Scheiße zu reiten, zumal sie bis jetzt meine einzige Freundin hier war.

Er lächelte und tätschelte mir den Unterarm. »Ich werde Ihre

Kameradin schon nicht auffressen. Ihre eigentlich vorgesehene Untersuchung verschieben wir auf den morgigen Tag. Wenn die Infusion durchgelaufen ist, bringt Sie Ihr Betreuer in Ihr Quartier. Sie sollten sich ausruhen und wenn noch etwas sein sollte, informieren Sie mich. Versprochen?«

Heute wollte aber auch jeder, dass ich ihm etwas versprach. »Natürlich, Doktor!«

Ich lag bestimmt schon eine Stunde im Bett, als mich Faith besuchen kam. Sie sah reichlich zerknirscht aus und ich traute mich kaum, ihr die eine spezielle Frage zu stellen.

»Hat Doktor Zoller schon mit dir gesprochen?«

»Er hat mir ziemlich den Kopf gewaschen, aber ich hatte es wohl verdient. Wie geht es dir?«

Ich deutete auf den Eimer, den mir Baxter vor das Bett gestellt hatte, bevor er gegangen war. »Bisher musste ich ihn nicht benutzen. Das Schlimmste habe ich wohl überstanden und mir ist auch nicht mehr schlecht.«

»Ich verstehe gar nicht, warum diese harmlosen Dinger so eine Wirkung auf dich gehabt haben.«

»Frag doch Stanford danach. Der hat bestimmt eine seiner Theorien in petto.«

Sie lachte, wenn es auch etwas gezwungen klang. »Der würde dich für völlig verrückt erklären. Einer von den Neuen hat mir gestern erzählt, dass Stanford nicht einmal seine eigenen Pillen einnimmt, wenn die Ärzte ihn nicht dabei beobachten.«

Ich schlug die Decke zurück. »Was will er eigentlich erreichen?

Will er wieder zu den Clearern? Ich bin mir sicher, dass er alle möglichen Pillen einwerfen würde, wenn er einem dieser Monster gegenübersteht.«

»Was hast du eigentlich vor?«, fragte sie, als ich mich auf die Bettkante setzte und Anstalten traf, die Schuhe anzuziehen.

»Was wohl? Meinst du vielleicht, ich will den ganzen Tag im Bett zubringen? Mir geht es doch wieder gut, also spricht nichts dagegen, einen kleinen Spaziergang durch die wunderschöne Ebene A zu veranstalten.«

»Willst du den zur Sicherheit mitnehmen?« Sie deutete auf den Eimer und grinste dabei reichlich unverschämt.

Ich rümpfte die Nase. »Darauf gebe ich dir doch keine Antwort. Das ist unter meiner Würde.«

»Du musst es ja wissen.«

Gemeinsam verließen wir mein Quartier und schlugen den Weg zu den Aufenthaltsräumen ein. Seit letzter Woche wurde uns auch dort Zutritt gewährt, genau wie den Soldaten, Betreuern und dem medizinischen Personal. Ganz normale Zivilisten gab es auf dieser Ebene nicht, nur diejenigen, die erst vor kurzem gerettet worden waren.

»Ich hoffe, in den unteren Sektoren sieht es nicht ganz so trostlos aus wie hier.« Missmutig betrachtete Faith die armselige Ausstattung.

»Baxter hat mir erzählt, dass es dort ein reichhaltiges Freizeitangebot gibt. Schließlich sollen die Menschen dort nicht nur arbeiten, sondern sich auch entspannen.«

Faith ging die Gesellschaftsspiele durch, die in einem der Schränke verstaut waren. »Lust auf ein Schachspiel?«

Ich zuckte mit den Schultern. »Warum nicht? Zeit genug haben wir ja.«

»Ich werde dich so etwas von vernichten!«, sagte sie und lächelte dabei grimmig.

»Schon seltsam, dass wir uns an die Regeln erinnern, aber immer noch nicht wissen, was wir vor unserer Rettung getan haben.«

»Ich sehe hin und wieder Erinnerungsfetzen in meinem Gedächtnis aufblitzen, aber nichts, was ich wirklich greifen kann. Allerdings versuche ich es auch nicht besonders intensiv. Du nimmst die weißen Figuren.«

»Ist mir recht.«

Wir hatten gerade jeder fünf Züge gemacht, als Evelyn zu uns an den Tisch trat. Ich hatte sie gar nicht kommen gesehen. Im Gegensatz zu sonst war sie nicht in Daltons Begleitung. Mir war es recht, denn besonders warm geworden war ich mit dem Mann bisher nicht.

»Wo ist denn dein ständiger Begleiter?«, fragte Faith, während sie über ihren Antwortzug grübelte.

Evelyn zog einen Stuhl an unseren Tisch und ließ sich darauf nieder. »Er hatte gestern seine letzte Behandlung und ist nun auf Ebene C untergebracht.«

»Und? Kannst du ihn besuchen?«

Sie sah mich an, als könnte sie nicht glauben, dass ich eine so dumme Frage gestellt hatte. »Wir sind doch alle verseucht, weißt du das nicht?« Sie gab sich keine Mühe, ihren Sarkasmus zu verbergen. Ich konnte es nachempfinden. Wahrscheinlich würde es mir nicht anders gehen, wenn ich schon so lange wie sie auf dieser langweiligen Ebene gefangen wäre.

»Du solltest nicht so viel mit Stanford reden«, murmelte Faith und brachte ihren Springer ins Spiel.

»Willst du den Zug wirklich machen?«

»Was? Wieso nicht? Was soll denn passieren?«

»Ich wollte dich nur veräppeln.«

Sie grummelte etwas, was sich verdächtig nach »Idiotin« anhörte. Ich wollte gerade rochieren, als ich ein kleines Mädchen den Raum betreten sah. Das war neu, denn bisher waren alle Geretteten so ziemlich im gleichen Alter gewesen. Die Älteren und die Jungen, so hatte es mir Baxter erklärt, fielen den Clearern sehr schnell zum Opfer.

»Hallo, Kleine. Wie heißt du denn?«, fragte Faith.

Das Mädchen war vielleicht sieben oder acht Jahre alt, trug den üblichen Freizeitanzug und stand verloren in der Mitte des Raumes herum. »Luzia. Wisst Ihr, wo meine Mami ist?«

Vor meinem geistigen Auge tauchte das Bild eines Clearers auf und es schüttelte mich innerlich.

»Ich will zu meiner Mami!«, rief sie und fing zu weinen an.

Ihre Tränen rührten mich und bewirkten ein unangenehmes Ziehen in meiner Brust. War ich Mutter und hatte eigene Kinder? Vielleicht war es gut, dass ich mich nicht daran erinnerte. Der Gedanke, sie könnten von diesen Monstern gefressen worden sein, hinterließ einen bitteren Geschmack im Mund. Jedenfalls stand ich auf, ging vor ihr in die Hocke und nahm sie in die Arme.

»Es wird alles gut, ganz bestimmt, du wirst sehen!« Du lieber Himmel, klang das verlogen und falsch. Aber es tat dem kleinen Mädchen gut, in meinen Armen zu liegen und sich auszuweinen. Am Eingang sah ich eine Betreuerin auftauchen und ich spürte, wie Ärger in mir hochkochte, weil sie auf das Kind nicht aufgepasst hatte.

Immerhin riss sie das Kind auch nicht sofort an sich, sondern blieb neben uns stehen. Sanft strich ich der Kleinen über den Rücken und der Duft von Kindershampoo stieg mir in die Nase.

»Soll ich dich in dein Zimmer bringen?«, fragte ich nach einer Weile, doch Luzia schüttelte den Kopf. Hilfesuchend sah ich die Betreuerin an, aber die hatte offensichtlich kein Patentrezept für ein todunglückliches Mädchen.

»Möchtest du denn etwas mit uns spielen?«

Diesmal fiel die Antwort positiv aus. Aus meiner Schachpartie würde wohl nichts werden.

Gemeinsam mit Jenny – so der Name der Betreuerin – gelang es Faith, Evelyn und mir, das Kind auf andere Gedanken zu bringen. Aber ich machte mir nichts vor. Das traumatische Erlebnis, von ihren Eltern getrennt worden zu sein, würde Luzia noch lange verfolgen. Hoffentlich hatte sie nicht mitansehen müssen, wie ihre Eltern gestorben waren. Ich hoffte außerdem, dass sich Dr. Evans mit seinen Untersuchungen und den ganzen Spritzen bei dem kleinen Mädchen zurückhielt. Allerdings würde er sich bestimmt auf seine Aufgabe berufen, jeder möglichen Gesundheitsgefährdung entgegenzutreten.

»Spielst du morgen wieder mit mir?«, fragte Luzia, als es für sie Zeit zum Schlafengehen geworden war.

»Wenn du willst.«

Ein breites Lächeln zeigte sich auf ihrem winzigen Gesicht. Sie winkte mir noch zu, bevor sie sich an Jennys Hand auf den Weg zu ihrem Zimmer machte. Ich war erleichtert, als ich hörte, dass die Betreuerin in der Nacht bei dem Kind bleiben würde. Alles andere wäre aber auch nicht zu verantworten – zumindest aus meiner Sicht.

»Die arme, kleine Kröte«, sagte Faith, die gerade alle Spiele wieder in den Schrank räumte. »Da stehen ihr noch schwere Zeiten bevor.«

»Wem von uns nicht?«, fragte ich, wenn mir auch klar war, dass es für ein Kind doppelt hart sein musste.

Eine Sache ging mir aber nicht aus dem Sinn. »Kannst du dich mittlerweile an irgendwas aus der Zeit vor der Zuflucht erinnern?«

»Nein, sonst hätte ich schon was gesagt.«

»Aber die Kleine weiß immerhin, dass sie eine Mutter hat. Ich kann mich nicht daran erinnern, so sehr ich mich auch bemühe. Ich hab außerdem keine Ahnung, ob ich einen Freund, Ehemann oder eigene Kinder hatte.«

»Sie ist noch so jung, vielleicht ist es irgendwie in ihren Genen verankert.«

»Wie bitte?«

Faith grinste mich an. »Das war nur so dahergeredet. Ich weiß doch auch nichts Genaues! Du kannst sie ja morgen fragen, wie ihre Mutter aussieht.«

»Und wenn sie es mir nicht sagen kann, wird sie erst recht traumatisiert. Was soll's, ich werde mir schon etwas einfallen lassen.«

Ich wollte gerade den Raum verlassen, als Baxter erschien und mir mit vorwurfsvoller Miene eine kleine Pillendose überreichte.

»Ich habe dich gesucht! Warum ruhst du dich nicht aus?«

»Es gab einen Notfall.«

Sein Gesicht war ein einziges Fragezeichen, aber er ging

schließlich nonchalant darüber hinweg. »Dr. Zoller hat mir die Tabletten für dich bringen lassen. Morgens eine und abends eine über die nächsten drei Tage verteilt. Dann sollten alle Giftstoffe aus deinem Körper verschwunden sein.«

»Mir geht es …«

»Keine Widerrede!« Er überspielte mit einem kleinen Lächeln den strengen Tonfall. »Du musst doch wieder ganz gesund werden!«

Schicksalsergeben nahm ich die Dose aus seiner Hand entgegen. »Zu Befehl, Sir!«

Sein Lächeln wurde breiter. »Sehr gut! Wegtreten, Rekrut!«

»Ihr spinnt doch alle beide«, sagte Faith.

Kapitel 5

»Wird es sehr weh tun? Sag mir die Wahrheit!«

Luzia zitterte wie Espenlaub, auch wenn Jenny, ihre Betreuerin, sich alle Mühe gab, sie abzulenken. Ich konnte es dem Mädchen nachempfinden. Ich wartete ebenfalls auf eine weitere Spritze von Dr. Elder und allmählich lernte ich, den medizinischen Bereich zu hassen.

»Es gibt nur einen kleinen Pieks, dann ist alles überstanden«, sagte Jenny. »Danach gehen wir etwas spielen, ich verspreche es dir.«

»Können wir nicht zuerst zu meiner Mami?«

Ich hielt den Atem an und hoffte, dass Jenny jetzt nichts Falsches sagte.

»Sie ist in einer anderen Einrichtung, das weißt du doch.«

Dem Mädchen traten wieder die Tränen in die Augen und ich suchte nach einer Möglichkeit, sie etwas aufzumuntern. Das ist natürlich bei einem einsamen Kind in dem Alter schwer, aber ich versuchte es dennoch.

»Was hältst du davon, wenn ich dir nachher ein Eis besorge und anschließend ein Spiel zeige.«

»Hier gibt es Eis?« Luzia wischte sich die Tränen fort und schien zumindest im Augenblick auf andere Gedanken zu kommen.

»Oh ja, eine ganze Menge … und Schlagsahne!« Wenigstens hoffte ich darauf.

»Aber nicht zu viel!«, mischte sich Jenny ein. »Du weißt doch, dass du erst völlig gesund werden musst.«

Das Mädchen nickte heftig. »Deswegen bekomme ich doch den Pieks, oder?«

»Ganz genau! Er hilft dir dabei, die bösen Krankheiten loszuwerden.«

»Und dann kann ich zu meiner Mami?«

Jenny strich Luzia über die Haare. »Wir sollten uns erst einmal auf deine Heilung konzentrieren, einverstanden?«

»Aber ich muss doch nicht zurück in dieses Kleisterbad, oder? Das war voll eklig!«

»Nein, das hast du hinter dir.«

Das Mädchen biss sich auf die Unterlippe und sah mich an. »Hast du Angst vor dem Pieks?«

Ich schüttelte nicht ganz wahrheitsgemäß den Kopf und hoffte nur, dass Elder sich bei ihr etwas zusammenriss. Just in diesem Moment ging die Tür auf und der offensichtlich gut gelaunte Arzt erschien im Warteraum. Er betrachtete Luzia wohlwollend.

»Da habe ich ja heute eine ganz besonders reizende Patientin. Du bist bestimmt auch mutig, hab ich recht? Du siehst nämlich richtig verwegen aus, wie ein Pirat.«

Mit kleinen Kindern hatte Elder anscheinend nicht viel Erfahrung. Jedenfalls konnte ich sehen, wie sich Luzia verkrampfte.

Ängstlich legte sie ihre Hand auf meinen Arm. »Kann Hope mit reinkommen?« Ihre Stimme klang dabei so, als würde sie gleich zur Hinrichtung geführt werden.

»Aber sicher. Sie bekommt ja ebenfalls noch ihre Spritze. Du wirst sehen, ihr seid in Nullkommanix wieder draußen.«

Luzia ergriff meine Hand und ließ sie auch nicht los, als Elder sie zu einem Stuhl dirigierte. Ich spürte deutlich, wie sehr sie zitterte. Misstrauisch und voller Angst betrachtete sie die Instrumente und Bildschirme, die in den kleinen Raum hineingestopft worden waren. Sie zuckte bereits zusammen, als der Arzt die Einstichstelle desinfizierte. Auch mir wurde ganz anders, als ich sah, was auf Luzia zukam. Diese Spritze kannte ich noch zu gut von meinem ersten Tag.

»Jetzt kommt der kleine Stich. Tut bestimmt nicht sehr weh.«

Luzia fing nicht an zu schreien, sie brüllte geradezu ihren Schmerz hinaus. Das Mädchen vergrub ihren Kopf an meiner Brust, schluchzte und weinte herzzerreißend. Die Wärme, die sie dabei ausstrahlte, drang durch meine Kleidung. Ich konnte es nachempfinden, oh ja, und wie ich es konnte. Jenny hatte nun ebenfalls den Raum betreten und sah reichlich blass um die Nase aus. Elder kümmerte sich gar nicht um das, was er da angerichtet hatte, sondern gab Luzias Betreuerin nur ein paar Tabletten gegen die Schmerzen. Mein ganzes Oberteil war mittlerweile von den Tränen des Kindes durchnässt und Jenny musste sanfte Gewalt anwenden, um Luzias Arme von mir zu lösen. Die Tür hatte sich längst hinter der Frau und dem Mädchen geschlossen. Trotzdem hörte ich noch das durchdringende Weinen.

»War es wirklich nötig, dem armen Kind diese Spritze zu verpassen?« Ich gab mir keine Mühe, meinen Ärger zu verbergen.

Elder blieb vollkommen ungerührt. »Wäre es Ihnen lieber, wenn Luzia krank werden und sterben würde? Hätten wir sie vielleicht oben bei den Monstern lassen sollen? Na, also! Sie können sie ja nachher besuchen, wenn Sie wollen. Ich bin sicher, die kleine Luzia wird uns eines Tages dankbar sein. Jetzt machen Sie bitte den linken Arm frei.«

Während ich den Gang entlang zu den Unterkünften ging, massierte ich mir die ganze Zeit die Einstichstelle. Anscheinend hatte ich Dr. Elder verärgert, denn er hatte sich heute selbst übertroffen, was seine Unfähigkeit anging, Spritzen zu setzen.

Kurz bevor ich in den Flur zu den Quartieren einbiegen konnte, packte jemand meinen Arm und zerrte mich in eine Nische. Ich war viel zu überrascht, um zu schreien, und zuckte erschrocken zusammen.

»Sie?«, fragte ich. »Was wollen Sie von mir?«

»Ich muss dringend mit Ihnen reden.« Stanfords Macke schien noch um einiges größer geworden zu sein, denn er wirkte wie ein gehetztes Tier auf mich. »Ich weiß nicht, wie viel Zeit mir noch bleibt. Hören Sie mich an, ich beschwöre Sie!«

»Schon gut! Sagen Sie mir, was Sie auf dem Herzen haben.« Ich wollte ihn nicht wütender werden lassen, als er ohnehin längst war.

»Wir müssen hier raus! Sofort! Wahrscheinlich bereiten die Kerle schon alles vor, um mit uns zu experimentieren.«

»Wir können die Zuflucht nicht verlassen, weil uns oben nur eines erwartet – nämlich der Tod.« Ich sprach mit ihm so geduldig, als ob er ein Kind wäre.

»Reden Sie etwa über die Clearer?« Er lachte und verzog dabei den Mund zu einer Grimasse. »Das sind doch Ammenmärchen. Dumme, kleine Geschichten, damit wir uns nicht wehren, wenn die Experimente starten. Es gibt keine Clearer, hat es nie gegeben. Ich weiß, dass die Kerle etwas mit uns vorhaben – mit jedem Einzelnen von uns. Wenn wir nicht von hier fliehen, werden wir alle sterben.«

Ich beschloss, auf seinen Spleen einzugehen. »Und wieso sollte man uns solche Lügen erzählen? Warum uns hier unten festhalten? Was wäre denn der Endzweck dieser Versuche? Wissen Sie etwas genaueres darüber?«

Er schüttelte den Kopf. »Nein, aber wir haben auch keine Zeit mehr, Nachforschungen anzustellen. Unsere Frist läuft ab!« Er verstummte, als zwei Soldaten an der Nische vorbeigingen. Einer der beiden Männer warf uns einen amüsierten Blick zu und raunte seinem Kameraden etwas zu. Ich hörte sie lachen, während sie weitergingen.

»Warum erzählen Sie mir das alles?«, fragte ich.

»Weil ich Ihre Hilfe benötige.«

»Und wobei?«

»Ich brauche eine Keycard, um den Aufzug bedienen zu können. Nur mit ihm gelangen wir an die Oberfläche.«

»Und Sie glauben, man lässt Sie so einfach gehen?«

»Natürlich nicht!«, zischte er. »Deswegen haben wir nur ein begrenztes Zeitfenster, um zu fliehen. Ich habe schon den genauen Plan ausgearbeitet, aber ich benötige dazu Ihre Hilfe.«

Ich schnaufte einmal kurz durch, ließ ihn aber trotzdem ausreden. »Und wie soll die aussehen?«

»Sie verstehen sich doch sehr gut mit Ihrem sogenannten Betreuer und sind eine attraktive Frau. Lotsen Sie ihn in Ihr Bett und sehen Sie zu, dass Sie an seine Keycard kommen.«

Was war das denn für ein seltsamer Vorschlag? Ich konnte kaum glauben, was er da vorschlug. »Sind Sie nicht ganz dicht?« Mein Vorrat an Freundlichkeit war aufgebraucht. »Was verlangen Sie da eigentlich von mir?«

»Ich beschwöre Sie, nein, ich appelliere an Ihre Vernunft. Ich weiß nicht, was man Ihnen, Faith, Evelyn und allen anderen angetan hat, aber wenn Sie jetzt nicht handeln ...«

»Hören Sie endlich mit dem Unsinn auf! Die Soldaten hier in der Zuflucht haben uns gerettet – zumindest sagt man uns dies, und solange ich keinen Beweis für das Gegenteil habe, gehe ich davon aus, dass es stimmt. Ich habe einen Clearer gesehen, oben, in der Einsatzzentrale ...«

»Um Himmels willen, Hope! Das ist doch alles Lug und Trug! Man erzählt uns nur Lügen. Alle hier unten sind Verbrecher, ja, auch Ihr lieber Baxter! Halten Sie sich an mich, nur ich kann Sie hier rausbringen.« Er packte mich an den Schultern und drängte mich zurück an die Wand. Sein grimassierendes Gesicht jagte mir allmählich eine Heidenangst ein. »Ich will hier unten nicht krepieren! Sie müssen mir vertrauen ... helfen Sie mir ... bitte!«

Nicht nur seine Worte klangen verrückt, auch in seinen Augen meinte ich den Wahnsinn leuchten zu sehen. Als wäre er erst kürzlich aus einer Irrenanstalt ausgebrochen.

»Schluss jetzt! Lassen Sie mich los oder ich schreie die gesamte Ebene zusammen! Steigen Sie doch selbst mit jemandem ins Bett, wenn Sie so dringend eine Keycard brauchen.«

Er löste seine Hände von meinen Schultern und sah mich nur an, ohne etwas zu sagen. Ich war wütend auf ihn, aber gleichzeitig tat er mir auch leid. Wir litten zwar alle an Gedächtnisverlust, doch bei ihm kam wohl noch Verfolgungswahn dazu.

»Reden Sie mit Dr. Elder, damit er Ihnen ein paar Beruhigungsmittel gibt«, sagte ich. »Sie müssen sich mal richtig ausruhen.«

Er schüttelte den Kopf. »Sie klingen schon so, als wären Sie eine von denen. Denken Sie an meine Worte: Wenn Sie sich nicht wehren, werden Sie in dieser Einrichtung sterben. Niemand wird Ihnen helfen.«

Es war zwecklos. Ich zwängte mich an ihm vorbei und murmelte irgendwas Unverbindliches zum Abschied. Ich setzte den Weg zu den Quartieren fort und warf noch einen Blick zu ihm zurück, als ich an einer Gabelung angekommen war. Er stand einfach nur da, mit hängenden Schultern – wie ein getretener Hund. Was sich auch immer in seinem Kopf abspielte; ich hoffte, es brachte ihn nicht noch in große Schwierigkeiten.

Es kostete mich nicht viel Mühe, Luzias Quartier ausfindig zu machen. Auf mein Klopfsignal hin öffnete Jenny die Tür.

»Wie geht es ihr?«, fragte ich.

Sie trat einen Schritt zur Seite und forderte mich auf diese Weise auf, hereinzukommen. Wenigstens hörte ich nur noch leises Weinen aus dem Schlafbereich. Ich hatte ein unheimlich schlechtes Gewissen, als ich mich auf Luzias Bettkante setzte.

»Wie geht es dir?« Das war wahrscheinlich die dämlichste Frage aller Zeiten von mir.

Sie lag auf dem Bauch und presste das Gesicht in ein Kissen. Als ich ihr durch die Haare strich, zog sie sich weiter in die Ecke zurück.

»Es tut mir leid, dass dir der Doktor wehgetan hat.«

»Er ist blöd!«, hörte ich Luzias undeutliche Stimme. »Ich mag ihn nicht!«

»Aber es dient dazu, dich wieder gesund zu machen.«

»Bin gar nicht krank!«

»Es sind so kleine, fiese, garstige Gnome, die in deinem Blut herumschwimmen und darauf warten, dich krankmachen zu können. Doch dank der Spritze werden sie das nicht mehr schaffen.« Was erzählte ich da für einen Unsinn? Aber anscheinend wirkte es, denn unter leisem Ächzen drehte sich Luzia auf die Seite.

»Kann ich die sehen?«

Ich schüttelte den Kopf. »Dafür sind sie viel zu klein!«

Sie zog die Stirn kraus und schien zu überlegen, ob sie mir glauben sollte. »Die sind auch voll blöd!«, sagte sie schließlich.

»Das sind sie.« Ich strich ihr die Haare aus dem Gesicht und erschrak für einen Moment, weil sie förmlich glühte. »Wie fühlst du dich?«

Es war natürlich die völlig falsche Frage, denn nun erinnerte ich sie an die Schmerzen. Erneut schimmerten Tränen in ihren Augen und sie griff sich an den Arm. »Es tut so weh!«

»Ich habe hier etwas, damit es dir nicht mehr so weh tut«, hörte ich Jennys Stimme hinter mir.

Luzia zog sich die Bettdecke bis zur Nase hoch. »Ist es wieder ein Pieks?«

»Nein. Etwas zum Schlucken!«

»Mit Saft?«

»Natürlich.«

Ich stand auf und ließ Jenny ihre Arbeit verrichten. Sie kam mit kleinen Kindern wesentlich besser zurecht als ich. Luzia vertraute ihr anscheinend, denn sie schluckte die Tablette ohne Widerrede und trank das gesamte Glas Saft mit lauten Schluckgeräuschen aus. Die Frau konnte ihr gerade noch das Trinkglas aus der Hand nehmen, bevor sich das Mädchen auf das Kopfkissen zurückfallen ließ und die Augen schloss. Nach einem letzten Blick auf das Kind zog mich Jenny aus Luzias Schlafraum.

»Was haben Sie ihr gegeben?«, fragte ich.

»Ein starkes Schmerz- und Schlafmittel. Morgen Früh wird es ihr gutgehen und dann können Sie ja die Eisschuld begleichen.«

Ich warf noch einen Blick zur geschlossenen Tür. »Wissen Sie eigentlich, was mit ihrer Mutter geschehen ist? Ist sie wirklich in einer anderen Einrichtung?« Ich hatte sehr leise gesprochen, um sicherzustellen, dass Luzia nichts mitbekam.

Jennys Miene nahm einen harten Ausdruck an. »Glauben Sie tatsächlich, die Rettungstrupps würden eine Familie auseinanderreißen und in verschiedene Zufluchten transportieren? Luzia hat Glück, dass sie es hierher geschafft hat.

Wollen Sie ihr das vielleicht erzählen? Das Mädchen hat es ja wohl schwer genug!«

Ich lag mit meiner Vermutung also richtig, aber dennoch traf es mich wie ein Schlag. Im Innersten hatte ich gehofft, dass zumindest für die Kleine alles gut werden würde. Doch in der Zeit, in der wir lebten, gab es wohl für niemanden ein glückliches Ende.

Die Tagesroutine wurde allmählich langweilig. Wenn man nicht stundenlang damit zubrachte, im medizinischen Bereich zu warten, um sich wieder untersuchen und behandeln zu lassen, versammelte man sich im Aufenthaltsraum oder im Speisesaal. Gelegentlich kamen neue Gerettete hinzu, aber alle Grüppchen blieben mehr oder weniger für sich.

Mittlerweile war ich seit drei Wochen in der Einrichtung auf Ebene A und sehnte den Tag herbei, mal endlich was anderes zu sehen. Auch heute saß ich im Aufenthaltsraum und sah Luzia und

Faith zu, wie sie ein Gesellschaftsspiel spielten. Dabei ließ ich mich von Evelyn auf den neuesten Stand bringen, was Dalton anging. Man hatte ihr gestern ein Gespräch mit ihm über das Visiofon erlaubt.

»Auf Ebene C ist es tatsächlich etwas luxuriöser als hier, aber es finden immer noch Behandlungen statt«, sagte sie in diesem Moment.

Ich horchte auf. »Wieso das denn? Ich dachte, wenn wir hier alle Checks durchlaufen haben, würde von uns keine wie auch immer geartete Gefahr ausgehen.«

Evelyn zuckte mit den Schultern. »Anscheinend müssen wir weiter Medikamente einnehmen, um gegen alle möglichen Verseuchungen geschützt zu sein. So hat es mir Dalton jedenfalls gesagt.«

»Das ist ja toll. Ist er denn schon zu einer Arbeit eingeteilt worden?«

»Nein, das kommt wohl erst später. Ist ihm aber auch ganz recht, er war ja schon immer reichlich faul.«

»Kann er sich denn jetzt an seine Vergangenheit erinnern?«

»Nein, noch nicht so richtig. Aber die Ärzte meinen, dass es nicht mehr allzu lange dauern kann. Ich soll übrigens übermorgen auch verlegt werden. Vielleicht kann ich dir dann bei einem Gespräch über Visiofon Genaueres erzählen.«

Jenny schlenderte gerade in den Aufenthaltsraum, wohl um Luzia abzuholen. Ich konnte sehen, wie sich das Mädchen versteifte, und fühlte mit ihr. Ein Besuch bei Dr. Elder oder seinem Kollegen war selten angenehm – eigentlich fast nie. Während ich die Betreuerin betrachtete, fiel mir zum ersten Mal etwas auf.

»Findest du es nicht seltsam, dass wir – also Faith, du, ich und überhaupt alle Geretteten – diesen grünen Streifen an unseren Freizeitanzügen haben?«

»Das ist Dalton ebenfalls aufgefallen, allerdings auch nur, weil er jetzt auf Ebene C Anzüge mit roten Streifen trägt. Liegt wahrscheinlich am Militär und deren Vorlieben für Abzeichen aller Art. Wir sind sozusagen Mitglieder der Seuchengruppe.« Sie lächelte dabei verkniffen.

Das war eine logische Erklärung, wenn es mir auch nicht gefiel, wie ein Stück Vieh markiert zu werden. Vermutlich wäre ich für einen Posten im Militärbetrieb wenig geeignet gewesen. Allerdings war ohnehin nicht anzunehmen, dass es an der Oberfläche noch so etwas wie eine militärische Hierarchie gab – oder überhaupt menschliche Zivilisation.

Luzia winkte mir in diesem Moment zu, weil sie im Begriff stand, von Jenny aus dem Raum geführt zu werden. Doch bevor sie die Tür erreichten, ertönte eine Sirene – so laut und schrill, wie ich sie hier unten noch nie gehört hatte. Gleichzeitig erlosch die normale Beleuchtung und wich einem düsteren, roten Licht, das der ganzen Szenerie eine gespenstische Atmosphäre verlieh. Vom Gang vor dem Aufenthaltsraum her hörte ich das Geräusch von Stiefeln, die über den PVC-Belag eilten. Einer der Soldaten betrat den Raum, blickte sich kurz um und packte Jenny am Arm. Rücksichtslos löste er Luzias Hand von der ihrer Betreuerin und stieß das kleine Mädchen zurück in das Zimmer, bevor er die Frau hinaus zerrte.

Ich saß da wie gelähmt, nicht fähig, einen klaren Gedanken zu fassen. Was ging hier vor sich? Luzia war zu Boden gestürzt und weinte, wohl mehr vor Schreck als vor Schmerzen. Immerhin brachte das meine Lebensgeister zurück. Ich sprang auf und nahm das Kind in den Arm, während jemand die Tür zum Aufsichtsraum schloss und verriegelte. Wir waren gefangen.

»Was läuft denn hier ab?«, rief Faith.

»Oh Gott, hoffentlich brechen nicht die Clearer hier ein!«, sagte Evelyn.

Der Gedanke versetzte mir ebenfalls einen Schock. Ich spürte, wie das Blut durch meine Venen schoss, und mein Herz wie wild schlug. Was sollten wir tun, wenn es tatsächlich der Fall war? Ich lauschte nach draußen und erwartete jeden Moment, Schüsse, Schreie und Kampfgeräusche zu hören. Doch bis auf die noch immer plärrende Sirene blieb alles ruhig. Sogar die Trittgeräusche waren verklungen. Die plötzliche Stille war beinahe unerträglich. Sanft drückte ich Luzia enger an mich.

Faith hatte nicht die Absicht, einfach abzuwarten. Sie eilte zur Tür und trommelte mit beiden Fäusten gegen das Metall. »He, ihr da draußen! Lasst uns gefälligst raus! Hört ihr nicht? Ihr sollt uns rauslassen!«

»Ob einer von uns ...« Evelyn blickte sich im Raum um. »Sie haben ja Jenny mitgenommen. Was ist, wenn wir verseucht sind?«

»Sei bloß still!«, fuhr Faith sie an. »Mit uns ist alles in Ordnung!«

Dennoch war uns allen mulmig zumute. Nicht zuletzt Luzia, die in meinen Armen lag und vor Angst zitterte.

Nach wenigen Minuten verstummte die Sirene und wir atmeten kollektiv auf – von Luzia mal abgesehen, die immer noch ihre Arme um meine Hüfte geschlungen hielt. Erst als sich auch die Beleuchtung wieder normalisierte, schien sie sich zu entspannen.

»War bestimmt nur falscher Alarm«, sagte ich. »Oder sie haben eine Probe abgehalten.« Damit versuchte ich, nicht nur das Mädchen zu beruhigen, sondern auch mich selbst. Allerdings gelang es mir nur bedingt.

»Vielleicht sind die Clearer ...«, begann Evelyn, verstummte aber sofort, als ich sie scharf anblickte. Was es auch war, wir konnten eh nichts daran ändern.

»Was hältst du davon, wenn wir ein wenig puzzeln?« Behutsam schob ich Luzias Kopf von meiner Brust, damit sie mich ansehen konnte. »Da gibt es ein sehr schweres mit kleinen Küken, was ich einfach nicht schaffe. Kannst du mir dabei helfen?«

Sie nickte und wenige Augenblicken später saßen wir an einem Tisch und sie schüttete die Schachtel mit den Puzzleteilen aus.

Ich hatte es zwar gehofft, aber das Puzzeln konnte mich nicht von den trüben Gedanken ablenken. Was würde mit uns geschehen, wenn sich die Soldaten gerade jetzt entschlossen, abzurücken, und uns hier zurückließen? Vielleicht lag Evelyn mit ihrer Vermutung richtig und die Clearer griffen uns an, drangen in diesem Augenblick in die Zuflucht ein, um alle Menschen zu töten. Mir war totschlecht und meine Hände zitterten, als ich Luzia ein Puzzleteil reichte. Ich unterdrückte das Zittern, so gut es ging, um ihr nicht noch mehr Angst einzujagen.

Wir hatten ungefähr die Hälfte geschafft, als sich die Tür unverhofft öffnete. Unwillkürlich schlug mein Herz bis in den Hals hinauf. Kamen uns nun die Monster holen?

Doch es waren nur Baxter und zwei Soldaten, die den Raum betraten. Ich sprang erleichtert auf und stand kurz davor, ihnen um den Hals zu fallen, als mir auffiel, wie ernst die drei Männer wirkten. Sogar mein Betreuer hatte seine gute Laune irgendwo unterwegs verloren – was mir ziemliche Angst einjagte.

Faith eilte zu ihnen. »Was ist denn passiert? Warum dieser Alarm?«

»Es hat einen ernsten Sicherheitsverstoß gegeben!«, sagte einer der Soldaten. »Bitte folgen Sie uns.«

Baxter wirkte ungewöhnlich ernst, beinahe grimmig, sodass auch Luzia merkte, dass etwas nicht stimmte. Sie stand ebenfalls auf, kam zu mir und ergriff meine Hand. Ich drängte mich an Faith vorbei und stellte mich neben Baxter.

»Was hat das zu bedeuten?«, flüsterte ich ihm zu, während wir den Aufenthaltsraum verließen.

»Das will euch Colonel Karlson selbst mitteilen. Du brauchst keine Angst zu haben. Es ist zum Glück nichts passiert. Die Wachen haben rechtzeitig reagiert.«

Ich wusste, dass er mich mit diesen Worten beruhigen wollte,

Doch es fehlte seinem Tonfall die Leichtigkeit, die üblicherweise mitschwang, wenn er mit mir redete. Ich wusste nicht, was ich davon halten sollte. Was konnte denn geschehen sein, weswegen man uns kurzfristig einsperren musste? Im Gänsemarsch bewegte sich unsere kleine Gruppe durch die Gänge und Luzia, die sich gerade erst wieder etwas beruhigt hatte, war nun erneut hochgradig verängstigt. Ihre Hand drückte meine so fest, dass ich das Gefühl hatte, sie wolle sie mir zerquetschen. Ich strich ihr mit meinem Daumen beruhigend über ihren Handrücken, bis sie ihren Kopf hob und mir ein zaghaftes Lächeln schenkte.

Der Colonel erwartete uns mit ein paar der Neuankömmlinge im Speisesaal, wo er einige Tische zusammengeschoben hatte. Hinter einem davon saß er mit düsterer Miene und aufgestützten Ellbogen während er uns nicht gerade freundlich beim Eintreten zusah.

»Setzen Sie sich!« Auf eine Bitte verzichtete er. Wir nahmen nebeneinander Platz und ich hob gerade Luzia auf meinen Schoss, als er auch schon fortfuhr. »Einer Ihrer Kameraden hat etwas sehr Dummes angestellt und nur mit viel Glück und der Umsicht der Wachen konnten wir eine Gefahr für die Zuflucht verhindern. Ich habe Sie alle zusammenrufen lassen, um Ihnen noch einmal eindringlich vor Augen zu führen, warum wir unter allen Umständen auf Gehorsam bestehen müssen. Bringen Sie ihn herein.« Den letzten Satz hatte er in Richtung eines Soldaten gesagt, der an der Tür zum Vorratsraum stand. Der Mann salutierte, öffnete die Tür und zerrte Stanford ohne viel Zartgefühl in den Speisesaal.

Natürlich! Es war mir fast klar gewesen, dass er für die Probleme verantwortlich war. Ich knirschte mit den Zähnen und verfluchte ihn in Gedanken mit allen Schimpfwörtern, die mir gerade einfielen. Wieso hatte er nicht bei seinen Verschwörungstheorien bleiben können? Erst als ich ihn eingehender betrachtete, kam so etwas wie Mitleid in mir auf. Was er auch immer getan hatte - war es wirklich nötig gewesen, ihn zu misshandeln? Selbst aus dieser Entfernung konnte ich die Platzwunden auf seinem Gesicht und den müden Ausdruck in den Augen erkennen.

»Dieser Mann hat versucht, ohne Genehmigung und ohne jegliche Sicherheitsmaßnahmen mit dem Aufzug an die Oberfläche zu fahren und die Zuflucht zu verlassen«, fuhr der Colonel fort. »Vorher hat er einen Mitarbeiter angegriffen und ihm dessen Keycard entwendet. Er hätte nicht nur sich damit umgebracht – was mir egal gewesen wäre – sondern uns alle dem Untergang geweiht. Die Clearer wären hier eingedrungen und hätten jeden Einzelnen von uns getötet.«

»Es gibt keine Monster da oben«, rief Stanford. »Sie belügen uns alle!«

Er wollte wohl noch mehr von sich geben, doch einer der Soldaten rammte ihm einen Schlagstock in den Magen, sodass Stanford nur noch würgende Geräusche herausbrachte. Beinahe wäre ich aufgesprungen, doch Luzia wandte sich entsetzt ab und presste ihren Kopf an meinen Bauch.

»War das jetzt notwendig?«, fragte ich bestürzt.

Der Colonel blickte mir mit bemerkenswerter Kühle ins Gesicht. »Falls Sie es noch nicht gemerkt haben sollten - wir sitzen alle im selben Boot und ich will verdammt sein, wenn ich uns alle durch irgendwelche verrückten Spinner in Gefahr bringen lasse! Jeder von Ihnen hat die Monster gesehen, falls er sich nicht ohnehin an sie erinnert. Den Nächsten, der glaubt, er könne hier einen Aufstand provozieren, verfrachte ich eigenhändig nach oben und sehe ihm auf dem Bildschirm in der Einsatzzentrale beim Sterben zu! Das wäre alles.«

Die Soldaten packten Stanford unter den Achseln und zerrten ihn in Richtung Ausgang. Ja, er war ein Spinner, auch in meinen Augen, aber dennoch gefiel es mir ganz und gar nicht, wie sie mit ihm umgingen.

»Was haben Sie mit ihm vor?«, fragte ich den Colonel.

»Es geht Sie zwar nichts an, aber wir werden ihn erst einmal zu seiner eigenen Sicherheit in Gewahrsam nehmen. Wenn ihn sich die Ärzte angeschaut haben, kann er in sein Quartier zurückkehren. Wenn Sie mich jetzt entschuldigen würden, da warten noch ein paar wichtige Aufgaben auf mich.«

»Was für ein Arschloch!«, wisperte mir Faith zu, als der Colonel mitsamt seiner Männer und Stanford den Speisesaal verlassen hatte.

»Ihr Freund hat uns alle in Gefahr gebracht«, sagte ein Mann, dessen Namen Brian oder Dylan war. Ich hatte ihn nicht behalten. »Wir können uns glücklich schätzen, hier zu sein, und sollten den Soldaten etwas mehr vertrauen.«

Faith schnaubte nur verächtlich und ich hatte ebenfalls kein Interesse, mich auf irgendwelche Diskussionen einzulassen. So ganz unrecht hatte er ja nicht, aber auch wenn Stanford einen Fehler begangen hatte, so war es doch nicht nötig gewesen, ihn zu misshandeln.

»Es ist ja nichts passiert«, sagte Baxter, der mich am Ausgang erwartete. »Wir sind noch einmal mit dem Schrecken davongekommen.«

Kapitel 6

»Wie geht es Ihnen?«, fragte mich erneut dieser Pferdearzt Dr. Elder.

Mittlerweile hatte ich im Verlaufe der letzten fünf Wochen bestimmt fünfzig Spritzen erhalten, an vier Tropfs gehangen und war von Kopf bis Fuß aufs Gründlichste untersucht worden. Ich hatte genug.

»Mir geht es beschissen!« Ich gab mir keine Mühe mehr, irgendwie höflich zu klingen.

»Das vergeht sehr bald. Wir haben …«

»Ich weiß, ich weiß!«, unterbrach ich ihn. »Sie müssen sicherstellen, dass ich keinerlei Krankheitskeime in mir trage. Aber sollte ich mich nach all den Untersuchungen und Spritzen nicht allmählich besser fühlen? Stattdessen geht es mir immer schlechter. Wie lange soll das denn noch so weitergehen?«

»Es tut mir auch leid, Hope, doch ich kann Ihnen immerhin sagen, dass dies die letzte tiefergehende Behandlung war. Alles, was jetzt noch kommt, hilft Ihnen nur dabei, Ihr angeschlagenes Immunsystem aufzubauen.«

Das hörte ich gerne. »Und was passiert jetzt?«

»Das wird Ihnen Ihr Betreuer mitteilen. Ich denke aber, Sie werden schon sehr bald die unteren Ebenen zu Gesicht bekommen. Dort ist es nicht so langweilig wie hier auf Ebene A … Ah, hallo Baxter, Sie kommen wie gerufen. Meine Patientin wird schon ungeduldig.«

Ich lächelte zufrieden, als ich ihn eintreten sah. In den letzten Wochen war er von einem beinahe Fremden zu einem guten Freund geworden. Ohne ihn und Faith wäre mir die Zeit sehr viel schwerer gefallen, auch wenn gelegentlich einige neue Gerettete in die Zuflucht kamen. Aber mit Faith und Luzia bildete ich mittlerweile eine verschworene Dreiergruppe. Eigentlich hätte noch Stanford dazugehört, doch von ihm fehlte seit der Versammlung im Speisesaal jede Spur. Von Jenny hatten wir erfahren, dass sich sein Verfolgungswahn zu einer zünftigen Paranoia ausgewachsen hatte. Deswegen lag er zur Behandlung auf Ebene D.

Baxter gab mir zur Begrüßung einen freundschaftlichen Kuss auf die Wange und half mir beim Aufstehen. Er musste energisch zupacken, denn ich war doch recht wackelig auf den Beinen.

»Sie sollte jetzt tüchtig essen und vor allem viel Flüssigkeit zu sich nehmen«, gab ihm der Arzt noch mit auf den Weg.

»Blödmann«, murmelte ich, kaum dass wir den Untersuchungsraum verlassen hatten.

»Ich hoffe doch, du meinst nicht mich.« Grinsend blickte er zu mir nach unten und ich stieß ihm leicht meinen Ellbogen in die Seite, was er mit einem breiten Lächeln beantwortete.

»Wenn du versprichst, mich nie mehr Elders Händen auszuliefern, dann werde ich es eventuell zurücknehmen.«

»Ich verspreche es dir hoch und heilig.«

Zu meiner Überraschung schlug er nicht den Weg zur Mensa, sondern den zu meinem Quartier ein.

»Etwas zu essen könnte ich schon vertragen«, sagte ich. »Zumindest damit lag Elder nicht falsch.«

»Ich habe etwas in deiner Unterkunft vorbereitet. Ich hoffe, du bist mir nicht böse, dass ich so einfach dort eingedrungen bin. Es soll sozusagen dein Abschiedsessen dort werden, denn morgen geht es runter auf die Ebene C. Da wird es dir bestimmt sehr gut gefallen, das verspreche ich dir.«

Im ersten Moment freute es mich, endlich etwas anderes zu sehen, aber dann dachte ich an die Menschen, die ich hier würde zurücklassen müssen. Es fühlte sich irgendwie falsch an und in meinem Mund sammelte sich bittere Galle. Er hatte es mir wohl angesehen, denn er lächelte breit und drückte mich an sich.

»Nur keine Sorge. Ich habe die Genehmigung, dich weiter zu 'betreuen', da es in letzter Zeit kaum noch Neuankömmlinge gab. Faith und Luzia werden dich ebenfalls auf Ebene C begleiten. Das kleine Mädchen hat alle notwendigen Behandlungen erhalten.«

Ich atmete auf und das bedrückende Gefühl verschwand genauso schnell, wie es gekommen war. »Das ist gut so. Sie fing schon an zu weinen, wenn jemand nur Elders Namen erwähnte. Im früheren Leben war er alles Mögliche, aber bestimmt kein Kinderarzt.«

Er stimmte mir lachend zu und wir alberten noch etwas herum, bis wir meine Unterkunft erreichten.

Als er die Tür zu meinem Quartier öffnete, blieb ich für einen Augenblick wie angewurzelt stehen. Der Tisch war mit feinstem Porzellan gedeckt und ich wagte gar nicht zu fragen, wo er es aufgetrieben hatte. Vermutlich stand in diesem Moment Colonel Karlson vor seinem Geschirrschrank und fragte sich, wo seine Teller abgeblieben waren. Zu schade, dass ich das Gesicht des alten Kommisskopfes nicht sehen konnte. Baxter schob mich sanft in den Raum hinein und lotste mich zum Stuhl, der am Tisch stand und auf mich wartete. Mir stieg der Duft des Essens in die Nase und mein Magen knurrte sofort, als wäre er begierig darauf, all die Köstlichkeiten aufzunehmen.

Baxter lachte leise und deutete auf das Besteck, welches ich sofort ergriff. Während ich das überaus schmackhafte Essen in mich hineinstopfte, setzte er sich auf die Bettkante.

Nachdem ich auch den letzten Bissen verdrückt hatte, lehnte ich mich zufrieden und pappsatt in meinem Stuhl zurück.

»Woher hast du das alles besorgt?«, wollte ich wissen. »Wenn es das jeden Tag hier gäbe, wäre ich bereits unförmig wie eine Tonne.«

»Es ist ein Geheimnis.«

»Hauptsache, Karlson stellt dich nicht vor ein Erschießungskommando.«

Er lachte vergnügt. »Den Colonel hast du wohl nicht in dein Herz geschlossen.«

»Ist das ein Wunder? Ich muss immer noch an den armen Stanford denken.«

Baxter winkte ab. »Dem geht es auf Ebene D blendend. Er muss sich um nichts kümmern, wird sehr gut verpflegt, kann den ganzen Tag lesen und im Bett liegen. Vielleicht sollte ich mir auch eine Macke zulegen.«

Eigentlich gefiel mir Baxter, so wie er war. Dass wir viel Zeit miteinander verbrachten, lag nicht daran, dass er mein Betreuer war. Wir verstanden uns einfach nur prächtig. Außerdem kam hinzu, dass er gut aussah und ich schon seit einiger Zeit ein eigenartiges Gefühl im Bauch verspürte, sobald er in meiner Nähe war. Lächelnd stand ich auf und begann, den Tisch abzuräumen.

Wir wuschen das Geschirr und Besteck notdürftig im Waschbecken meines Badezimmers ab, bevor wir uns auf das kleine

Sofa setzten. Auf einmal herrschte eine merkwürdige Stimmung zwischen uns, jetzt, wo der Abend eigentlich vorbei war.

»Ich denke, ich werde dich morgen …«

Weiter kam er nicht, denn ich presste ihm meinen Mund auf seine Lippen. Es war ein herrliches Gefühl und er schien auch nicht abgeneigt, noch einen Schritt weiterzugehen. Schon zog ich den Reißverschluss meiner Freizeitjacke auf, als er plötzlich zurückwich.

»Nein, das geht nicht … wir dürfen nicht …«

Ich war wie vor den Kopf gestoßen, fühlte mich, als hätte man mir eine kräftige Ohrfeige verpasst. »Wieso denn? Wir sind doch beide volljährig. Wer sollte also etwas dagegen haben?«

»Vorschriften … Nein, ich muss jetzt gehen, tut mir leid!« Er sprang vom Sofa auf und eilte so hastig zur Tür, dass es wie eine Flucht aussah. Ich hätte es wohl komisch gefunden, wenn ich nicht so enttäuscht gewesen wäre. »Ich komme dich morgen um neun Uhr abholen und bringe dich auf Ebene C.«

Und weg war er. Sprachlos blickte ich auf die Tür, die sich hinter ihm geschlossen hatte. Ich erinnerte mich zwar nicht an mein früheres Leben an der Oberfläche, doch ich wusste durchaus, dass Männer in der Regel nicht so reagierten. Nun, ich war sicher kein Model, aber hässlich war ich auch nicht. Hatte ich seine Fürsorge missverstanden und etwas hineininterpretiert, das nicht vorhanden war? Wütend griff ich mir irgendeinen Gegenstand, der sich in der Nähe befand, und warf ihn an die Wand. So ein Scheißkerl!

Ich hatte eine Stinkwut und musste mit jemandem darüber reden. Faith würde dran glauben müssen.

»So ein Idiot!«

Wie es sich für eine gute Freundin gehörte, gab mir Faith in jeder Beziehung recht und spottete ausgiebig über den Hasenfuß, der so feige den Rückzug angetreten hatte. Meine Wut war mittlerweile verraucht und hatte einer Portion Selbstzweifel Platz gemacht.

»Bin ich denn so hässlich?«, fragte ich.

»Red keinen Stuss! Es gibt hier kaum einen Mann, der dir nicht nachschaut. Wahrscheinlich könntest du sogar Colonel Karlson ins Bett lotsen.«

»Da würde ich eher ins Kloster gehen … wenn es denn noch welche gäbe.«

»Wer weiß, vielleicht haben sich die Clearer da noch nicht rangetraut. Kopf hoch, es gibt noch andere Männer außer Baxter.«

»Meinst du deinen Betreuer?«

»Wen?« Faith riss die Augen weit auf und schüttelte sich. »Um Himmels willen, sag doch nicht so etwas! Ich geh dem Kerl möglichst aus dem Weg – aber das beruht auf Gegenseitigkeit. Bei unserer ersten Begegnung kam er mir auf eine ganz merkwürdige und schleimige Masche und ich habe ihm sofort zu verstehen gegeben, dass er sich verziehen soll. Daran hat er sich auch gehalten.«

»Mit dir hat es die Männerwelt auch nicht leicht.« Ich stieß ihr meinen Ellbogen in die Rippen. »Komm, sag schon, was du sagen wolltest. 'Wenigstens laufen sie vor mir nicht davon!' Das liegt dir doch auf der Zunge, oder?«

Nun grinste auch sie über das ganze Gesicht. »Schon, aber das erschien mir noch zu früh. Aber wenn du das sagst …«

Es war erstaunlich, wie schnell mich das Gespräch mit ihr aus dem Keller der schlechten Laune herausholte. Wenn es irgendwo Alkohol gegeben hätte, dann wären wir wohl bereits ziemlich abgefüllt, aber leider waren anscheinend nur Abstinenzler in der Zuflucht untergebracht.

Das Signal des Visiofons unterbrach unsere Alberei.

»Das wird Evelyn sein«, sagte Faith, während sie es aktivierte. »Sie ruft alle zwei Tage an.«

»Mich nicht.«

»Wahrscheinlich hast du auch sie verscheucht.«

Ich hätte Faith gerne was an den Kopf geworfen, aber leider fand ich nichts Passendes in meiner Reichweite. Sie stellte die Bildverbindung her und als ich Evelyns Bild auf dem Monitor sah, wusste ich sofort, dass sie etwas auf dem Herzen hatte.

»Ist was passiert?«, fragte ich, ohne die Begrüßung abzuwarten.

Sie lächelte verkniffen. »Hallo Hope. Schön, dich zu sehen. Nein, hier ist alles in Ordnung. Selbst Dalton hat sich eingelebt, alles bestens.«

Sie war eine schlechte Lügnerin, aber ich wollte keine weiteren Fragen stellen. Anscheinend vermutete sie, dass jemand die Übertragung abhörte – was nicht verwunderlich wäre.

»Hope, Luzia und ich werden morgen auf die Ebene C verlegt«, teilte Faith ihr mit. »Wir haben heute die Nachricht erhalten.«

Evelyn schien sich etwas zu entspannen. »Oh, das ist erfreulich. Da kann ich euch ja besuchen und wir können wieder miteinander plaudern, so wie früher.«

»Hat man dir bereits eine Arbeit zugeteilt?«, fragte Faith.

»Nein, noch nicht. Wir sind noch nicht soweit, wie man uns

gesagt hat. Aber das können wir ja alles morgen besprechen.«

Es war ein sehr merkwürdiges Gespräch und ich war auch erleichtert, als Evelyn sagte, dass sie nun auflegen müsse.

»Das klang aber alles sehr seltsam«, meinte Faith, nachdem die Verbindung getrennt war.

»Anscheinend ist nicht alles Gold, was glänzt.«

Kapitel 7

Wenigstens hatte Baxter ein schlechtes Gewissen. Er konnte mir nicht in die Augen sehen, als er mich am anderen Tag abholen kam, um mit mir auf die Ebene C zu fahren. Ich machte ihm das Leben auch nicht leichter, weil ich mich betont mürrisch und mies gelaunt gab.

»Es tut mir leid«, sagte er schließlich, als wir bereits auf dem Weg zum Fahrstuhl waren. »Ich wollte dich gestern Abend nicht kränken, aber irgendwie geschah auf einmal alles so plötzlich.«

Ich lachte kurz und spöttisch. »Ich wollte dich auch nicht heiraten, sondern nur ein wenig Spaß haben. Stehst du nicht auf Frauen oder bin ich dir zuwider?«

»Wie kommst du denn darauf? Ich mag dich, sogar sehr, aber …«

»Was aber?«, fuhr ich ihn an, als er eine lange Kunstpause einlegte.

»Es ist uns Betreuern verboten, eine Beziehung zu einer Geretteten einzugehen.«

»Verstehe, weil wir ja alle möglichen Gifte in uns tragen könnten.«

»Nein, das ist es nicht. Bitte gib mir etwas Zeit.«

Ich zuckte nur mit den Schultern, als ob ich damit sagen wollte, dass alles in Ordnung sei. »Kann ich mit leben. Ist ja nicht so, als könnte ich dir hier aus dem Weg gehen.«

Mittlerweile hatten wir den Aufzug erreicht.

»Probier hier doch mal deine Chipkarte aus«, schlug er vor.

Ich kam der Aufforderung nach und zu meiner Überraschung konnte ich tatsächlich den Aufzug rufen. Es hätte mich nicht gewundert, wenn die Sirene losgegangen wäre.

»Nun kannst du dich frei zwischen den Ebenen A und C bewegen«, sagte Baxter. »Komm, ich bringe dich in dein Quartier.«

Die nächsten Stunden verbrachte ich damit, die neue Ebene zu erkunden, und nahm meine Kleidung in Empfang. Auch ich erhielt nun zwei Freizeitanzüge mit roten Streifen an der Seite. Luzia und Faith waren ebenfalls schon dabei, ihr zugewiesenes Domizil in Beschlag zu nehmen. Das kleine Mädchen würde weiterhin mit Jenny zusammenwohnen. Sie betrachtete die Betreuerin mittlerweile als eine Art Ersatzmutter, wenn sie sich auch gelegentlich nach ihrer richtigen Mutter erkundigte und oft genug weinte, weil sie sich verlassen fühlte.

Im Laufe des Tages traf ich mich regelmäßig mit Faith. Als die allgegenwärtige Uhr der Einrichtung anzeigte, dass der Abend angebrochen war, ging ich gemeinsam mit ihr zu Evelyn. Sie erwartete uns bereits in ihrem Quartier und machte einen noch nervöseren Eindruck auf uns als am gestrigen Tag.

Wir begrüßten uns wie alte Freunde – oder eher wie Schicksalsgenossen.

»Was ist eigentlich los?«, fiel Faith mit der Tür ins Haus. »Du wirkst so wie ich, wenn ich zwei Kannen Kaffee intus habe.«

Evelyn leckte sich über die Lippen und blickte sich um, als erwartete sie jeden Moment, jemanden aus einem Versteck herausspringen zu sehen. »Es geht um Dalton.«

»Hattest du uns nicht gestern mitgeteilt, dass er sich gut eingelebt hätte?«, fragte ich.

»Das stimmt ja auch … oder besser gesagt, es hat gestimmt. Bis vor drei Tagen war alles in Ordnung, doch dann wurde er krank. Ich hatte Bedenken, es euch über Visiofon zu sagen, weil …«

»… du befürchtest, es könnte jemand mithören.«, ergänzte ich den Satz.

Sie nickte und rieb sich die Hände, als ob sie eine innere Spannung lösen wollte. »Er fühlte sich nicht schlecht oder so, aber bei einer der täglichen Routineuntersuchungen wurde etwas festgestellt.«

»Und was geschah dann?«

»Er wurde zur weiteren Behandlung auf eine andere Ebene gebracht. Auf D, wie man mir auf Nachfrage sagte.«

»Da liegt auch Stanford«, meinte Faith. »Wahrscheinlich spielen die dort in diesem Moment Karten oder tauschen die neusten Verschwörungstheorien aus.«

»Wenn es doch nur so wäre …«

Evelyn wischte sich über die Stirn und wurde zusehends nervöser. »Mir kam das alles seltsam vor, weil mir nicht erlaubt wurde, ihn zu besuchen. Angeblich sei die Ansteckungsgefahr zu groß, solange ich noch selbst in Behandlung sei. Und Visiofons sind nicht erlaubt, um den Heilungsverlauf der Kranken nicht zu stören.«

»Die sind hier aber wirklich außerordentlich besorgt um uns«, sagte ich mit einer gehörigen Portion Sarkasmus.

»In meinen Augen etwas zu sehr. Es ist ja nicht nur Dalton, der plötzlich krank wurde. Ich bin zwar noch nicht so lange auf dieser Ebene und kann auch nur für diesen Sektor sprechen, aber es verschwinden regelmäßig Personen, die schon länger auf dieser Ebene sind. Und sie tauchen nie wieder auf.«

Ich runzelte die Stirn und konnte kaum glauben, was ich da hörte. »Und wieso bleibt dann alles ruhig? Jedenfalls habe ich niemanden gesehen, der hier wild schreiend durch die Gegend läuft und auf der Suche nach seinen Freunden ist.«

Evelyn ging hinüber zum Schrank, holte etwas aus einer Schublade und legte es vor mir auf den Tisch. Es waren drei knallrote Tabletten.

»Die bekommen wir jeden Tag zum Frühstück. Sie sollen uns vor den schädlichen Spurenelementen schützen, die angeblich vom Lüftungssystem nicht rausgefiltert werden können. Laut Aussage der Ärzte bekamen wir die Medikamente auf der Ebene A mit den regelmäßigen Spritzen, doch hier sollen wir sie unter Aufsicht in Tablettenform einnehmen. Dalton hat nur so getan, als würde er sie schlucken. In Wirklichkeit hat er sie unter der Zunge versteckt und in seinem Quartier ausgespuckt.«

»Vielleicht ist er ja tatsächlich krank geworden, eben weil er die Medizin nicht eingenommen hat«, vermutete Faith.

»Nein, das ist es nicht. Ich … weiß auch nicht, aber seit ich sie auch nicht mehr einnehme, fallen mir zunehmend die Dinge auf, von denen ich euch erzählt habe.«

Ich trommelte mit den Fingern auf den Tisch, sah Evelyn an und wusste nicht, was ich dazu sagen sollte. »Wieso retten Sie uns erst, wenn Sie uns dann nachher … keine Ahnung … verschwinden lassen wollen?«

»Wir müssten der Ebene D einen Besuch abstatten, um herauszufinden, was da vor sich geht.«

»Hast du auch schon eine Idee, wie wir das anstellen sollen?«, fragte Faith. »Mein Betreuer hat mir gesagt, dass wir uns nun zwischen den Ebenen A und C frei bewegen können. Von D war aber nicht die Rede.«

»Deswegen brauchen wir ein Armband samt Chip, mit dem zumindest einer von uns auf D kommen kann. Wer versteht sich denn mit jemandem besonders gut, der so etwas besitzt und von dem sie es sich 'ausborgen' kann, während er schläft?«

Faiths und Evelyns Augen schauten wie auf Kommando in meine Richtung.

»Schlagt euch das aus dem Kopf!«, sagte ich, nachdem mir klargeworden war, worauf sie anspielten. »Baxter hat mich eiskalt abblitzen lassen. Wie kommt Ihr denn auf die Idee, dass es beim nächsten Mal anders laufen würde – falls ich überhaupt noch will?«

»Du musst dir einfach mehr Mühe geben«, sagte Faith. »Vorgestern war es doch beinahe so weit. Willst du mir wirklich erzählen, dass du nicht in der Lage bist, einen Mann ins Bett zu bekommen, der scharf auf dich ist? Und umgekehrt trifft es doch wohl auch zu, oder?«

»Ich soll also erst mit ihm schlafen und ihn dann sofort hintergehen? Ist es das, was Ihr vorschlagt?«

»Öh … ja, so ungefähr trifft es zu, würde ich meinen.« Faith grinste, bevor sie fortfuhr. »Komm schon! Sag nicht, du wärst nicht ebenfalls neugierig auf das, was da vor sich geht.«

Ich war entsetzt über ihren Vorschlag, obwohl sie damit nicht ganz falschlag, aber dennoch kam es mir nicht nur schäbig, sondern auch ziemlich niederträchtig vor. Doch wenn ich nur auf diese Art herausfinden konnte, ob Evelyns Sorgen begründet waren, dann musste es wohl sein. Im Grunde genommen waren die Soldaten ja selbst schuld. Wären sie weniger schweigsam, müsste ich nicht diesen Weg gehen.

»Also schön, ich versuche es. Es ist falsch, ich weiß, aber wenn ich euch damit beruhigen kann …«

Die nächsten Tage machten es Faith und ich so wie Evelyn. Wir nahmen die Tabletten ebenfalls nicht ein und tatsächlich schöpfte keiner der Ärzte einen Verdacht. Außerdem erkundigten wir uns unter größter Vorsicht nach Personen, die verschwunden waren und gegen Krankheiten auf anderen Stationen behandelt wurden. Wir kamen auf eine durchaus imponierende Anzahl, was unsere Sorge nicht geringer werden ließ. Etwas ging hier vor sich und ich wollte wissen, was es war.

Außerdem suchte ich während dieser Zeit ganz besonders Baxters Nähe. Er war augenscheinlich erleichtert, dass ich ihm sein merkwürdiges Verhalten nicht mehr nachtrug. So beiläufig, dass es fast wie ein Versehen wirkte, berührte ich ihn regelmäßig am Oberkörper, den Armen und an der Wange. Wenn ihn das nicht in Stimmung brachte, dann wüsste ich auch nicht mehr weiter. Als nächste Eskalationsstufe wäre nur noch geblieben, mir vor ihm alle Kleider vom Leib zu reißen und direkt auf ihn drauf zu springen.

Zum Glück musste ich nicht so weit gehen. An einem Nachmittag lachten und scherzten wir noch, aber in seinen Augen erkannte ich ein untrügliches Glitzern. Er war bereit, auch den letzten Schritt in Angriff zu nehmen – und ich ebenfalls. Ich hatte zwar keine Ahnung, wann ich das letzte Mal mit einem Mann im Bett gewesen war, aber eines war sicher – meine weiblichen Begierden waren sehr präsent. An diesem Abend lud ich ihn zu mir ein und nötigte ihn nach einem kurzen Intermezzo ins Schlafzimmer. Natürlich war der Endzweck dieser Sache, an sein Armband zu kommen, aber diesen Gedanken schob ich ganz tief in den hintersten Bereich meines Gehirns. Er fühlte sich gut an und ich verstand, weshalb man es als die schönste Nebensache der Welt bezeichnete. Mein schlechtes Gewissen löste sich in Luft auf und ich ließ mich fallen, genoss unsere gemeinsame Zeit und vergaß alles um mich herum.

Erst als wir erschöpft und glücklich in den Armen lagen, fiel es mir wieder ein. Ich beschloss, es zunächst anders anzugehen. Also fuhr ich mit dem Finger über seine Brust und stützte mich auf den Ellbogen, um ihm ins Gesicht sehen zu können.

»Du, sag mal, was ist eigentlich die Ebene D?« Das war jetzt nicht sonderlich subtil und für einen Moment befürchtete ich schon, ich hätte es vermasselt.

»Wie kommst du denn jetzt darauf?«

Das war eine gute Frage. »Mir ist nur gerade etwas eingefallen. Stanford liegt ja nun schon eine ganze Weile auf D …«

»… und da wird er wohl auch noch länger bleiben! Das ist eine Art Isolierstation, in der schwere Krankheitsfälle behandelt werden. Du weißt doch noch, in welche Gefahr er uns alle gebracht hat.« Er blickte mich an und ich glaubte, eine Spur Misstrauen auf seinem Gesicht zu sehen. »Kümmer dich bitte nicht darum, hörst du? Der Colonel ist normalerweise recht umgänglich, aber er kann es nicht ertragen, wenn man gegen die Sicherheitsbestimmungen verstößt.«

Sollte ich ihm vertrauen oder steckte doch mehr dahinter? Sein Misstrauen besagte jedenfalls Letzteres. Und doch zeigte mir seine ganze Art, dass er sich um sich sorgte. Je stärker dieser Eindruck wurde, desto mehr schämte ich mich dafür, dass ich ihn hintergehen würde. Ich küsste ihn betont zärtlich und schaffte es so, ihn zu beruhigen. »Ich bin doch ein ganz braves Mädchen und froh, hier in Sicherheit und bei dir zu sein.«

Die halbe Nacht lang lag ich neben ihm und wartete darauf, dass er endlich einschlief. Bei mir bestand die Gefahr nicht, denn ich war viel zu aufgeregt, als dass ich auch nur ein Auge hätte schließen können. Schließlich hörte ich an den ruhigen Atemzügen, dass er wohl eingeschlafen war. Dennoch hielt ich mich noch eine weitere halbe Stunde zurück, bevor ich mich unendlich vorsichtig an die Arbeit machte. Zum Glück war sein rechter Arm ganz in meiner Nähe, sodass ich im Bett liegen und gleichzeitig am Verschluss herumfummeln konnte. Da ich sehr behutsam vorging, dauerte es ziemlich lange, bis ich sein Armband in der Hand hielt. Sollte er jetzt aufwachen, würde ich mich wohl im Büro bei Colonel Karlson wiederfinden, falls Baxter streng nach Vorschrift handelte. Tief in mir drinnen hoffte ich, dass es nicht so war.

Ich schlüpfte aus dem Bett und schlich auf nackten Füßen in den Wohnraum, hin zum Monitor auf dem Tisch. Ich schwitzte vor Nervosität, als ich den Chip auf den dafür vorgesehenen Sensor presste. Das Geräusch, mit dem das System zum Leben erwachte, erschien mir fürchterlich laut zu sein und ich sah schon vor meinem geistigen Auge Soldaten zur Tür hereinstürzen. Aber nichts geschah.

Langsam beruhigte ich mich und ging nach dem Plan vor, den ich mir im Bett zurechtgelegt hatte.

»Zeig mir den Plan der Ebene D.«

Augenblicklich bekam ich eine verwirrende Karte mit haufenweisen Gängen und Räumen angezeigt. Immerhin, der erste Schritt war geschafft und ich wusste nun, dass Baxter tatsächlich Zugang zu diesem Stockwerk hatte.

»Zeig mir alle Personen an, die sich derzeit auf dieser Ebene befinden.«

Der Computer markierte einige Punkte, fünf Stück an der Zahl, und jeder einzelne von ihnen in einem Sektor.

»Markiere die Person mit dem Namen Dalton.«

Ein Punkt färbte sich rot. In seiner direkten Umgebung befanden sich die vier weiteren Markierungen. Wahrscheinlich waren es seine Zimmergenossen.

»An welcher Krankheit leidet die Person namens Dalton?«, fragte ich.

»Spezifikation erforderlich.«

»Aus welchem Grund befindet er sich in dem Raum?«

»Wird zur Immersion vorbereitet.«

Viel schlauer war ich immer noch nicht. »Was bedeutet Immersion?«

»Kein Zugriff. Autorisation erforderlich.«

Aha, Baxter durfte also längst nicht alles wissen. Mit medizinischen Eingriffen hatte er offensichtlich nichts zu tun. »Für wann ist die Immersion vorgesehen?«

»Kein Zugriff. Autorisation erforderlich.«

»Blöde Kiste«, grummelte ich. »Wann wird Dalton nach Ebene

C zurückverlegt?«

»Keine Rückführung geplant.«

Also schien er doch schwerer erkrankt zu sein, als man uns mitteilen wollte. Immerhin wusste ich, dass er tatsächlich auf D war und dass es bis zu seiner Heilung noch länger dauerte. Das würde Evelyn nur teilweise beruhigen, aber es war nicht zu ändern. Wenn ich schon mal im System war, könnte ich mich auch nach dem obersten Verschwörungstheoretiker erkundigen.

»Wo befindet sich die Person namens Stanford.«

»Nicht vorhanden.«

Ich zog die Stirn in Falten. »Was soll das bedeuten? Er muss doch dort gewesen sein!«

»Letzter Aufenthalt auf Ebene E vor achtzehn Tagen.«

»Wurde er irgendwie behandelt.«

»Behandlung vor neunzehn Tagen beendet.«

Langsam begriff ich gar nichts mehr. Obwohl … das stimmte nicht ganz, denn in mir wuchs ein unangenehmes Gefühl, etwas, was nicht sein durfte.

»Zeig mir den Plan der Ebene E.«

Das Bild wechselte und ich sah einen deutlich einfachen aufgebauten Raumplan. Im Grunde genommen bestand er aus einem recht großen Zimmer und einigen viel kleineren Räumen, von denen Zugänge in den Hauptraum führten.

»Zeig mir Stanfords letzten Aufenthaltsort.«

Ein leuchtender Punkt erschien im großen Zimmer.

»Hat der Raum eine Bezeichnung und wenn ja, wie lautet sie?«

»Zimmer E.01. Krematorium.«

Kapitel 8

Während der restlichen Nacht fand ich keinen Schlaf, aber war das eine Überraschung? Meine Hände waren so sehr am Zittern, als ich Baxter das Armband anlegte, dass ich mich wunderte, warum er davon nicht aufwachte. Danach lag ich in Embryonalstellung im Bett und ich fühlte mich hundeelend. Sie hatten Stanford ermordet, dass stand wohl zweifelsfrei fest. Denn ich ging nicht davon aus, dass er an irgendeiner Krankheit gestorben war. Aber was war der Grund? Weil er gegen die Regeln verstoßen hatte? Und wenn sie ihn vorher behandelt hatten, was war mit ihm geschehen?

Ich war so in Gedanken versunken, dass ich fürchterlich zusammenschrak, als mir Baxter die Hand auf die Schulter legte.

Sofort zog er die Hand zurück. »Tut mir leid, dass ich dich aufgeweckt habe.«

In diesem Augenblick fragte ich mich, ob Baxter Bescheid wusste. Ein Schauer lief mir über den Rücken. Ich riss mich mit aller Gewalt zusammen, drehte mich zu ihm hin und lächelte ihn an. Ob das mehr war als eine Grimasse? Jedenfalls bemerkte er nichts oder er gab sich zumindest den Anschein.

»Ich war schon wach, hab aber über etwas nachgedacht.«

»Bereust du die letzte Nacht?«

»Nein, wieso? Sollte ich? Haben wir gegen irgendwelche Regeln verstoßen?«

Er strich sich durch die Haare und wunderte sich wahrscheinlich, was ich damit meinte. »Natürlich nicht. Ich dachte nur …«

»War doch nur ein Scherz.« Ich beugte mich zu ihm rüber und küsste ihn. »Alles in Ordnung.«

Er schaltete das Licht ein und warf einen Blick auf die allgegenwärtige Wanduhr. »Ich muss aufstehen. Wir haben heute eine Versammlung. Da wird uns der Colonel bestimmt wieder mit irgendwelchen Vorträgen langweilen. Das macht er sehr gerne.«

»Dann los. Ich will nicht schuld sein, wenn du zu spät kommst.«

»Ich spring bei mir unter die Dusche«, sagte er, während er seine Kleidung anzog. »Sehen wir uns heute Abend?«

»Wie könnte ich denn meinem Betreuer etwas abschlagen?«

Er stutzte für einen Augenblick und fragte sich wahrscheinlich, wie ich das gemeint hatte. Schließlich warf er mir noch eine Kusshand zu und war im nächsten Moment aus meinem Quartier verschwunden. Das Lächeln fror mir ein und ich fiel auf das Kissen zurück. Ich musste unbedingt mit Faith und Evelyn sprechen, aber ganz bestimmt nicht über das Visiofon. Ich war mir nun fast sicher, dass die Gespräche abgehört wurden.

»Du meinst tatsächlich, dass sie Stanford …«

Faith war wirklich erschüttert, obwohl sie den Mann ja nicht sonderlich sympathisch gefunden hatte.

»Es deutet alles darauf hin.«

Wir saßen zu dritt im Aufenthaltsraum, da Faith gemeint hatte, dass es unauffälliger wäre, als wenn wir uns bei jemandem im Quartier getroffen hätten. Wahrscheinlich lag sie damit richtig.

»Und jetzt?« Evelyn hielt sich panisch die Hand vor den Mund.

»Heißt das, dass Dalton ebenfalls … wie Stanford …«

»Aber warum?« Faith schüttelte den Kopf. »Was macht das denn für einen Sinn? Wieso retten sie uns erst von dort draußen, nur um uns nachher umzubringen?«

Ich zuckte mit den Schultern und spürte, wie sich eine Gänsehaut auf meinem Körper ausbreitete. »Und wenn Stanford recht hatte? Vielleicht gibt es gar keine Monster an der Oberfläche oder falls doch, dann wollen die Soldaten mit unserer unfreiwilligen Hilfe diese Kreaturen bekämpfen. Könnt Ihr euch denn an etwas von früher erinnern? Ich jedenfalls immer noch nicht.«

»Es gibt diese Monster«, erwiderte Evelyn. »Wart Ihr nicht auch in der Einsatzzentrale und habt dieses widerliche Insekt auf dem Monitor gesehen? Ich möchte so einem Vieh bestimmt nicht begegnen.«

»Und wenn es nur ein Trick war?«, sagte ich. »Vielleicht gehört das zur Standardprozedur, um uns davon abzuhalten, auch nur einen Gedanken an Flucht zu verschwenden.«

Faith stützte ihr Kinn in beide Hände. »Und was jetzt? Hat irgendjemand von euch eine Idee, was wir nun unternehmen sollen? Einfach abwarten, bis sie uns ebenfalls nach unten verschleppen? Sollen wir alle Soldaten entwaffnen und mit dem Aufzug nach oben fahren? Auf Hilfe von den anderen auf dieser Ebene brauchen wir nicht zu rechnen. Was auch immer in den Pillen ist, es wirkt sehr gut. Die kommen mir alle wie künstlich ruhiggestellt vor.«

»Was sie wohl auch sind«, sagte ich. Je länger ich darüber nachdachte, desto mehr war ich davon überzeugt, dass Stanford recht gehabt haben könnte. Ich bekam ein schlechtes Gewissen, weil ich ihn für einen Spinner gehalten hatte. »Wir benötigen jedenfalls eine Schlüsselkarte, um den Aufzug der Rettungstrupps bedienen zu können. Dann fahren wir nach oben und verschwinden von hier.«

Evelyn war damit nicht einverstanden. »Der Plan gefällt mir nicht. Ich habe ganz bestimmt keine Lust, nach draußen zu fahren, nur um festzustellen, dass die Clearer schon auf uns warten. Es besteht immer noch die Möglichkeit, dass auf der Ebene D wirklich nur die Kranken behandelt werden. Wir müssen uns erst davon überzeugen, dass sie uns tatsächlich nur für irgendwas missbrauchen. Falls das der Fall ist, können wir immer noch Fluchtpläne schmieden.«

»Und wie kommen wir auf die Ebene D?«, fragte Faith.

Evelyn zeigte auf mich. »Hope wirkt doch sehr anziehend auf jemanden, der eine solche Karte besitzt. Wir können sie uns für eine Nacht ausborgen und gehen auf Exkursion. Die Entdeckungsgefahr ist doch eher gering, wenn in der Nacht anscheinend nur die Patienten in dem Sektor vorhanden sind.«

Damit war es entschieden und es blieb an mir hängen, für den Zugang zur Ebene zu sorgen. Obwohl Baxter zu denen gehörte, fühlte ich mich ziemlich mies bei dem Gedanken, ihn schon wieder so zu hintergehen. Aber es gab keine Alternative.

Baxter hatte sich anscheinend unsterblich in mich verliebt – oder aber er stand nur auf den heißen Sex mit mir, jedenfalls verbrachte er auch die nächsten beiden Nächte bei mir. Erst in dieser zweiten Nacht wagte ich es, erneut sein Armband an mich zu bringen. Ich schlüpfte in den Freizeitanzug und verließ möglichst lautlos mein Quartier, nachdem ich mich mittels Computer davon überzeugt hatte, dass es im Sektor nicht vor Wachen wimmelte. Wenn ich jetzt irgendeinem Soldaten in die Arme lief, wäre es nicht so schlimm – solange der nicht den Chip im Armband scannte. Waren wir erst auf Ebene D, dann sah es ganz anders aus.

Faith und Evelyn erwarteten mich bereits vollständig bekleidet in ihren Unterkünften. Sie waren mindestens so nervös wie ich, während wir zu den Aufzügen huschten.

»Noch können wir umkehren«, wisperte ich, nachdem wir angekommen waren. »Sind wir erst eingestiegen, gibt es kein Zurück mehr.«

»Wir müssen wissen, was dort unten vor sich geht«, flüsterte Faith. »Entweder das oder wir warten geduldig ab, bis man uns ebenfalls nach unten schleppt.«

»Dann soll es wohl so sein.« Ich presste Baxters Chip auf den Scanner. Die Aufzugstür öffnete sich und wir traten in die Kabine. Dort stießen wir auf ein Problem. Für die Fahrt auf Ebene D mussten sich alle Personen mit ihrem Chip identifizieren – und weder Faith noch Evelyn besaßen die Berechtigung, dorthin zu gelangen.

Evelyn blickte sich hektisch um, als sich der Aufzug nicht in Bewegung setzte. »Was jetzt?«

Ich biss mir auf die Unterlippe. »Dann fahr ich allein nach unten. Geht zurück in euer Quartier.«

»Bist du dir sicher?«, fragte Faith.

»Nein, bin ich mir nicht! Aber wie du schon gesagt hast - entweder jetzt oder nie!«

Evelyn schien geradezu erleichtert zu sein, als sie die Kabine verließ. Ich konnte es ihr nachempfinden. Faith drückte mich einmal kurz, bevor auch sie ausstieg. Im ersten Impuls wollte ich ihnen folgen und alles vergessen, was ich gesehen und gehört hatte. Aber dann tauchte Luzias Bild vor meinem geistigen Auge auf und verband sich mit der Bezeichnung 'Krematorium', Stanfords letztem Aufenthaltsort. Das gab schließlich den Ausschlag und ich drückte den Knopf für die Ebene D. Die Tür schloss sich und der Lift setzte sich in Bewegung.

Zu sagen, dass ich mich unwohl fühlte, als ich aus dem Aufzug stieg, wäre eine Untertreibung gewesen. Die schummrige Notbeleuchtung im Gang unterstützte noch die unheimliche Atmosphäre und es hätte mich nicht gewundert, wenn mich rücklings ein Clearer angesprungen hätte. Aber es blieb alles ruhig und trotzdem konnte ich regelrecht spüren, wie das Adrenalin durch meine Venen pumpte. Wie mir schon der Bildschirm in der Unterkunft gezeigt hatte, befand sich in diesem Sektor niemand auf dem Flur. Ganz anders sah es in dem Raum aus, dem ich mich nun näherte. Außer Dalton waren mir noch fünf weitere Personen angezeigt worden, die allerdings alle zur Gruppe der Geretteten gehörten, wenn ich die Anzeige richtig verstanden hatte.

Was mir den kalten Schweiß auf die Stirn trieb, war die schmale Schleuse, durch die ich würde hindurchgehen müssen, sofern ich in den betreffenden Raum wollte. Und dies war ja schließlich meine Absicht. Im Vorraum hingen drei Schutzanzüge an einem Haken und die Warnung oberhalb der Tür war deutlich genug. Für einen Moment zögerte ich, doch dann griff ich mir einen der Anzüge und schlüpfte hinein. Ich verfluchte mich in Gedanken für diese dumme Idee. Jetzt hatte ich aber schon so viel riskiert, nun wollte ich auch den letzten Schritt gehen. Zu meiner Erleichterung passte er mir einigermaßen und ich überprüfte mehrere Male, ob ich ihn ordnungsgemäß angelegt hatte. Dann holte ich tief Luft, öffnete die Tür und betrat die Schleuse. Zum Glück lief dort drinnen alles automatisch ab. Die Tür hinter mir verriegelte sich, was kurz den Fluchtinstinkt in mir weckte. Erst, nachdem dies geschehen war, konnte ich den Raum betreten.

Die Geräusche der anwesenden Menschen drangen nur gedämpft zu mir in den Anzug. Ich wusste, dass im zweiten Bett von links Dalton lag, und wandte mich dorthin. Mein eigener Atem klang unheimlich laut, als ich mich der Liege näherte. Trotz des schummrigen Lichts blieb mir fast die Luft weg, als ich direkt neben dem Mann stand. Instinktiv legte ich meine Hand auf die Stelle, an der mein Herz wie verrückt klopfte. Sein Kopf steckte in einer Art Eisenring, von dem lange Stacheln abgingen und sich in den Schädel bohrten. Sein Mienenspiel war allerdings völlig ruhig, obwohl er doch eigentlich Schmerzen haben musste. Angenehm war das bestimmt nicht.

Mein Blick glitt über seinen Körper, der vollständig mit einem Laken bedeckt war. Ich wollte mich schon abwenden, um nach irgendwelchen Notizen Ausschau zu halten, als ich so etwas wie eine Eingebung hatte. Vielleicht war es auch nur Neugier – jedenfalls hob ich das Laken an und schlug es ein wenig zurück.

Mir wurde auf der Stelle totschlecht, stolperte ein paar Schritte nach hinten und übergab mich mitten in den Anzug hinein, konnte es einfach nicht verhindern. Über die Konsequenzen, die das mit sich brachte, dachte ich nicht nach. Meine Beine zitterten und wollten nachgeben, doch ich zwang mich, wieder zu ihm an die Liege zu treten. Ich sah nur das Schlachtfeld vor mir, was mal

Daltons Körper gewesen war. Die Haut war säuberlich aufgetrennt und zurückgeklappt, sodass man seine Organe sehen konnte. Was ging hier nur vor sich?

Ich atmete so rasch, dass mir schwindelte. Im Inneren des Anzugs stank es mittlerweile bestialisch und meine Sicht war durch das Erbrochene stark eingeschränkt – was aber auch wieder ein Glücksfall war. So konnte ich das Laken zurückschlagen, ohne einen weiteren Blick auf Daltons Innereien werfen zu müssen.

Ich taumelte in Richtung Ausgang, verfluchte die Luftschleuse, weil sie so lang brauchte, und stieg im Vorraum hektisch aus dem Anzug. Ich ließ ihn achtlos zu Boden gleiten. War Dalton mit etwas in Berührung gekommen, was seinen Körper langsam auffraß? Lag er deswegen auf Ebene D? Verdammt! Schon allein bei dem Gedanken wurde mir erneut schlecht.

Ich eilte durch den Gang zum Fahrstuhl und drückte wie eine Besessene auf den Rufknopf. Bloß weg aus dieser Hölle. Als sich die Tür endlich öffnete, fiel ich mehr in die Kabine, als dass ich hineinging. Irgendwie gelang es mir, den Knopf für die Ebene C zu drücken und als sich die Aufzugstür hinter mir schloss, sandte ich ein Stoßgebet in Richtung Himmel.

Als sich die Tür wieder öffnete, bekam ich den nächsten Schreck. Direkt vor mir stand ein Mann! Baxter! Er packte mich grob am Oberarm, zerrte mich aus dem Fahrstuhl und riss mir das Armband vom Handgelenk.

»Was soll das? Willst du mit aller Gewalt die gleiche Behandlung wie Stanford erleiden? Glaubst du, der Colonel nimmt auf dich mehr Rücksicht, nur weil du eine Frau bist? Da bist du aber gewaltig auf dem Holzweg!«

Ich konnte immer noch nicht klar denken, geschweige denn

sprechen. Daltons fürchterlich entstellter Körper tanzte mir ständig vor meinen Augen herum. »Da unten … es war grauenhaft …«

»Was glaubst du, warum wir sie isoliert haben? Mann, Hope, wir befinden uns in einer der letzten Zufluchten der Menschheit und haben schon genug Probleme. Wir müssen uns nicht auch noch gegenseitig in Schwierigkeiten bringen.« Erst jetzt fiel ihm etwas ein und er wich zwei Schritte zurück. »Du warst in einem Raum mit den Patienten? Hast du …«

Ich brauchte einen Moment, um meine Gedanken zu ordnen und auf seine Frage zu antworten. »Ich habe einen der Schutzanzüge getragen, keine Sorge.«

»Und wo ist der jetzt? Hast du ihn dekontaminieren lassen?«

Ich schüttelte den Kopf und er wurde noch eine Spur blasser. »Wo ist der Anzug jetzt?«

»Ich habe ihn im Vorraum gelassen.«

»Geh in dein Quartier«, sagte er. »Ich werde einen Scan durchführen und mit sehr viel Glück müssen wir nicht den gesamten Sektor abriegeln. Na los, worauf wartest du?«

Wie ein geprügelter Hund schlich ich mich davon. Kurz bevor ich in den Flur abbog, der zu meiner Unterkunft führte, warf ich noch einen Blick zurück. Baxter hatte sich aus einem der Einbauschränke auf dem Gang einen Schutzanzug entnommen und legte ihn gerade an. Mir war klar, dass ich wohl eine ganze Menge Mist gebaut hatte, und konnte nur hoffen, dass alles gut ausging.

Ich hatte mich nur einen Moment hinlegen wollen, war aber wohl in einen Halbschlaf gesunken. Die Bilder der Nacht verfolgten mich bis in die Träume und als ich Dalton sah, der sich mit blutigem Oberkörper aufrichtete und dabei höhnisch grinste, schrak ich hoch. Mein Herz klopfte wie wild, als ich eine Gestalt neben dem Sofa im Sessel sitzen sah.

»Baxter!«

Er lächelte verkniffen. »Es ist noch einmal gut gegangen. Anscheinend war die Schleuse auf Automatik eingestellt und hat eine oberflächliche Dekontaminierung durchgeführt. Den Anzug habe ich entsorgt, da du ihn doch ziemlich eingesaut hast.«

Mir wurde abwechselnd heiß und kalt, während mir das Blut ins Gesicht schoss. Ich hatte das dringende Bedürfnis, ihm mein Verhalten zu erklären. »Dalton … es sah so scheußlich aus, dass ich … entschuldige bitte.«

»Es war nicht nur unvorsichtig von dir, sondern auch … bist du eigentlich nur mit mir ins Bett gegangen, weil du an den Chip wolltest?« Fassungslos sah er mich an. Ich erkannte an seiner Stimme, dass er nicht bloß sauer, sondern auch enttäuscht war.

»Nein, natürlich nicht!« Meine Antwort kam so schnell, dass er mir offensichtlich glaubte, denn die Bitterkeit in seinen Augen verschwand. Anscheinend war ich eine gute Lügnerin, weswegen ich mich noch ein Stück mehr schämte. Schließlich war ich ja tatsächlich aus dem Grund mit ihm ins Bett gegangen – zumindest anfangs.

»Nun gut.« Er stand auf und ging zur Tür.

»Wie geht es jetzt weiter?«, fragte ich und konnte nicht verhindern, dass meine Stimme zitterte. Ich erinnerte mich noch sehr gut an Stanford und die Behandlung, die man ihm hatte zuteilwerden lassen.

»Ganz normal. Mit etwas Glück merkt keiner, dass du auf Ebene D warst. Sprich mit niemandem darüber, was du dort gesehen hast. Wir wollen möglichst jede Aufregung vermeiden, weil es schnell in eine allgemeine Panik umschlagen kann. Das ist auch für dich und deine Freunde das Beste. Stell dir vor, wenn alle Soldaten erfahren, dass ihr eventuell eine Krankheit von draußen eingeschleppt habt. Das ist ein weiterer Grund, warum der Zugang zur Ebene D eingeschränkt ist und nur wenige davon Kenntnis haben.«

»Ich verspreche es dir!«

Er nickte mir ein letztes Mal zu und verließ mein Quartier. Ich wanderte ein paar Minuten durch das Wohnzimmer, bevor ich den Entschluss fasste, zum Aufenthaltsraum zu gehen. Ich brauchte jetzt einen Kaffee.

Kapitel 9

Natürlich hielt ich mich nicht an Baxters Rat, mit niemandem darüber zu sprechen. Es wäre ohnehin kaum möglich gewesen, denn sowohl Faith als auch Evelyn sahen mich erwartungsvoll an, als wir uns am nächsten Morgen im Speisesaal trafen.

»Sag schon, was hast du dort gefunden?«, fragte Faith.

»Das willst du nicht ausgerechnet beim Frühstück erfahren.«

»Ich bin hart im Nehmen.«

»Wie du willst.«

Ich begann also zu berichten und sparte nicht an Details. Evelyn nahm es sehr mit, wie man unschwer anhand ihrer feuchten Augen erkannte, denn sie hatte Dalton doch längere Zeit gekannt. Für mich war er ja fast ein Fremder gewesen, aber dennoch schluckte ich ziemlich heftig, als ich von der aufgeklappten Bauchdecke erzählte.

»Weswegen haben sie ihn bloß so zugerichtet?«, fragte sie bestimmt dreimal.

»Baxter meint, dass die Seuche die inneren Organe befällt. Dalton lag wohl schon im Koma, als sie ihn aufschnitten, um nachzusehen, was gegen die Krankheit unternommen werden kann.«

»Und du glaubst ihm?« In Evelyns Stimme schwang Skepsis mit.

Ich zuckte mit den Schultern. »Er hat mich nicht verraten, sonst würde ich kaum mit euch am Tisch sitzen. Warum also sollte er mich belügen?«

»Ich traue hier keinem mehr!«, knurrte Faith und stocherte wütend in ihrem Müsli herum.

Eigentlich war es eher ein geschmackloser und wenig vertrauenerweckend aussehender Brei, den man uns als Müsli anbot. Ich ließ meine Blicke durch den Speisesaal schweifen. Wie immer setzte die überwiegende Anzahl der Anwesenden aus Personen zusammen, die diese Freizeitanzüge mit den roten Streifen trugen. Sie schaufelten stumpf diesen Brei in sich hinein, ruhiggestellt von den Tabletten, wie ich annahm. Tatsächlich konnten wir bisher die Weigerung der Medikamenteneinnahme vor den Ärzten geheim halten. Es wunderte mich zwar, aber wir liefen natürlich nicht aufgedreht durch die Gänge und fielen dadurch wohl auch nicht auf.

»Und was jetzt?«, fragte Faith. »Sollen wir alles auf sich beruhen lassen? Vielleicht holen sie uns demnächst ab und schneiden uns ebenfalls auf.«

»Was schlägst du vor?«, erwiderte Evelyn. »Im Grunde genommen haben wir immer noch keine Ahnung, was auf der Ebene D vor sich geht. Möglicherweise sehen wir ja nur Gespenster und dort werden tatsächlich nur Krankheiten behandelt. Selbst wenn wir die Oberfläche erreichen könnten - ich möchte keinem Clearer begegnen und dann sagen 'Pardon, wir haben uns geirrt'.«

»Und du hältst es für normal, dass sie alle hier in eine Art lebenden Leichnam verwandeln?« Faith deutete auf eine Dreiergruppe, die besonders weggetreten wirkte und denen der Sabber aus dem Mund lief.

»Ich hab den Eindruck, dass es immer schlimmer wird, je länger man dieses Zeug einnimmt« Ich zeigte unauffällig auf den Tisch direkt neben dem Ausgang. »Der Kerl – keine Ahnung, wie er heißt – war vor ein paar Tagen noch ganz munter. Und nun seht ihn euch an.«

»Selbst Luzia ist nicht mehr dieselbe«, ergänzte Faith.

Sie hatte recht. Soeben kam das Mädchen an Jennys Hand in den Speisesaal und reagierte kaum noch auf den Gruß, den ich ihr zurief.

»Erst gestern Vormittag wollte ich mit ihr ein bisschen puzzeln, aber sie hatte keine Lust dazu«, erzählte Faith. »Könnt Ihr euch an einen Tag auf der Ebene A erinnern, wo sie nicht mit Feuereifer dabei gewesen ist?«

Ich wollte gerade etwas darauf antworten, als zwei Soldaten den Raum betraten. Kamen sie wegen mir? Ich befürchtete es und sollte mich auch nicht getäuscht haben, denn sie blickten sich nur kurz im Raum um, bevor sie zu uns an den Tisch traten.

»Begleiten Sie uns bitte, Hope!«

»Ich habe noch nicht aufgegessen.«

»Das können Sie später nachholen. Doktor Elder erwartet Sie.«

Mein Herz rutschte mir in die Hose und ich konnte spüren, wie es plötzlich auf meiner Haut zu kribbeln begann. Seit dem Tag, als ich Ebene A verlassen hatte, war er mir nicht mehr begegnet. Es war wohl kein gutes Zeichen, dass er mich jetzt sehen wollte.

»Würden Sie jetzt bitte aufstehen, Hope? Und ziehen Sie das hier an.«

Einer der Kerle warf mir einen Schutzanzug zu, den ich schon sehr gut von meinem gestrigen Ausflug her kannte. Ich blieb wie erstarrt auf dem Stuhl sitzen. Hatte Baxter mich doch verraten?

»Beeilen Sie sich bitte!«

Ich hatte keine Wahl. Faith lächelte mir noch ermutigend zu, aber sie ahnte wohl, was es zu bedeuten hatte. Mein kleiner

Abstecher nach Ebene D war aufgeflogen.

Die beiden Soldaten führten mich direkt in einen der zahlreichen Untersuchungsräume, die es auch hier auf Ebene C gab. Dr. Elder erwartete mich bereits mit seinem falschen Lächeln, das ich nun schon zu Genüge kannte, und kam gleich zur Sache.

»Wie man mich informiert hat, haben Sie sich in Gefahr gebracht.«

Sollte ich leugnen? Hatte es überhaupt einen Sinn?

»Wir haben ihnen allen nach der Rettung einen kleinen Chip implantiert, der uns ihren Aufenthaltsort verrät. Es geschah natürlich zu ihrer eigenen Sicherheit, denn wir müssen immer informiert sein, falls sich jemand gefährlichen Substanzen aussetzt.«

Baxter hatte also nichts gesagt, was mich mit Dankbarkeit erfüllte. Er nahm mir meinen Betrug demnach nicht übel.

»Ich bin völlig gesund«, erwiderte ich, ohne mir meinen Ärger über die Chipsache anmerken zu lassen.

Er winkte ab. »Sie waren auf Ebene D und außerdem im Zimmer mit ein paar schwerst infizierten Personen. Natürlich muss ich sicherstellen, dass Sie keine Krankheitserreger mit sich führen. Folgen Sie mir bitte!«

Er führte mich zu einer Sicherheitskammer, in der es gerade mal Platz für einen Menschen gab. An Klaustrophobie sollte dieser auch nicht leiden, denn selbst für einen allein war es verflucht eng. Gehorsam kletterte ich hinein und mein ungutes Gefühl steigerte sich noch, als die Tür mit einem lauten Zischen geschlossen wurde.

Durch eine dicke Glasscheibe konnte ich den Arzt mit irgendwelchen Instrumenten hantieren sehen, bevor er das Mikrophon einschaltete und seine Hände in Gummihandschuhe steckte. Diese ermöglichten es ihm, außerhalb der Kammer zu bleiben und doch an mir herumzufummeln, denn seine Arme tasteten sich in diesen Dingern zu mir vor.

»Ich werde Ihnen jetzt etwas Blut abnehmen!«, ertönte seine blecherne Stimme aus dem Lautsprecher. »Entspannen Sie sich, dann ist es bald überstanden.«

»Müssten Ihre Sensoren nicht etwas anzeigen, wenn ich die ganze Ebene verseucht hätte?«

Er lächelte nachsichtig. »Die Seuche breitet sich nicht sofort aus, wenn eine kontaminierte Person damit in Berührung gekommen ist. Die Sporen verteilen sich zunächst im Blut, bevor sie hervorbrechen. Sie haben doch Dalton gesehen, oder? Dann wissen Sie auch, was mit infizierten Menschen nach Ablauf der Inkubationszeit geschieht.«

Beinahe hätte ich mich wieder übergeben. Sprach er etwa die Wahrheit? Lag ich derartig daneben? Es war ein mehr als unangenehmes Gefühl, als mich diese ekelhaften Gummihandschuhe berührten. Noch schlimmer war es aber, das Blut abgezapft zu bekommen. Elder gab sich keine Mühe, besonders feinfühlig vorzugehen.

»Das war es schon!«, sagte er nach einer ganzen Weile.

»Kann ich dann wieder in meine Unterkunft?«

Er lachte mich an – oder aus, je nach Standpunkt. Wahrscheinlich amüsierte er sich über meine Naivität.

»Wir müssen erst die Ergebnisse abwarten. Leider können Sie bis dahin die Isolationskammer nicht verlassen.«

»Und wie lange wird das dauern?«

»Ein paar Stunden werden Sie sich schon gedulden müssen«,

sagte er, bevor er und die übrigen Anwesenden den Raum verließen.

Na toll! Und ich musste ohne einen anständigen Stuhl in dieser Sardinenbüchse auf das Ergebnis warten.

Nach ein paar Minuten langweilte ich mich, aber nachdem mehrere Stunden vergangen waren, wurde dieses Gefühl von Angst abgelöst. Weder Elder noch einer seiner Helfer gaben mir ein Update zur Blutuntersuchung. Sie ließen mich völlig im Dunkeln.

Endlich öffnete sich die Tür, aber als ich Colonel Karlson eintreten sah, rutschte mir das Herz in die Hose. Der Blick, den er mir zuwarf, war mit unfreundlich nur unzureichend beschrieben.

»Sie haben es tatsächlich geschafft«, knurrte er. Ich hörte sogar bei der durch die Lautsprecher verzerrten Stimme heraus, wie ärgerlich er war. »Warum mussten Sie unbedingt ohne Erlaubnis und ohne auf die Sicherheit zu achten zur Ebene D gehen?«

Jetzt schlug meine Angst in nackte Panik um. »Aber … mit mir ist doch alles in Ordnung, oder? Ich fühle mich gut und …«

»Ein Scheiß ist mit Ihnen! Sie tragen den Erreger in sich, wenn er auch noch nicht ausgebrochen ist! Zum Glück haben Sie zumindest Ihre Freunde nicht angesteckt und auch nicht die ganze Ebene verseucht. Dafür können Sie dankbar sein.«

Mir versagten beinahe die Knie und ich sah unwillkürlich Daltons Körper vor mir. Das konnte doch nicht wahr sein. Elder hatte sich bestimmt vertan. »Und was jetzt?«

»Sie steigen wieder in den Schutzanzug. Danach bringt Sie Dr. Elder in einen Untersuchungsraum der Ebene D. Fangen Sie an, zu beten, dass es noch nicht zu spät ist! Beeilen Sie sich lieber, jede Sekunde zählt.«

Gegen meinen Willen jagte er mir eine Scheißangst ein. So schnell, wie ich in diesen Anzug schlüpfte, hatte ich mich selten angezogen. Seine Aussage, jede Sekunde würde zählen, dröhnte in meinem Kopf. Wenigstens verloren die Soldaten, die den Colonel begleiteten, auch keine Zeit. Sie öffneten die Isolationskammer, kaum dass ich den Anzug geschlossen hatte, und zerrten mich zu einer fahrbaren Liege. Dort schnallten sie mich notdürftig fest und schoben mich aus dem Raum.

Unsere Theorie verdrängte ich augenblicklich. Was hatten wir uns nur dabei gedacht? Es war im Grunde genommen kaum mehr als eine Vermutung und die Ärzte wirkten wirklich so, als würden sie sich um uns sorgen.

Ich sah die Lichter an der Decke vorbeihuschen, während mir hundeelend zumute war. Das Rattern der Räder über den Flur und die Menschen, die wie Schemen an mir vorbeizogen – all das verschmolz zu einer unentwirrbaren Collage von Sinneseindrücken.

Jemand musste bereits den Aufzug gerufen haben, denn sie konnten mich ohne Verzögerung in die Kabine schieben. Schon spürte ich, wie wir abwärtsfuhren. Wie gerne hätte ich ein freundliches Gesicht gesehen oder ein paar tröstende Worte gehört, aber ich war nur eine Fracht, die möglichst schnell an ihren Bestimmungsort transportiert werden musste.

Zumindest lag das Ziel nicht in dem Raum, wo Dalton und seine Leidensgenossen lagen. Stattdessen stellte man die Liege irgendwo ab, ohne mich loszuschnallen. Daher konnte ich mich auch nicht aufrichten, um die Umgebung zu betrachten.

»Was geschieht nun?«, rief ich in meinem Schutzanzug, ohne eine Antwort zu erhalten. »Hallo! Redet mit mir!«

Ich zerrte hilflos an meinen Fesseln und konnte nicht verhindern, dass mir Tränen in die Augen traten. Ich fühlte mich machtlos und hatte das schauderhafte Gefühl, irgendwo zum Sterben abgestellt worden zu sein. Zudem drang kaum ein Geräusch in den Schutzanzug, den ich immer noch trug.

Nach einer halben Ewigkeit hörte ich ein leises Rascheln und ein Gesicht unter einer Schutzhaube tauchte vor meinen Augen auf. Es war Dr. Elder, nicht gerade mein bester Freund, aber zu dem Zeitpunkt war er mir sehr recht.

»Wir holen Sie jetzt aus dem Anzug und schließen Sie an die Instrumente an.«

Er musste fast schreien, damit ich ihn verstand. Ich nickte zustimmend. Mir war beinahe alles recht, solange man mich nicht alleine ließ. Zwei seiner Mitarbeiter, die ebenfalls in diesen klobigen Anzügen steckten, befreiten mich und trugen mich mittels einer Trage zu einer vorbereiteten Untersuchungsliege. Jetzt, wo ich nicht mehr alleine war, traten andere Ängste in den Vordergrund.

»Was geschieht mit mir?«

»Wir werden nun damit beginnen, den Erreger in Ihrem Körper abzutöten. Dafür ist es nötig, Sie zu sedieren. Haben Sie keine Angst. Es wird Ihnen vorkommen, als würden Sie schlafen.«

Der Arzt machte sich an irgendwelchen Monitoren zu schaffen, während mich seine Mitarbeiter erneut an das Bett fesselten.

»Warum tun Sie das? Ich will nicht …«

»Es ist zu Ihrem eigenen Besten«, sagte Dr. Elder, als er sich wieder umdrehte und mir ein beruhigendes Lächeln schenkte. »Ich bin zuversichtlich, dass wir Ihr Problem sehr schnell in den Griff bekommen werden. Ihr unwillkommener Gast im

Blutkreislauf befindet sich noch im allerersten Stadium der Metamorphose. Morgen schon werden Sie in Ihr Quartier zurückkehren können.«

»Versprechen Sie es mir?«

Sein Lächeln wurde noch etwas breiter. »Natürlich versichere ich es Ihnen. Alles wird gut. Entspannen Sie sich bitte.«

Das war leichter gesagt als getan, zumal nun einer seiner Helfer etwas aus der Wand fahren ließ, was sich bedrohlich meinem Kopf näherte und nicht sehr vertrauenerweckend aussah.

»Was haben Sie mit mir vor? Wofür ist dieses Ungetüm da?«

»Nur keine Angst, Hope!«, sagte der Arzt. »Das Gerät ist eines unserer neuesten Errungenschaften. Es wirkt viel besser als die übliche Narkose und ist für den Patienten bedeutend ungefährlicher und angenehmer. Sie werden gleich nur einen kleinen Einstich und am Anfang etwas Druck im Kopf verspüren. Machen Sie sich aber deswegen keine Sorgen!«

Wenn er mich damit beruhigen wollte, so scheiterte er auf der gesamten Linie. »Ich würde viel lieber die gewöhnliche Narkose bekommen.«

»Es ist wirklich ganz harmlos, Hope.«

Im nächsten Moment legten sich eiserne Klammern um mein Gesicht, die mich fest am Platz hielten. Sie verhinderten, dass ich mich auch nur um einen Millimeter bewegen konnte. Mein Glaube, sie würden mich gegen diesen Erreger behandeln, verschwand mit einem Mal. Sofort kam mir unsere Verschwörungstheorie in den Sinn und ich sah fast zwangsläufig Daltons aufgeschlitzten Körper vor mir.

»Was haben Sie verdammt nochmal mit mir vor?«

Schon als sie mir dieses Ungetüm auf den Kopf setzten, spürte ich zahllose nadelspitze Objekte, die in meine Kopfhaut eindrangen. Es war nicht nur unangenehm, sondern es brannte wie Feuer.

»Nehmt es mir ab«, schrie ich. »Bitte!« Das Blut rauschte laut in meinen Ohren und mein Herzschlag war dermaßen schnell, dass ich die Befürchtung hegte, es würde mir gleich aus der Brust springen.

»Sie haben es in wenigen Augenblicken überstanden, Hope! Es wird gleich viel besser.«

Ich glaubte diesem gottverdammten Kurpfuscher kein einziges Wort. Es kam mir so vor, als würde man mein Gehirn aufspießen wollen. Ich warf ihm die heftigsten Schimpfwörter an den Kopf, an die ich mich erinnern konnte. Endlich, nach einer gefühlten Ewigkeit, verringerten sich die Schmerzen und wurden beinahe erträglich.

»Sehen Sie? Ich hab es Ihnen doch versprochen.«

Elders Stimme klang verzerrt und wirkte so blechern, als käme sie aus einem Lautsprecher, weit von mir entfernt. Auch meine Sicht verschwamm, wurde gleichzeitig farbiger und die Bilder stimulierender.

»Sie werden gleich einschlafen und von etwas Schönem träumen. Wenn Sie dann aufwachen, wird alles viel angenehmer sein.«

»Bitte … nicht wie Dalton …«

Meine Zunge gehorchte mir nicht mehr. Ich wollte die Augen offenhalten, weigerte mich, einzuschlafen – aber umsonst. Der Drang wurde übermächtig und die Lider fielen mir zu.

Kapitel 10

Es war ein schrilles Kreischen, das mich aus dem Schlaf riss. Die Lichter flackerten, bevor sie erloschen und das dunkle Rot der Notbeleuchtung den Raum flutete. Wo war ich? Das war doch nicht der Behandlungsraum auf Ebene D, oder? Ich tastete vorsichtig meinen Kopf ab. Kein Verband und auch keine offene Wunde, wie ich erleichtert feststellte. Das Stachelungetüm war ebenfalls nicht mehr vorhanden und ich konnte mich bewegen, wie mir jetzt erst bewusst wurde.

Langsam richtete ich mich auf und hörte erneut dieses kreischende Geräusch, als ob Metall unter einer großen Belastung allmählich nachgab. Ich blieb eine Weile sitzen, um zu überprüfen, inwieweit mein Kreislauf mitspielte. Da mir nicht schwindelig war, stand ich auf und versuchte, mich zu orientieren.

Der Boden unter den nackten Füßen war kalt, ganz anders als ich es von meiner Unterkunft her gewohnt war. Für einen Moment befürchtete ich schon, dass man mich zum Sterben in irgendeinen Raum geschoben hätte, aber wieso sollten sie das tun? Schließlich ging es mir doch gut.

Ich erkannte eine Tür und wollte gerade darauf zugehen, als ein heftiger Schlag den Raum erschütterte. Sofort hielt ich mich an einer Wand fest. Nun ertönte auch noch eine laute Sirene und ich meinte, gedämpfte Schritte und Rufe zu hören. Und Schüsse! Das Herz rutschte mir in die Hose und ich überlegte irrationalerweise für einen kurzen Augenblick, mich unter dem Bett zu verstecken. Etwas stimmte hier ganz und gar nicht.

Als ich mich gerade ein wenig gefangen hatte, riss jemand die Tür auf und versetzte mir aufs Neue einen mächtigen Schreck.

»Gott sei Dank, du bist wach!« Baxter eilte auf mich zu. »Wenn du noch am Schlafen gewesen wärst … einerlei, komm mit. Wir müssen auf der Stelle verschwinden.«

Ich verstand rein gar nichts mehr, aber er gab mir nicht die Zeit, um irgendwelche Fragen zu stellen. Stattdessen packte er mich bei der Hand und zerrte mich aus dem Raum. Auf dem Flur hörte ich die Sirene viel deutlicher und die ganze Atmosphäre wirkte noch bedrohlicher, als sie es ohnehin schon gewesen war.

»Was ist denn los?«, fragte ich.

»Wir haben jetzt keine Zeit für lange Erklärungen!« Er zerrte mich hinter sich her.

Wir eilten durch verschiedene Gänge und allmählich wusste ich, wo wir uns befanden. Es war eindeutig Ebene C, wenn auch in einem ganz anderen Sektor. Wann hatte man mich zurückverlegt?

Ich verkniff mir die Frage, denn offensichtlich waren wir am Ziel angekommen. Baxter öffnete eine Tür, blieb aber im Türrahmen stehen.

»Ich hab sie bei mir. Wir müssen los!«

»Das wird auch Zeit!« Ein Mann stürmte aus dem Raum. Es war der Kerl, von dem ich mir den Namen nicht merken konnte.

»Warte vorne an der Ecke, Dylan!«, rief Baxter. Immerhin wusste ich nun, wie der Mann hieß.

Die nächste Person, die aus dem Zimmer eilte, umarmte mich. »Was bin ich froh, dass du aufgewacht bist«, sagte Faith. Ich erwiderte ihre Umarmung und war erleichtert, sie zu sehen.

Danach verließ Evelyn den Raum, gefolgt von Jenny, die Luzia an der Hand führte. Das Mädchen presste sich ganz eng an ihre Ersatzmutter, was ich nur zu gut nachvollziehen konnte.

»Würde mir jetzt endlich jemand sagen, was los ist?«, bat ich. Baxter übernahm die Spitze unseres kleinen Trupps.

»Die Clearer sind in der Zuflucht, auf Ebene A«, brachte mich Faith auf den neusten Stand. Nun konnte ich mir die Panik in ihren Augen erklären. »Wir müssen sofort von hier verschwinden!«

Für den Bruchteil einer Sekunde war ich wie gelähmt, doch dann begannen meine Beine zu zittern. Schon wieder fuhr mir der eiskalte Schreck in die Glieder – zusammen mit einer gewaltigen Portion Todesangst. Auch ich war dafür, die Flucht anzutreten – nur wohin? »Und wie? Wie sollen wir hier rauskommen, ohne den Monstern in die Arme zu laufen?«

Baxter gab mir keine Antwort. Stattdessen setzte er sich in Bewegung.

»Wohin zur Hölle will er uns bringen?«, schrie ich Faith an, während ein weiterer Schlag die Einrichtung erschütterte.

»Zur Ebene E. Dort gibt es angeblich eine Art Notausstieg. Sagt er jedenfalls.«

Alle setzten sich in Bewegung, um Baxter zu folgen. Ich auch. Was gab es denn für eine Alternative?

Ich konnte es nicht fassen. Auf dem Weg zu einem funktionierenden Aufzug kamen wir an etlichen Menschen vorbei, die entweder im Schockzustand durch den Gang schlurften, oder auf dem Boden saßen. Sie hielten dabei das Gesicht in den Händen vergraben und reagierten gar nicht auf uns.

Baxter drückte auf die Rufknöpfe der Aufzüge und atmete auf, als sich bei einem die Tür öffnete. »Der funktioniert noch!«

»Wie sollen wir denn auf die unterste Etage kommen?«, fragte ich. »Wir haben doch gar nicht die Freigabe dafür.«

»Hier läuft jetzt alles auf Notbetrieb. Der Computer ist entweder abgeschaltet oder die Sicherheitsprotokolle sind überschrieben.«

In dem Moment schlurfte erneut eine völlig geistesabwesende Frau an unserer Gruppe vorbei.

»Kommen Sie mit uns!«, sagte ich und packte sie am Oberarm.

Sie wandte mir den Kopf zu und sah mich mit völlig leeren Augen an. »Wozu?«

»Um sich zu retten! Es gibt einen Ausweg!« Sicher war ich mir zwar nicht, doch ich vertraute Baxter.

»Oben warten entweder die Monster auf uns oder aber wir sterben an Vergiftung. Ich bleibe hier!«

Sie befreite sich aus meinem Griff und ging einfach weiter. Ich wollte ihr hinterhergehen, sie zur Vernunft bringen, doch Baxter hielt mich zurück.

»Lass sie gehen!«

»Aber sie begeht Selbstmord aus Angst vor dem Tod! Das ist Wahnsinn!«

»Es ist ihre Entscheidung!«

Ich blickte ihr nach, bis mich Baxter am Oberarm packte. Obwohl die Kabine reichlich eng war, pressten wir uns alle hinein. Ich spürte, wie mir der Schweiß ausbrach, als sich der Lift rumpelnd in Bewegung setzte. Das war nicht die glatte und ruhige Fahrt, wie ich sie kannte.

»Vermutlich haben sich die Schienen verzogen«, meinte Faith.

»Hör gefälligst auf, die alte Unke zu spielen!«, knurrte ich sie an.

Baxter legte seinen Arm um meine Schultern und schaffte es damit, mich etwas zu beruhigen. Dennoch dauerte mir die Fahrt viel zu lange und ich war der erste Passagier, der die Kabine verließ, als sich die Tür öffnete.

Schon vor ein paar Tagen, als ich das erste Mal auf der Ebene D gewesen war, hatte ich mich unwohl gefühlt. Das war aber nichts im Vergleich zur Ebene E, auf der wir uns jetzt befanden. Selbst die Notbeleuchtung wirkte viel düsterer, was auch an den Wänden lag, die in einem Ton gestrichen worden waren. Es verlieh dem Ort den Anschein einer Gruft. Mir lief erneut ein eisiger Schauer über den Rücken. Ich warf einen Blick auf Luzia, die sich eng an Jenny presste. Selbst aus dieser Entfernung sah ich das kleine Mädchen zittern. Ich fragte mich, wie es wohl aussehen würde, wenn man sie nicht die letzten Tage mit Beruhigungsmitteln vollgestopft hätte.

»Was jetzt?«, fragte Dylan. »Stehen wir nur hier rum oder gehen wir irgendwo hin? Ich dachte, Sie wüssten einen Ausgang?«

Baxter winkte nur ärgerlich ab. Anscheinend versuchte er, sich zu orientieren, was bei den Lichtverhältnissen bestimmt nicht einfach war. »Dort entlang!«, sagte er schließlich und deutete vage nach links.

»Wie kommen wir denn an die Oberfläche?«, fragte Dylan. »Gibt es hier einen Aufzug, ähnlich wie den, durch den wir in die Zuflucht gekommen sind?«

Baxter schnaubte höhnisch durch die Nase. »Es gibt nur einen offiziellen Weg nach draußen und den können wir kaum benutzen, wenn wir nicht den Clearern direkt in die Fänge laufen wollen. Aber ich weiß von einer Art Notausstiegsluke, den diese Zuflucht besitzt.«

»Woher denn?«, wollte ich wissen. »Ich glaube kaum, dass es dir Colonel Karlson auf die Nase gebunden hat. Und warum hat man diesen Ausstieg überhaupt angelegt?«

»Ich sagte doch schon, dass es kein offizieller Ausgang ist. Es ist mehr so etwas wie … du wirst es ja gleich sehen.«

»Aber …«

»Ich zwinge niemanden, mitzukommen!«, unterbrach Baxter Dylan, als der die nächste Frage stellen wollte. »Wenn Sie wollen, können Sie hier gerne auf die Clearer warten. Glauben Sie bloß nicht, dass die paar Soldaten in der Einrichtung diese Monster aufhalten können!«

»Wäre es nicht ohnehin besser, uns irgendwo zu verstecken und abzuwarten?«, fragte Evelyn. »Selbst wenn wir hier rauskommen, warten oben die Clearer und wer weiß was sonst noch auf uns. Außerdem können wir uns da irgendwelche Krankheiten einfangen.«

Baxter lächelte mitleidig. »Und selbst wenn man uns nicht finden sollte, was können wir denn als Nächstes tun? Die Nahrungsmittel, die auf Ebene B angebaut werden, dürften nach dem Angriff alle vernichtet sein. Ebenso sind die Arbeiter, die für die Nahrung zuständig waren, entweder tot oder geflohen. Und was ist mit der Wasseraufbereitung? Mit Strom und Sauerstoff? Wer bedient die Maschinen, wenn niemand mehr da ist? Sehen Sie es ein: Die Zuflucht existiert nicht mehr!«

Bis auf die Kampfgeräusche aus den oberen Stockwerken, die nun verstärkt zu uns nach unten drangen, war es totenstill. Nur ein leises Scharren, als ob Krallen über Metall glitten, drang außerdem noch an meine Ohren.

»Lasst uns weitergehen«, sagte ich schließlich. »Er hat recht. Außerdem bin ich mir sicher, dass wir einen Weg finden, draußen zu überleben. Vielleicht werden wir wieder von einem Rettungsteam einer Zuflucht aufgegriffen, ist ja immerhin möglich.«

Zu meiner Überraschung widersprach mir niemand, auch wenn ich zumindest an den letzten Satz nicht glaubte. So zahlreich waren die Einrichtungen bestimmt nicht. Aber wir hatten nichts mehr zu verlieren.

Ich musste Baxter nicht fragen, wo wir uns befanden, als wir den hintersten Raum dieser Ebene erreichten. Diesen Bereich hatte der Computer angezeigt, als ich ihn nach Stanfords letzten Aufenthaltsort gefragt hatte. Allein die Vorstellung, dass seine Überreste möglicherweise in irgendeiner angeschlossenen Kammer direkt nebenan lagen, ließ die Übelkeit in mir hochsteigen. Vielleicht sah er auch aus wie Dalton, nur eben etwas …

»Reiß dich zusammen, verdammt!«, zischte ich.

Luzia zupfte an meinem Oberteil. »Was hast du denn, Hope?«

Trotz der diffusen roten Notbeleuchtung sah ich die Angst auf ihrem Gesicht. Ich versuchte mir vergebens vorzustellen, wie ich mich wohl in dem Alter und in dieser Situation gefühlt hätte. Das lag ganz einfach daran, dass ich mich immer noch nicht an meine Vergangenheit erinnerte. Angeblich hätte die Erinnerung schon längst zurückkehren sollen, wie mir Dr. Elder mehr als einmal versichert hatte. Das war eindeutig eine Lüge gewesen.

Ich verdrängte den Gedanken an den Arzt, der mittlerweile wohl als Futter für die Clearer diente. Besonders leid tat er mir nicht. Allein für die letzte Behandlung mit dem schauderhaften

Stachelhelm hatte er das Schicksal verdient.

Ich griff mir an den Kopf, weil ihn in dem Moment ein scharfer Schmerz durchfuhr.

Luzia sah mich immer noch fragend an. »Es ist nichts, mir geht es gut. Du wirst sehen, Baxter bringt uns in Sicherheit.« Ich war kein bisschen besser als Dr. Elder, denn nun log ich das kleine Mädchen an.

Immerhin konnte ich sie wohl beruhigen, denn sie schien sich ein wenig zu entspannen. Baxter machte sich unterdessen an einer schweren, runden Stahltür zu schaffen und schließlich gelang es ihm, sie unter großen Schwierigkeiten aufzuziehen. Anschließend zwängte er sich in den dahinterliegenden Raum.

»Wir haben Glück gehabt!«, hörte ich ihn rufen, bevor er mit den Beinen zuerst durch den Einstieg zurückkehrte. »Es ist ziemlich eng, aber die Stufen sind noch intakt.«

»Da drinnen gibt es eine Treppe?« Verwundert drängte sich Dylan an ihm vorbei und warf einen Blick in den Raum. »Das meinen Sie doch nicht ernst, oder?«

Anscheinend hatte niemand außer mir und Baxter eine Ahnung, wofür dieser Teil der Einrichtung diente.

»Wir haben wohl keine große Auswahl. Aber wie ich schon sagte: Ich zwinge niemanden, mich zu begleiten.«

»Wo führt diese Röhre denn hin? Wofür dient die überhaupt?«

Baxter strich sich durch die Haare und ich sah ihm an, wie nervös er war.

»Sag ihnen die Wahrheit!«, forderte ich ihn auf.

»Worum geht es denn?«, fragte Faith. »Was ist das für ein Raum? Wo befinden wir uns?«

Ich übernahm die Aufklärung, da Baxter keine Anstalten

machte, diese Aufgabe zu übernehmen. »Das ist das Krematorium und durch diese Röhre haben sie wohl die Asche entsorgt.«

»Scheiße!« Evelyn fluchte herzhaft. »Wie soll ich mir das denn vorstellen? Wir befinden uns doch meilenweit unter der Erde, oder?«

»Es ist etwas über eine Meile«, erwiderte Baxter. »Die Asche wurde mit einer offenen Aufzugvorrichtung bis kurz unter die Oberfläche transportiert und durch eine Schleuse hindurch in die Atmosphäre geblasen. Für die Clearer ist die Öffnung viel zu klein, aber für uns ist es ausreichend. Jedenfalls sollten wir ins Freie gelangen können – falls es uns gelingt, die Schleuse zu öffnen.«

Wir schwiegen alle, doch ein besonders heftiges Krachen, das ganz offensichtlich von der Ebene direkt über uns kam, ließ das Leben in uns zurückkehren.

»Wir sollten uns entscheiden – und zwar schnell!«, sagte Faith. »Ich glaube, wir haben nicht mehr viel Zeit, bevor uns die Wahl abgenommen wird.«

Baxter wandte sich wortlos um und ging zum Einstieg. »Ich gehe als Erster. Hope, du folgst direkt hinter mir, danach Jenny und Luzia, Evelyn und Faith. Wie sieht es mit Ihnen aus, Dylan? Kommen Sie mit oder versuchen Sie Ihr Glück bei den Clearern?«

»Verfluchte Scheiße!«, knurrte er. »Ja, ich bin dabei.«

»Dann bilden Sie die Nachhut. Ziehen Sie die Tür ins Schloss, soweit es Ihnen möglich ist.«

Der Mann schob die Hände in die Taschen seines Freizeitanzugs mit den schönen, roten Streifen, spuckte auf den Boden und nickte schließlich.

Baxter nahm es gleichgültig hin. »Dann los. Wir sollten keine weitere Zeit verlieren.«

Kapitel 11

Ich hatte es mir noch schlimmer vorgestellt. Nein, es war wirklich nicht angenehm und allein die Vorstellung, dass hier alle möglichen verbrannten Stoffe nach oben transportiert worden waren, ließ mich erschauern. Baxter kroch in die Röhre, griff sich einen Helm mit einer Stirnlampe, der in einer Nische direkt neben der Tür lag, und leuchtete damit nach oben.

Als er ein paar Schritte aufwärts geklettert war, folgte ich ihm.

»Sag Dylan, dass er sich den zweiten Helm nehmen soll!«, forderte er mich auf.

Ich befolgte den Auftrag und machte mich nun auch an den Aufstieg. Es war keine Leiter im eigentlichen Sinne, die wir benutzten, sondern schmutzige, etwas nachlässig in die Wand getriebene Eisentritte, an denen wir hochstiegen. Unser Ziel, das so viel weiter oben lag, konnte ich noch nicht einmal erahnen.

»Wofür diente diese Leiter überhaupt?«

»Zur Wartung und Reparatur, falls mal etwas mit dem Aufzugsystem sein sollte.«

»Und warum benutzen wir nicht diesen Aufzug?«

Ich hörte ihn leise lachen. »Glaub mir, das willst du nicht. Es ist mehr eine Art Brett und trägt auch nicht das Gewicht eines Menschen. Die Gefahr, abzustürzen, ist viel zu groß.«

»Woher weißt du das alles?«

»Ich habe mich viel mit den Technikern unterhalten.«

»Und warum benutzen die nicht auch diesen Fluchtweg?«

»Vermutlich aus dem gleichen Grund, warum alle lieber in der

Zuflucht bleiben. Sie haben Angst, was sie oben erwartet.«

»Und du hast keine?«

»Natürlich hab ich welche. Ich weiß aber auch, dass wir unten auf jeden Fall sterben würden.«

»Hört gefälligst auf, so einen Mist zu reden!«, rief Faith. »Oder wenn, dann seid gefälligst leiser!«

»Da wäre ich auch sehr dafür!«, unterstützte Dylan den Vorschlag.

Wir hielten uns dran, zumal ich bereits nach wenigen Minuten ziemlich erschöpft war. Es wunderte mich ohnehin, dass ich schon relativ gut in Form war, wenn man bedachte, an was für einer Maschine ich noch vor Kurzem gehangen hatte.

Baxter musste mein Keuchen wohl gehört haben – laut genug war ich ja – denn er blickte immer öfter sorgenvoll nach hinten. »Bei der nächsten Nische legen wir eine Rast ein.«

»Haben wir dafür die Zeit?«, fragte ich.

»Die Röhre ist für die Clearer zu eng. Sie können uns nicht folgen, außerdem müssten sie ja erst einmal wissen, dass sich hier Menschen befinden.«

»Dann wollen wir mal hoffen, dass sie uns nicht wittern können.«

Die nächsten Yards wurden noch zu einer richtigen Qual für mich, zumal sich die ersten Krämpfe in den Beinen ankündigten. Auch meine Nerven waren äußerst angespannt, weil ich dieser komischen Leiter nicht traute. Die Nischen, die es bereits weiter unten gegeben hatte, waren nicht sehr geräumig, aber wir fanden alle in einer davon ausreichend Platz.

Ich ergriff Dylans Hand, um dem letzten Mitglied unserer Gruppe hochzuhelfen, als er das Scheinwerferlicht nach unten richtete.

»Was ist?«, fragte er, als ich stutzte.

»Ich dachte, ich hätte etwas gesehen.«

»Was denn? Einen Menschen?«

»Ich weiß es nicht genau. Soll ich rufen?«

»Bist du verrückt geworden?«, zischte Faith. »Und wenn es irgendein Monster ist, das uns verfolgt?«

»Glaub ich nicht.«

»Wir sollten jetzt die Ruhe bewahren und uns kurz erholen. Wir haben noch einen langen Weg vor uns und wissen nicht, was uns dort oben erwartet«, sagte Baxter.

»Sind da oben die Clearer?«, hörte ich Luzias ängstliche Stimme in der Dunkelheit.

»Nein, wir sind da oben in Sicherheit«, antwortete Jenny und ich betete zu allen bekannten und unbekannten Göttern, dass sie recht behielt.

Ich streckte mich aus, so gut es ging, und massierte meine überstrapazierte Wadenmuskulatur. »Wie weit ist es wohl noch? Haben wir schon mehr als die Hälfte hinter uns?«

Baxter deutete auf eine Zahl an der Nischenwand. »Wir haben zweihundertfünfzig Yards geschafft. Nicht ganz ein Viertel, würde ich sagen.«

»Scheiße!«

»Ein wahres Wort, gelassen ausgesprochen.« Ich konnte im diffusen Licht der Helmlampen Faiths nervöses Grinsen sehen. »Ich könnte jetzt etwas zu trinken gebrauchen.«

Das war ein weiteres Problem. Wir hatten weder Lebensmittel noch Getränke mitgenommen. Was würde mit uns geschehen, wenn oben alles verseucht wäre?

»Wir würden alle sterben«, gab ich mir selbst die wenig tröstliche Antwort.

Es waren kaum zwei Minuten vergangen, als Baxter an den Abgrund trat und nach unten leuchtete.

»Siehst du irgendwas?«, fragte ich, doch er verneinte.

»Vielleicht sollten wir irgendwas Schweres nach unten werfen«, schlug Dylan vor. »Ich habe in der Nische ein paar Werkzeuge gesehen.«

»Das ist ein dämlicher Vorschlag«, erwiderte ich. »Wenn es ein Mensch ist, bringen wir ihn nachher noch um.«

»Und wenn es keiner ist, gehen wir alle drauf!«

»Seid mal alle ruhig!« Baxter lauschte nach unten. »Ich höre nur ein leises Klicken, als ob jemand mit schweren Stiefeln nach oben steigt.«

»Sollen wir hier warten?«, fragte ich.

»Was würde das bringen? Nein, wir klettern weiter – und zwar jetzt. Zeigen Sie mir das Werkzeug, Dylan. Wir werden etwas davon mitnehmen müssen, falls wir weiter oben nichts finden.«

Ich warf einen Blick auf Luzia, die mir ebenso müde vorkam, wie ich mich fühlte. »Haben wir keine zwei oder drei Minuten mehr?«, flüsterte ich Baxter zu. »Ich weiß nicht, ob das Mädchen durchhält.«

»Das wird es müssen! Was auch immer oben auf uns wartet, es wird nicht einfacher werden. Also los jetzt!«

»Jetzt geht aber jemand anderer am Schluss!«, sagte Dylan. »Ich habe keine Lust, hinter allen herzuklettern, die viel langsamer sind als ich.«

»Soll vielleicht das Mädchen als letzte gehen?«, schnappte Jenny. »Wie kann man nur so feige sein?«

»Mir egal, für was Sie mich halten! Ich war lange genug am Arsch der Gruppe!«

»Schon gut, dann bilde ich eben die Nachhut.« Ich streckte meine Hand aus. »Geben Sie mir den Helm.«

»Aber …«

»Der Erste und der Letzte nehmen die Lampen, das ist doch wohl klar!«

»Willst du das wirklich tun?« Baxter sah mich besorgt an.

Ich nickte nur, während ich den Helm von Dylan in Empfang nahm und mir aufsetzte. Er war nicht gerade leicht und ich benötigte ein paar Augenblicke, um mich dran zu gewöhnen. Baxter steckte sich etwas Werkzeug in den Gürtel und stieg die Sprossen hinauf, gefolgt von Dylan, der sich, ohne zu fragen, an die zweite Position begab. Für so ängstlich hatte ich ihn gar nicht eingeschätzt. Wenn es hart auf hart kam, sollte ich mich lieber nicht in seiner Nähe aufhalten. Ich traute ihm durchaus zu, dass er mich als Schutzschild missbrauchen würde.

Luzia kletterte als Dritte, gefolgt von Jenny und Evelyn. Bevor Faith den Aufstieg in Angriff nahm, wandte sie sich mir zu und grinste schief.

»Wenn irgendein fleischfressendes Monster kommt, dann erwarte ich von dir, dass du meinen Arsch mit deinem Leben verteidigst.«

»Nach diesem Spruch werde ich es an mir vorbeiwinken und auf dich hetzen.«

»Das glaube ich dir!«, erwiderte sie und lachte dabei. »Verlauf dich nicht!«

Auch ich schwang mich nun aus der Nische, überprüfte sicherheitshalber die Sprosse, die ich betreten wollte, und begann die zweite Etappe.

Ein Fuß nach dem anderen. Wie viele Stufen waren es bisher? Wenn ich nur nicht so müde wäre! Mir gingen alle möglichen Gedanken durch den Kopf, während ich mich darauf konzentrierte, nicht abzurutschen. Wie mochte es dem Mädchen weiter vorne gehen? Luzia war doch bestimmt schon völlig erledigt …

Der rechte Fuß rutschte ab und ich konnte gerade noch den Sturz in die Tiefe verhindern. Mein Herz klopfte wie verrückt und bunte Flecken tanzten mir vor den Augen. Was würde ich jetzt für ein Glas Wasser geben. Warum war es in dieser Röhre so warm und stickig? Wann legte Baxter endlich eine zweite Pause ein?

Schnaufend stieg ich weiter. Ich hatte schon lange keinen Blick mehr nach unten geworfen. Die Helmlampe leuchtete ohnehin immer schwächer und durchdrang die Finsternis nur wenige Yards weit. Die Geräusche unter mir hörte ich kaum noch, aber ich war mittlerweile ziemlich sicher, dass es Menschen waren, die ebenfalls vor den Monstern flohen.

Mein Mut sank tiefer, als ich an einer Nische vorbeikam. Baxter wollte anscheinend in einem Zug bis nach oben klettern. Wahrscheinlich waren sie auch nicht so müde wie ich, denn sie waren schließlich nicht von diesem Stachelhelm malträtiert worden. Außerdem hatte mich dieser Pferdearzt wohl mit Medikamenten vollgepumpt, was ein weiterer Grund dafür sein dürfte, weshalb ich so erledigt war.

Ich konnte mich noch gut an meine letzten Gedanken erinnern, bevor ich von Elder in einen Tiefschlaf versetzt worden war. Mittlerweile hatte sich meine Meinung bezüglich dieser

Einrichtung geändert. Ich glaubte nicht mehr daran, dass sie an uns herumexperimentieren wollten. Der Angriff auf die Zuflucht und unsere Flucht sprachen dagegen. Immer öfter fragte ich mich, ob es überhaupt Sinn machte, sich so abzuquälen. Was erwartete uns denn dort oben? Diese insektenhaften Clearer und dazu giftige Gase, mehr nicht. Aber es war dieser elende Selbsterhaltungstrieb, der mich antrieb und verhinderte, dass ich mich einfach in eine Nische zurückzog und liegenblieb.

So stieg ich immer weiter, abwechselnd den linken und den rechten Fuß auf eine Sprosse setzend. Die Krämpfe deuteten sich jetzt nicht nur in den Waden, sondern bereits in beiden Oberschenkeln an. Gelegentlich blieb ich stehen und versuchte, mich etwas zu dehnen, aber es half nur wenig. Mittlerweile hatte ich auch den Kontakt zu Faith verloren, jedenfalls sah ich sie nicht mehr vor mir, wenn ich den Kopf hob und nach oben leuchtete. Dass meine Begleiter noch da waren, hörte ich nur an den Trittgeräuschen über mir.

Erneut hielt ich inne, um mir den Schweiß von der Stirn zu wischen. Wie weit war es denn noch? Ich blickte hinauf … und der Helm rutschte mir vom Kopf. Mist! Ich sah nur einen kleinen Lichtpunkt unter mir in der Dunkelheit verschwinden, aber kein Laut drang an mein Ohr. Wir waren anscheinend schon sehr weit gekommen. Der Gedanke an die Tiefe ließ mich frösteln und vor dem geistigen Auge sah ich mich selbst abstürzen. Voller Angst umklammerte ich eine der metallenen Sprossen über mir und wagte erst nach einer ganzen Weile, den Weg fortzusetzen.

Ohne die kleine Lampe im Helm umgab mich nur noch Finsternis. Schon nach einiger Zeit war ich so verwirrt, dass ich nicht mehr wusste, wo oben und unten war. In meinem Kopf drehte sich alles und ich benötigte jedes bisschen meiner Kraft, um mich zusammenzureißen. Weiter, immer weiter! Ich begann, die Stufen zu zählen, verhaspelte mich, fing von vorne an. Ging ich überhaupt noch in die richtige Richtung? Ich bildete mir ein, mit dem Kopf nach unten abwärts zu klettern, und stand schon kurz davor, mich umzudrehen. Wahrscheinlich hätte ich es auch getan, wenn nicht seitlich von mir ein Lichtschein aufgetaucht wäre.

»Wir legen eine kurze Pause ein, Hope«, hörte ich Baxters Stimme. »Komm, ich helfe dir.«

Er löste meine Hand von der Sprosse und zog mich mehr in die Nische, als dass ich kletterte. »Wo ist denn dein Helm?«

»Fort!« Mehr sagte ich nicht und hatte auch absolut kein Interesse, irgendwelche Erklärungen abzugeben. Dazu reichte meine Kraft nicht aus.

»Was heißt das?«, fragte Dylan. »Wie konntest du ihn verlieren?«

»Halt die Klappe!« Ich war nicht in der Lage und auch nicht in der Stimmung, freundlich zu sein. Der felsige Untergrund der Nische kam mir wie ein Himmelbett vor, weil ich mich lang ausstrecken konnte.

»Wir haben es fast geschafft. Es sind nur noch zweihundert Yards.«

Das klang einerseits ermutigend, aber andererseits auch noch unendlich weit weg.

»Wieso sehe ich dann dort oben kein Licht?«

»Der Aufzug blockiert die Sicht. Außerdem müssen wir noch die Ausstiegsluke öffnen.«

»Du kennst dich aber wirklich gut hier aus.«

Er sagte nichts mehr, sondern ging zurück zum Rand und leuchtete hinunter.

Ich wandte mich ab, als ich eine Hand auf meinem Arm spürte und sah in Luzias sorgenvollen Blick. »Wie geht es dir?«

So weit war es also schon gekommen. Jetzt war ein kleines Mädchen besorgt, dass ich es nicht schaffen könnte.

»Alles bestens. Es ist ja nicht mehr weit.«

»Wir sollten weitergehen«, hörte ich Baxter sagen. »Tut mir leid, Hope, aber wir sollten uns nicht zu lange hier ausruhen.«

Ich war eindeutig nicht schnell genug gewesen.

»Willst du dich jetzt weiter vorn einreihen?«, fragte er mich.

»Aber nicht vor mir«, sagte Dylan. »Ich will nicht von ihr aufgehalten werden.«

»Sei nicht so ein Arschloch«, zischte Faith.

»Wir stecken tief in der Scheiße, falls du es noch nicht gemerkt haben solltest, Mäuschen! Da muss jeder sehen, wo er bleibt.«

»Nenn mich noch einmal Mäuschen, und du liegst gleich unten im Schacht, klar?«

»Jetzt reißen sich mal alle wieder zusammen!« Baxters Stimme hallte durch den Schacht. »Wenn wir den Ausstieg erreicht haben, heißt das noch lange nicht, dass wir in Sicherheit sind. Wir sollten also besser zusammenhalten. Und jetzt schlage ich vor, wir brechen auf!«

Dylan stellte sich demonstrativ vor ihn. »Dann geben Sie mir den Helm. Ich gehe jetzt vorneweg!«

Ohne zu zögern, nahm Baxter den Helm ab und reichte ihn dem Mann. »Einverstanden. Wenn Sie die Aufzugplattform erreicht haben, versuchen Sie nicht, daran vorbei zu klettern. Warten Sie auf mich, klar?«

Dylan knurrte etwas Unverständliches und verließ die Nische. Der trübe Schein der Lampe verschwand schnell und ließ uns in der Dunkelheit zurück.

»Warten Sie auf uns!«, rief Baxter, aber das Licht entfernte sich trotzdem weiter.

»Was für ein gottverdammter Dreckskerl!«, zischte Faith.

Bedeutend langsamer als nach der letzten Pause, als wir noch zwei Lampen gehabt hatten, kletterte jeder von uns nacheinander auf die Sprossen. Meine Beine protestierten heftig, als ich mich hochrappelte und wie eine Betrunkene auf den Rand zustolperte.

»Ich bleib direkt hinter dir!«, sicherte Baxter mir zu. »Konzentriere dich, hörst du? Nimm dir eine Ruhepause, wenn du irgendwann merkst, dass es nicht mehr geht.«

»Es wird schon«, brummte ich nur und begann schließlich den letzten Aufstieg.

Immerhin spornte mich die Hoffnung an, diese Art der Strapazen bald hinter mich gebracht zu haben. Was auch immer da oben auf uns wartete, ich müsste zumindest keine weiteren Stufen in der Dunkelheit bewältigen.

»Geht es noch?«, fragte er mich nach einer Weile.

»Muss ja.« Zu einer längeren Antwort fehlte mir die Kraft.

»Halt durch! Wir haben es gleich geschafft.«

Das klang ermutigend, wenn ich auch befürchtete, dass er mich anlog, um mir Mut zu machen. Doch tatsächlich hörte ich auf einmal rechts von mir Faith reden. Sie saß mit dem Rest der Gruppe in einer dieser zahlreichen Nischen. Ich blieb zunächst auf den Sprossen stehen, schon weil ich zu müde war, um mich hinüber zu hangeln.

»Ist es noch weit?«, fragte ich. »Wir müssen doch fast da sein.«

»Sind wir auch. Dylan ist bereits vorausgeklettert, um zu sehen, wie wir diese blöde Plattform aus dem Weg bekommen. Sie versperrt uns den Weg.«

»Seien Sie vorsichtig!«, rief Baxter. »Warten Sie auf mich! Geh in die Nische, Hope, damit ich nach oben steigen kann.«

Ich befolgte den Befehl und wäre dabei fast abgerutscht, wenn er es nicht rechtzeitig gemerkt und mich gestützt hätte. Immerhin war ich dank des Adrenalinschubs plötzlich hellwach und es gelang mir, ohne weitere Probleme und mit Faiths Hilfe hinüber zu klettern. Dort streckte ich mich aus. Mein ganzer Körper zitterte vor Erschöpfung und weil ich daran dachte, wie tief ich hinuntergestürzt wäre, wenn mich Baxter nicht gehalten hätte.

Ein lautes Krachen und Knirschen jagte mir einen neuen Schrecken in die Glieder. Abrupt richtete ich mich auf.

»Was soll der Mist?«, hörte ich Baxters Stimme.

Nur wenige Augenblicke später wuchs das Geräusch zu einem markerschütternden Lärm an. Obwohl ich kaum etwas sah, bemerkte ich doch, wie ein großes Ding an unserem Rückzugsort vorbei in die Tiefe stürzte. Für einen Moment fürchtete ich schon, es wäre ein Clearer, der sich auf uns stürzen wollte. Aber dann hörte ich es poltern und knallen, als etwas weiter unten gegen die Wände prallte und schließlich am Grund des Schachtes zerschellte. Der Krach war ohrenbetäubend, trotzdem vernahm ich Luzias erschreckten Aufschrei. Ich musste das kleine Mädchen bewundern, weil es sich so tapfer hielt. Meine Nerven vibrierten und ich hätte mich so gerne wie ein Kleinkind zusammengerollt, um einfach liegenzubleiben.

»Sie gottverdammtes Arschloch!« Baxters Stimme hallte wie ein Echo von den Wänden wieder. »Wollen Sie uns alle umbringen?«

»Was haben Sie denn für Probleme? Ich habe uns den Weg freigemacht!«

Dylan! Wenn wir noch auf den Sprossen gewesen wären, dann … ich wollte den Gedanken nicht weiterspinnen. Stattdessen musste ich an diejenigen unter uns denken, die ebenfalls auf dem Weg zur Luke waren. Ob es Menschen waren? Hatten Sie den Absturz dieses Dings überlebt?

»Wir haben es gleich geschafft«, rief Baxter von weiter oben. »Jetzt sind es nur noch ein paar Yards.«

Immerhin verlieh uns diese Aussicht neue Kräfte und wir begaben uns auf die vorerst letzte Etappe.

Insgeheim hatte ich gehofft, dass Baxter und die anderen auf mich bereits im strahlenden Sonnenschein warten würden. Vielleicht hatte man uns ja auch angelogen und es gab gar keine Clearer und keine Bedrohung. Wir könnten an der Oberfläche in Frieden leben und ganz neu von vorne anfangen.

Stattdessen fluchte Baxter vor sich hin und versuchte im fahlen Licht der Lampe, eine Stahltür mit dem mitgeschleppten Werkzeug zu öffnen. Das heißt, eigentlich schraubte er an einer Platte direkt neben der Tür herum – was auch mehr Sinn machte. Ohne einen Schweißbrenner würden wir die Tür kaum geöffnet bekommen.

»Halten Sie die Lampe höher, Dylan!«, knurrte Baxter. »Ich glaube, ich habe es gleich geschafft … endlich!«

Mit einem Scheppern löste sich etwas aus der Wand über uns und trat den Weg nach unten an. Falls jemand den Absturz der Plattform überlebt hatte, machte ihm jetzt hoffentlich nicht dieses Eisenteil den Garaus.

»Jetzt lasst uns beten, dass noch Saft auf der Platine ist!«

»Wieso sollte denn keiner drauf sein?«, fragte ich. Bei dem

Gedanken, hier festzusitzen, lief es mir eiskalt über den Rücken.

»Schon mal darüber nachgedacht, wie es wohl dort unten aussieht?«, gab Dylan verächtlich von sich. »Die Stromversorgung sicherzustellen dürfte nicht die oberste Priorität der Clearer sein.« So langsam fing ich an, diesen Kerl zu hassen.

»Ob die auf uns warten?«

Es war Luzia zittrige Stimme, die wohl die Frage ausgesprochen hatte, die jeden von uns bewegte. Vielleicht waren die ganzen Anstrengungen umsonst gewesen.

»Nein, bestimmt nicht!« Jenny strich der Kleinen aufmunternd über die Haare. »Die wissen nichts von diesem Ausgang.«

Hoffentlich hatte sie recht.

»Halleluja, es funktioniert!«, jubelte Baxter.

Ich hielt den Atem an, als die Stahltür über uns mit einem hässlichen Knirschen in die Wand fuhr und den Weg an die Oberfläche freigab.

»Sie gehen als Erster.« Dylan deutete dabei auf Baxter.

Der zuckte gelassen mit den Schultern. »Wenn mich dort oben etwas Unfreundliches erwartet, wird es Sie kaum verschonen.«

»Red nicht so einen Müll!«, zischte ich, da ich im diesigen Tageslicht Luzias vor Angst geweitete Augen sehen konnte. »Es wird schon alles gutgehen.«

»Ich hoffe es«, murmelte er, bevor er durch die Öffnung an die Oberfläche krabbelte.

Kapitel 12

Mein Traum von einer sonnendurchfluteten und friedlichen Landschaft ging nicht in Erfüllung. Wenigstens erwarteten uns keine Monster vor der Stahltür und wir husteten uns auch nicht sofort die Lungen aus dem Leib. Dennoch kam mir die Luft fast so abgestanden und faul vor als wären wir immer noch tief unter der Erde.

»Wir sollten uns nicht zu lange in der Nähe des Ausgangs aufhalten«, sagte Baxter. »Es könnte sein …«

»Still!« Evelyn hob eine Hand und lauschte angestrengt in die Öffnung hinein. »Ich glaube, da kommt jemand.«

»Oder etwas«, murmelte Dylan und griff sich einen der Schraubenschlüssel, die Baxter achtlos auf den Boden gelegt hatte.

Jetzt hörte ich es auch. Es war ein gequältes Keuchen und leises Scharren, was an unsere Ohren drang. Luzia versteckte sich hinter Jenny und mir rasten verschiedene Gedanken durch den Kopf. Sollten wir nicht besser verschwinden und uns irgendwo verstecken, ohne weitere Zeit zu verlieren? Faith hatte wohl ähnliche Überlegungen, denn sie wich langsam von der Öffnung zurück. Ich schloss mich ihr an. Doch bevor wir den Entschluss in die Tat umsetzen konnten, tauchte ein Kopf in der Luke auf. Es war Colonel Karlson. Ausgerechnet der Kerl. Wieso war er nicht unten und kämpfte gegen die Angreifer? Direkt hinter ihm stieg ein mir unbekannter Soldat an die Oberfläche, gefolgt von Dr. Elder. Musste es unbedingt dieser Metzger sein?

Karlson stand schwankend auf und zog eine Pistole aus seiner Hosentasche. Seine Kleidung war ziemlich ramponiert und quer über die Stirn zog sich eine blutige Wunde. »Wer hat es getan?«

»Was denn?«, rutschte es mir raus.

Er stieß die Waffe vor und zielte damit in meine Richtung. »Wer von euch Dreckskerlen hat die Plattform nach unten befördert? Corporal Shade ist tot und ich will verflucht noch eins wissen, wer von euch dafür verantwortlich ist!«

Aus dem Augenwinkel sah ich, wie blass Dylan geworden war. Er war zwar niemand, mit dem ich Brüderschaft trinken würde, aber ich hasste ihn nicht so sehr, um ihn zu verraten.

»Und was haben Sie vor, wenn Sie es erfahren haben?«, fragte Baxter. »Wollen Sie uns alle erschießen? Ich glaube, dass wir genügend Probleme haben, auch ohne, dass wir uns gegenseitig an die Kehle gehen.«

Für einen bangen Moment hatte ich den Eindruck, Karlson würde abdrücken. Doch schließlich senkte er die Waffe und steckte sie zurück in die Tasche.

»Was ist mit den Übrigen?«, fragte Faith.

Elder lächelte säuerlich. »Was glauben Sie, was da unten passiert ist? Es war ein Massaker und es ist ein Wunder, dass wir überlebt haben.«

»Wir sollten uns einen Unterschlupf suchen«, schlug ich vor.

»Und dann?«, fragte Dylan. »Hat irgendjemand einen Plan? Sollen wir einfach durch die Gegend stolpern, bis uns eines der Monster aufspürt?«

Der Colonel deutete nach links. »In der Richtung ein paar Meilen von hier liegt eine kleine Siedlung. Das ist unser erster Anlaufpunkt.«

Faith stemmte theatralisch die Hände in die Hüften. »Sie sind jetzt also unser Anführer?«

»Haben Sie was dagegen oder eine bessere Idee, wo wir hingehen können? Kennen Sie sich in der Gegend aus? Wissen Sie, wo sich die nächsten Zufluchten befinden?«

»Ich hab ja nur gefragt.«

»Falls jemand nicht einverstanden ist, kann er gerne versuchen, auf eigene Faust zu überleben. Ich wünsche ihm viel Glück dabei!«

Er gab dem Soldaten und Elder einen Wink. Alle drei Männer setzten sich in Bewegung. Baxter und ich tauschten einen Blick aus, bevor wir ihnen folgten, genauso wie die übrigen Mitglieder unserer kleinen Gruppe.

Es war sehr viel geschehen. Ich war wieder an der Erdoberfläche, konnte mich aber immer noch nicht an meine Vergangenheit erinnern. Wieso kam mir die ganze Umgebung so fremd vor? Immerhin hatte man mich hier eingesammelt und in die Zuflucht gebracht.

»Kommt dir hier etwas bekannt vor?«, fragte ich Faith.

»Nicht die Spur.« Argwöhnisch betrachtete sie den dichten Wald, durch den wir uns gerade kämpften.

»Ich erkenne auch nichts wieder. Ob wir in der Stadt gelebt haben, zu der wir jetzt gehen?«

»Es ist keine Stadt, sondern mehr eine kleine Ansiedlung«, korrigierte mich der Soldat. »Ich bin übrigens Dan Jenkins.« Er lächelte und war mir daher schon bedeutend sympathischer als der

Colonel, was allerdings auch nicht besonders schwer war. »Ich gehörte zu einer der Rettungsmannschaften, die gelegentlich die Umgebung erkundeten.«

»Leben dort noch Menschen?«, fragte ich.

Er lachte leise, als hätte ich einen guten Witz erzählt. »Wo denken Sie hin? Dörfer und Städte waren die ersten Ziele, die die Clearer angegriffen haben.«

»Wo sind die jetzt eigentlich?«

Er verzog das Gesicht. »Seien Sie froh, wenn Sie es nicht wissen. Glauben Sie mir, dort wo die jetzt sind, möchten Sie nicht sein.«

»Reden Sie nicht so viel, Jenkins!«, befahl der Colonel und der Soldat verstummte augenblicklich.

Anscheinend war er gut dressiert. Jedenfalls bewegte er sich sofort an die Spitze des Zuges, ohne mit jemandem noch ein Wort zu wechseln.

Wir waren bereits eine halbe Stunde unterwegs, als Faith an meine Seite kam.

»Was würde ich für eine Rast und ein gutes Essen geben. Sogar die merkwürdige Suppe, die es in der Kantine gab, würde ich jetzt bis zum letzten Tropfen austrinken.«

Wie auf Kommando knurrte mein Magen und ich spürte die ersten Anzeichen eines Wadenkrampfs. »Musste das jetzt sein?« Ich deutete nach vorn, wo Jenkins ohne Spur von Ermüdung seinem Colonel folgte, obwohl er einen Rucksack auf dem Rücken trug. »Vielleicht schleppt er Proviant mit sich.«

»Schön wär's.« Sie blickte nach hinten und verdrehte die Augen. »Unser Hausarzt macht anscheinend seinen Rundgang.«

»Wie fühlen Sie sich?« Dr. Elder tauchte an meiner Seite auf und sah mir prüfend ins Gesicht.

»Besser als in Ihrem Folterinstrument mit den spitzen Stacheln!« Es entsprach zwar nicht ganz der Wahrheit, aber ich fragte mich ohnehin, warum er es wissen wollte. Hatte er ein paar Aufputschmittel in seiner Jackentasche?

»Sagen Sie mir Bescheid, wenn Sie irgendwelche Symptome spüren.«

»Er meint wahrscheinlich, du sollst es ihm sagen, wenn du dich in ein schleimiges Monster verwandelst«, sagte Faith.

»Sag so etwas nicht, zumindest nicht so laut!«, raunte ich ihr zu, da Luzia sich zu uns umgedreht hatte und mich ängstlich anblickte. »Sie hat nur einen Witz gemacht«, sagte ich dem kleinen Mädchen und lächelte dabei freundlich.

Elder war dem Wortwechsel missmutig gefolgt. »Sagen Sie mir einfach, wenn Sie sich schlecht fühlen. Schließlich gehen wir nicht gerade durch eine gesunde Landschaft.« Er schritt an uns vorbei, wohl um die gleiche Frage bei den übrigen Mitgliedern unserer Gruppe zu wiederholen.

Kurze Zeit später hob der Colonel den Arm und bedeutete uns, ruhig zu sein. Er besprach etwas mit Jenkins, der artig nickte und direkt danach im Gestrüpp vor uns verschwand.

»Was ist los?«, fragte ich Baxter, als sich dieser von der Spitze der Gruppe zu mir bewegte.

»Wir sind in der Nähe der Siedlung. Der Corporal soll erkunden, ob auf uns eine Überraschung wartet.«

»Will er die ganze Stadt abgehen?«

»Wie schon gesagt: Es ist eine kleine Siedlung mit nur ein paar Häusern.«

Mir wäre es sehr recht, die Nacht nicht im Freien zu verbringen. Vor meinem geistigen Auge erschienen ein Federbett und ein reichhaltiges Abendessen, aber mir war natürlich klar, dass es ein Wunschtraum bleiben würde.

Jenkins nahm sich sehr viel Zeit. Nach meiner Schätzung war bereits über eine Stunde vergangen und noch immer war er nicht zurückgekehrt.

»Und wenn ihn die Clearer erwischt haben?«, flüsterte Faith.

Bei dem Gedanken zog sich alles in mir zusammen. »Falls er nicht zurückkommt, wissen wir zumindest, dass wir das Kaff weiträumig umgehen sollten.«

Sie wollte wohl noch etwas sagen, aber bevor sie ein Wort von sich geben konnte, tauchte zu meiner Erleichterung unser Kundschafter wieder auf und berichtete dem Colonel.

»Es ist sicher«, sagte dieser schließlich, gab den obligatorischen Wink mit seinem Arm und marschierte los.

»Als ob wir seine Armee wären«, meinte Faith und grinste dabei.

Ich sah ihr aber an, dass auch sie erleichtert darüber war, auf keine Monster zu treffen – zumindest vorerst nicht.

Baxter behielt recht. Es war wirklich nur ein winziges Kaff. Eigentlich bestand es aus kaum mehr als ein paar windschiefen Gebäuden, die beidseits einer Durchgangsstraße standen. Der Colonel und Jenkins führten uns zu einem Haus ziemlich genau in der Mitte der linken Straßenseite, was wohl mal ein kleines Lebensmittelgeschäft gewesen war. Während wir uns möglichst lautlos vorwärts bewegten, musste ich unwillkürlich an all die Menschen denken, die hier einmal gelebt hatten. Die Gebäude wirkten auf mich weitgehend intakt.

Baxter hatte mir meine Verwunderung wohl angesehen. »Am Anfang der Invasion hat sich die Landbevölkerung in die großen Städte zurückgezogen. Dort wurden gemeinsam mit dem Militär Verteidigungslinien eingerichtet, um die Clearer aufzuhalten.«

»Hat wohl nicht viel genutzt.«

»Nein, hat es nicht.«

»Ruhe!«, zischte der Colonel.

Zumindest hatten wir unser Ziel erreicht und Jenkins öffnete behutsam die Tür zum Geschäft. Einer nach dem anderen von uns schlüpfte hinein und ich gab mir alle Mühe, nicht aus Versehen gegen eines der Regale zu stoßen. Ich hatte gehofft, dass wenigstens ein Teil der Waren noch vorhanden wäre, aber anscheinend war der Laden geplündert worden. Bis auf einige eingedellte Konserven, die auf dem Fußboden verstreut herumlagen, war das Geschäft vollkommen leer, was Lebensmittel anging.

»Jenkins, sehen Sie sich in den hinteren Räumen um, ob Sie dort etwas finden, was wir gebrauchen können. Sie da, Sie helfen ihm.« Der Colonel war wieder in seinem Element und gab Befehle.

»Dylan. Mein Name ist Dylan.«

»Gehen Sie mit dem Corporal.«

»Mir ist kalt!«, jammerte Luzia. »Gibt es hier eine Heizung?«

»Leider nein, Spätzchen.« Jenny sah sich um. »Aber vielleicht können wir hier ein kleines Feuer machen.«

Colonel Karlson schnaubte verächtlich. »Damit uns jeder und alles aufspüren kann? Wir müssen uns vollkommen unauffällig verhalten, so, als wären wir gar nicht hier. Also begehen Sie keine Dummheiten! Ich werde nicht zulassen, dass irgendjemand aus der Gruppe die anderen in Gefahr bringt!«

»Wenn wir erfrieren, ist auch keinem geholfen«, murmelte ich leise. »Ich sehe mal, ob ich eine Decke für dich finde«, sagte ich laut zu dem Mädchen.

»Wo wollen Sie hin?«, fuhr mich der Colonel an. »Hier läuft nicht jeder herum, wie es ihm gerade in den Sinn kommt.«

Ich unterdrückte meine Wut auf diesen sturen Kerl und blieb ruhig. »Über uns ist eine Wohnung. Dort finde ich ja vielleicht Dinge, die wir brauchen können – und eine Decke für das Kind.«

»Ich begleite dich«, sagte Baxter und obwohl Karlson nicht besonders glücklich wirkte, hatte er letztendlich nichts dagegen.

Mir war es sehr recht, dass wir zu zweit die kleine Treppe im rückwärtigen Teil des Geschäfts nach oben stiegen. Mittlerweile war es draußen ziemlich dunkel geworden, sodass man im Inneren des Hauses kaum die Hand vor Augen sah. Nachdem wir im ersten Stock angekommen waren, stellte ich überrascht fest, dass ein weiteres Geschoss vorhanden war, denn es gab noch eine Leiter, die zum Speicher hinaufführte.

»Ich sehe mich oben um, während du dir hier die Räume vornimmst«, sagte ich und gab mich damit mutiger, als ich es war.

»Bist du dir sicher?«

»Natürlich.«

Resolut stieg ich die Leiter nach oben und gab mich viel mutiger, als ich eigentlich war. Es gab nichts, wovor ich hier Angst haben müsste, sagte ich mir ständig. Wenn Clearer hier wären, dann hätten sie uns schon längst angegriffen. Ich steckte vorsichtig den Kopf durch die Luke und selbst in der Dunkelheit fiel mir auf, wie chaotisch es aussah. Es war wenig wahrscheinlich, dass ich hier etwas finden würde – von einem rostigen Nagel mal abgesehen. Aber sollte ich sofort wieder hinuntergehen? Baxter würde doch bestimmt denken, dass ich Angst gehabt hätte.

»Klar, das ist deine größte Sorge!«, murmelte ich und entschloss mich trotzdem, den Speicher zumindest oberflächlich zu durchsuchen.

So sehr ich auch versuchte, meine Nervosität in den Griff zu bekommen, war mir dennoch mulmig zumute, als ich mich nach oben zog. Der Speicher war weitaus größer, als ich es angenommen hatte. Auch war die Beute, die ich aufstöberte, überraschend umfangreich. Da waren zwei Taschenlampen, die sogar funktionierende Batterien enthielten, wie ich feststellte. Bewusst hielt ich die Hand über der Lampe, sodass ich keine unfreiwilligen Lichtsignale gab. Außerdem fand ich einige Konserven, etwas Werkzeug … und eine Matratze mit Kopfkissen und Bettdecke? Meine anfängliche Freude schlug in Misstrauen um. Das sah langsam danach aus, als ob sich jemand hier einen Unterschlupf gebaut hätte. Eine innere Stimme warnte mich, dass ich hier oben nicht alleine war.

War es Paranoia? Jedenfalls wollte ich nicht länger ohne Begleitung auf dem Speicher bleiben. Sollte sich doch der Colonel mit seinem treu ergebenen Soldaten umsehen. Ich drehte mich um und strebte der Treppe zu – aber ich kam nicht weit. Jemand oder etwas sprang mich hinterrücks an und im nächsten Moment fühlte ich kalten Stahl an meiner Kehle. Der Schrei blieb mir im Hals stecken, und mein Körper erstarrte.

»Wenn du schreist, steche ich dich ab!«, hörte ich eine dunkle Stimme raunen. »Wie viele seid ihr und woher kommt ihr?«

»Wir sind zu neunt und kommen aus Zuflucht 16. Sie wurde von Clearern überrannt.« Der Satz kam wie aus der Pistole geschossen aus meinem Mund. Ich wagte nicht, die Unwahrheit zu sagen. Nachher wusste er, zu wie vielen wir unterwegs waren, und schnitt mir die Kehle durch, wenn er mich beim Lügen erwischte.

»Was wollt ihr hier?«

»Nur übernachten, weiter nichts. Morgen Früh ziehen wir weiter.«

Ich konnte das Beben in meiner Stimme hören, versuchte jedoch, ruhig zu bleiben. Er drückte die Klinge stärker an meinen Hals und ich konnte kaum einen Schmerzensschrei unterdrücken. Blut rann mir warm über die Haut. »Bitte … wir wollen Ihnen nichts tun!«

»Das war nur als Warnung gedacht. Warum seid ihr in die Stadt gekommen?«

»Wir wussten nicht, dass noch jemand hier lebt, ich schwöre es. Wir dachten, das Dorf sei unbewohnt.« Tränen stiegen mir in die Augen. Ich wollte nicht sterben, nicht hier und nicht so.

»Woher weiß ich, dass ihr nicht mit diesen Monstern zusammenarbeitet? Du lügst mich doch bestimmt an. Wie kann ich euch vertrauen? Woher weiß ich, dass ihr nicht diese Viecher in euch tragt?«

Mittlerweile flossen mir die Tränen in Strömen über die Wangen. »Ich weiß überhaupt nicht, wovon Sie reden. Dr. Elder hat uns ständig behandelt und untersucht. Wir sind alle gesund, ich schwöre es Ihnen!«

Für einen Moment blieb der Kerl stumm. »Dr. Robert Elder ist bei euch?«

»Ich weiß nicht … ich kenne seinen Vornamen nicht!«

»Ruf ihn! Wenn du die Wahrheit sagst … na los, du sollst ihn rufen!«

Hatte ich eine andere Wahl? Der Kerl sollte seinen Willen bekommen. Falls er mit dem Metzger noch eine Rechnung zu begleichen hatte, konnte es mir auch egal sein. Ich würde den Teufel tun und sein Leben über meines stellen.

»Dr. Elder!«, rief ich. »Kommen Sie bitte auf den Speicher!«

Nach wenigen Sekunden tauchte Baxters Kopf in der Öffnung auf. »Bist du verrückt geworden?«, fragte er. »Warum schreist du hier …«

Er brach mitten im Satz ab und trotz des schummrigen Lichts bemerkte ich, wie erschrocken er war. »Was soll das? Wer sind Sie und wieso bedrohen Sie Hope? Lassen Sie die Frau sofort los!«

»Holen Sie Dr. Elder! Ich will sehen, ob er bei Ihnen ist.«

Eine weitere Person tauchte in der Luke auf. Diesmal war es der Colonel und auch bei ihm sah ich trotz der Dunkelheit, wie wütend er war. »Ich lass Sie hier als Futter für die Clearer zurück, verflucht noch mal. Glauben Sie vielleicht, die Viecher sind taub?«

Erst nach dieser Litanei bemerkte er den Mann, der mich bedrohte, und zog seine Waffe. Es war keine sehr angenehme Erfahrung, eine Pistole auf jemanden gerichtet zu sehen, der dicht bei mir stand. Selbst ein Meisterschütze konnte bei den Lichtverhältnissen kaum einen sicheren Schuss anbringen, schon gar nicht mit so einer Waffe. Hoffentlich versuchte der Colonel es gar nicht erst.

Jedenfalls verspürte ich eine enorme Erleichterung, als ich Elders Kopf auftauchen sah. Mittlerweile wurde es dort bei der Luke ganz schön eng.

»Hallo Bob«, sagte der Kerl hinter mir. »Ich hätte nicht gedacht, dich noch einmal wiederzusehen.«

Elder stutzte, bevor er breit grinste. »Corey, was für ein Zufall – und was für ein Glück!«

Der Colonel packte den Mediziner am Kragen. »Könnten Sie mich mal aufklären? Wer ist der Mann und wieso bedroht er ein Mitglied meiner Gruppe?«

»Es ist alles in Ordnung. Du kannst sie freilassen, Corey. Ich habe erst heute Morgen jeden Einzelnen von uns getestet. Es besteht keinerlei Gefahr.«

Der Mann hinter mir atmete auf … und auch ich atmete auf, besonders, als sich das Messer von meiner Kehle entfernte.

»Entschuldigen Sie bitte, aber ich musste einfach sicherstellen, dass Sie nicht übernommen wurden.«

Ich verstand kein Wort, aber das war mir in dem Moment auch egal. Hastig entfernte ich mich und sah nur zu, dass ich möglichst viel Raum zwischen ihm und mir bekam. Meine Beine zitterten immer noch, als mich Baxter zu sich heranzog und jetzt erst konnte ich sehen, wer mich da eigentlich die ganze Zeit bedroht hatte.

Der Mann war offenbar kein ungeschlachter Typ, der Freude daran fand, unschuldige Frauen mit einem Messer zu bedrohen. Seine wirr abstehenden Haare, die Brille, deren Bügel offensichtlich von Klebeband zusammengehalten wurden, und die Krawatte, die er immer noch trug. All das zusammengenommen ließen mich an einen Mann denken, der sein Leben hinter Büchern zugebracht hatte und nun die raue Wirklichkeit kennenlernte.

Elder hatte unterdessen die Wiedersehensfeier gestartet, was nicht nur mir, sondern auch dem Colonel missfiel.

»Ich wäre froh, wenn Sie mir mal erklären könnten, was hier

vorgeht und wer der Mann ist!«

»Das ist Professor Corey Walters. Wenn wir das hier überleben wollen, dann ist er unsere einzige Chance.«

Unser Neuzugang war einverstanden, dass wir uns an den Vorräten bedienten, die er in einem Verschlag deponiert hatte. Elder fachsimpelte mit Walters – was mir schon sehr bald auf die Nerven ging! Baxter verarztete gerade meinen kleinen Schnitt an der Kehle, weil unser eigentlicher Mediziner natürlich viel zu beschäftigt war, um sich darum zu kümmern.

»Was hat Sie denn in diese Gegend verschlagen, Professor?«, fragte der Colonel.

»Ich war auf dem Weg zu meinem alten Institut, etwa zweihundert Meilen nördlich von hier. Die Chance, ohne Begleitung die Strecke zu schaffen, war verschwindend gering, aber ich musste es einfach versuchen. Das Überleben der restlichen Menschheit hängt davon ab, dass ich dort ankomme. Jetzt, wo wir zu zehnt sind, da …«

»Moment!« Der Colonel hob die Hand und zog die Brauen zusammen. »Was verstehen Sie darunter? Wieso sind Sie die letzte Hoffnung der Menschen?«

Walters lächelte bescheiden – zumindest versuchte er es. »Dort sind die Mittel vorhanden, um eine Waffe auf biologischer und chemischer Basis gegen die Clearer herzustellen. An meiner letzten Wirkungsstätte war ich fast am Ziel, doch dann brach die letzte Verteidigungslinie zusammen und alle Überlebenden flohen, was auch der Grund meiner Exkursion war. Einer nach dem anderen wurden von den Monstern erwischt, nur ich bin noch übrig. Und ich muss es unbedingt schaffen, verstehen Sie?«

»Nicht so laut, verdammt nochmal!«

Nicht nur der Colonel empfand den Professor als unangenehm lärmend, mir ging es ebenso. Ich hatte keine Lust, einem Clearer zu begegnen.

»Ich muss Sie leider enttäuschen, Walters, aber wir haben ein anderes Ziel.«

Ich horchte auf. War mir etwas entgangen?

Ungläubig starrte der Professor den Colonel an. »Was kann es Wichtigeres geben als die Rettung der Menschheit?«

»Corey hat recht«, sprang ihm Elder zur Seite. »Ich kenne einen Teil seiner Forschungsarbeit, an der er seit dem Angriff gearbeitet hat. Wir haben eine echte Chance, diese Monster zu vernichten, aber dafür müssen wir ihm helfen, an die benötigten Mittel zu kommen.«

Der Colonel lächelte grimmig. »Sie haben es doch selbst gehört, Dr. Elder. Es sind noch zweihundert Meilen, vielleicht sogar mehr. Glauben Sie wirklich, wir hätten auch nur die Spur einer Chance, diese Entfernung zurückzulegen? Nein, wir müssen schnellstmöglich zur nächstgelegenen Zuflucht.«

»Und wie weit ist die entfernt?«

»Rund fünfzig Meilen. Mit etwas Glück legen wir die Strecke in drei Tagen zurück. Außerdem können wir uns auf der Route tagsüber in den Wäldern verstecken, während von hier aus in nördlicher Richtung fast nur plattes Land liegt.«

»Aber …«

»Mein Entschluss steht fest! Wir gehen nach Westen, zur Zuflucht 14. Dort werden wir sehen, was wir für Sie tun können,

Professor. Jede Einrichtung ist mit medizinischen Laboren gut versorgt, wie Sie feststellen werden. Wahrscheinlich ist sie sogar besser ausgerüstet als das Institut, zu dem Sie wollen. Es ist ohnehin anzunehmen, dass es in Schutt und Asche liegt. Die Clearer gehen nicht gerade behutsam mit diesen Dingen um und menschliche Plünderer dürften den Rest erledigt haben.«

Für einen Moment herrschte Schweigen.

»Vielleicht hat der Colonel recht.« Elder versuchte, seinen Kollegen zu beruhigen. »Du kannst nicht wissen, wie es dort aussieht und die Chance, es bis dorthin zu schaffen, ist verschwindend gering. Und falls du dort deine Arbeit nicht erledigen kannst, finden wir immer noch einen Weg, dich zu dem Institut zu eskortieren.«

'Auch wenn die ihm gegen die Clearer kaum eine Hilfe sein würden', schoss es mir durch den Kopf.

»Also gut«, fuhr der Colonel fort. »Dann teilt Jenkins jetzt die Rationen für das Abendessen aus und danach sollten wir uns alle ausruhen. Die nächsten Tage werden sehr anstrengend werden. Wir müssen Wachen aufstellen, die sich alle zwei Stunden abwechseln. Jenkins, Sie teile ich zur ersten Schicht ein, ich werde die zweite und Baxter die dritte Wache übernehmen.«

Kapitel 13

Es war die erste Nacht, die ich außerhalb der Zuflucht zubrachte. Zumindest war es die erste, an die ich mich erinnerte. Wo ich früher gelebt und wie ich meine Zeit zugebracht hatte, das alles war immer noch in grauem Nebel verborgen.

Unruhig wälzte ich mich auf dem ungemütlichen Lager hin und her, das bloß aus einer dünnen Decke bestand. Die Geräusche der Schlafenden drangen an meine Ohren und ließen den Schlaf nicht zu mir heran. Ich wunderte mich, dass alle außer mir ruhig schlummern konnten. Mussten sie nicht an die Gefahren denken, die noch vor uns lagen? Vielleicht klammerten sie sich auch an den Funken Hoffnung, den Professor Walters verbreitet hatte.

Mit einem kleinen Seufzen stand ich auf und streckte meine Glieder. Schon seit einiger Zeit verspürte ich einen stechenden Schmerz, der in der Nierengegend saß. Waren dies die ersten Anzeichen für eine Vergiftung? Wie auf Kommando spürte ich wieder diesen dumpfen Knoten im Magen. Ich verdrängte den Gedanken, so gut es ging. Wenn es so war, konnte ich auch nichts daran ändern.

Ich schlich zum Fenster und sah durch das schmierige Glas Baxter, der sich draußen gegen die Brüstung lehnte. Ob er wohl noch immer mein Betreuer war, jetzt, wo die Zuflucht nicht mehr existierte? Ich schmunzelte, als mir die Unsinnigkeit des Gedankens bewusst wurde. Als ob es darauf ankäme. Vorsichtig zog ich die Tür auf und trat ins Freie.

»Hallo.« Ich lächelte spöttisch, als ich sah, wie er zusammenzuckte.

»Gott, hast du mich erschreckt!«

»Sollte eine Wache nicht auf jedes Geräusch reagieren?«

»Die Clearer schleichen sich bestimmt nicht so an.«

Ich trat neben ihn und schaute hinaus auf die Straße, konnte aber kaum etwas erkennen, so dunkel war es noch. »Ob uns die Monster wohl suchen?«

Er zuckte mit den Schultern. »Wer weiß, ob wir interessant genug für die sind. Sie rechnen wahrscheinlich damit, dass wir irgendwann ohnehin einem oder zwei ihrer Kumpels in die Fänge laufen. Warum sich also die Mühe machen und aktiv nach uns suchen? Vielleicht wissen sie auch gar nicht, dass ihnen ein paar Exemplare entwischt sind.«

Ich versuchte immer noch, irgendetwas zu erkennen. Ohne Erfolg. »Siehst du überhaupt was?«

»Nicht mal die Hand vor Augen. Und selbst wenn ich einen Clearer sehen sollte, was könnte ich schon tun? Alarm schlagen, klar, aber was dann? Sollen wir über das platte Land fliehen oder uns hier irgendwo verstecken?«

»Alles ist jedenfalls besser, als laut schreiend auf die Straße zu laufen.«

Er lachte leise. »Da hast du wohl recht. Aber ich denke mal, der Colonel hat einfach Wachen eingeteilt, weil es in seinem Handbuch so steht. In der Zuflucht haben uns die Wachposten jedenfalls nichts genutzt.«

Wir schwiegen eine Weile und starrten hinaus in die Dunkelheit.

»Was hältst du von Professor Walters?«, brach ich schließlich das Schweigen. »Kann sein Plan funktionieren?«

Erneut zuckte er mit den Schultern. »Vielleicht. Ich kenne mich zu wenig aus. Allerdings scheint es ja nicht so simpel zu sein, sonst hätte doch schon längst jemand diese Biowaffe zusammengemixt. Wir werden ja wohl kaum die letzten Menschen auf der Welt sein.«

Ich fror bei dem Gedanken, dass es tatsächlich möglich war. Falls das zutraf, wäre es völlig egal, ob wir diese Waffe zum Einsatz bringen konnten. Die Menschheit wäre dann ohnehin verloren.

»Wann geht die Sonne auf?«, fragte ich.

»Wenn meine Uhr noch richtig geht, in etwa zwei Stunden. Vielleicht solltest du dich noch etwas hinlegen. Ich denke, wir werden morgen einen ziemlich langen Fußmarsch überstehen müssen.«

Ich erwiderte nichts, blieb aber neben ihm stehen, leistete ihm Gesellschaft und nach ungefähr einer Stunde ergriff ich seine Hand. Es tat uns beiden gut.

»Nicht zurückbleiben!«

Der Colonel tauchte am Schluss unserer kleinen Gruppe auf und ermahnte Jenny und Luzia, Anschluss zu halten. Es musste schon längst Nachmittag sein und wir marschierten seit dem Morgengrauen ununterbrochen, ohne zu rasten oder etwas anderes als trockene, knallharte Kekse zu uns zu nehmen.

»Sehen Sie denn nicht, dass das Mädchen nicht mehr kann?«, sagte ich zu dem Antreiber. »Können wir nicht wenigstens eine kleine Pause einlegen?«

Er sah mich an, als hätte ich vorgeschlagen, ein großes Fest aufzuziehen. »Halten Sie das hier für einen Sonntagsspaziergang?« Er zog einen Plan aus der Tasche und kreiste mit dem Finger ein Gebiet ein. »Wir müssen bis heute Abend zu diesem Punkt gelangen, um in einer der alten Jagdhütten zu übernachten. Wollen Sie vielleicht die Nacht ungeschützt im Wald zubringen? Wir können im Freien kein Lagerfeuer entzünden, wie es Ihnen möglicherweise vorschwebt. Es sei denn, Sie wollen ein paar Clearer in unserer Mitte begrüßen. Falls dem so ist, würde ich Sie aber bitten, sich von unserer Gruppe zu separieren! Und nun weiter, wir sind ohnehin hinter unserem Marschplan zurück.«

Luzia wischte sich über die Augen, die wahrscheinlich etwas feucht geworden waren, biss tapfer die Zähne zusammen und schleppte sich vorwärts. Aber lange würde es nicht mehr gut gehen. Jenny machte nicht den Eindruck, als könne sie das Mädchen tragen, doch als Luzia stolperte und hinfiel, da war mir klar, dass sie nicht mehr konnte.

Sofort kniete ich mich vor sie hin. »Ich nehme dich huckepack, was hältst du davon?«

Ihre großen verweinten Augen blickten mich von unten herauf an, was mir einen kleinen Stich versetze. »Bin ich nicht zu schwer für dich?«

»Ach was, du bist doch ein Fliegengewicht!«

Jenny sah mich dankbar und müde zugleich an. Sie half dem Mädchen dabei, mir auf die Schultern zu steigen. Schon nach den ersten Schritten mit der zusätzlichen Last wurde mir klar, dass ich mir wahrscheinlich zu viel zugemutet hatte. Das Gewicht des Kindes ließ mich nach einer Weile vorwärtstaumeln und der

Schweiß rann mir in Bächen über den Rücken. Dylan sah sich einmal verstohlen zu uns um, bevor er den Blick sofort wieder abwandte.

»Arschloch«, murmelte ich.

»Das war ein böses Wort!«, sagte Luzia. »Jenny meint, dass man so etwas nicht sagen darf.«

»Da hat sie auch ganz recht, aber mir war so danach.«

»Ich nehme sie dir ab«, hörte ich Baxters Stimme. »Warum hast du denn nichts gesagt? Wenn ich dich nicht zufällig gesucht hätte …«

Ich seufzte vor Erleichterung, als er mir das Mädchen abnahm. Er war deutlich besser in Form, aber er war ja auch nicht von Elder die ganze Zeit gepiesackt worden. In diesem Moment spürte ich einen scharfen Schmerz in der Nierengegend und blieb für einen Augenblick stehen, um mich nach vorne zu beugen. Bunte Punkte flimmerten mir vor den Augen und es dauerte ein paar Sekunden, bevor ich weitergehen konnte.

Jenny kam sofort zu mir und legte ihre Hand auf meinen Rücken. »Hast du Schmerzen? Soll ich Dr. Elder benachrichtigen?«

Das fehlte gerade noch. »Nein, ich bin nur müde.« Ich brachte sogar ein verkniffenes Lächeln zustande. »Wir wollen ihn doch nicht aus seiner angeregten Diskussion mit dem anderen Weißkittel reißen.«

»Deckung!«

Der Ruf kam vom Colonel, was mir das Blut in den Adern gefrieren ließ. Dass er damit gegen seinen eigenen Befehl verstieß, vollkommen still zu sein, zeigte mir nur zu klar, wie dringlich wir dieser Aufforderung nachkommen sollten. Baxter zog mich sofort ins Unterholz und stieß mich zu Boden. Luzia legte er auch reichlich unsanft ab, doch das Mädchen war von der allgemeinen Aufregung so eingeschüchtert, dass es keinen Ton von sich gab.

Mit der Nase nur knapp oberhalb des Erdbodens lag ich da und wagte kaum zu atmen. Hatten uns die Clearer aufgestöbert? Meine Finger krallten sich in den weichen Untergrund. Bis auf die Windgeräusche in den Blättern und Zweigen der Bäume war es vollkommen ruhig. Nein, nicht ganz. Ein leises Surren drang mir an die Ohren. Vorsichtig riskierte ich einen Blick nach oben … und sah die Drohne, die etwas unterhalb der Baumwipfel schwebte. Ich hätte nie gedacht, dass die Monster mit solchen Hilfsmitteln arbeiten würden.

Es dauerte eine halbe Ewigkeit – zumindest kam es mir so vor – bis das Ding endlich wegflog. Dennoch musste ich ein paar Minuten warten, bis uns der Colonel signalisierte, dass die Gefahr vorbei wäre.

Baxter lud sich Luzia wieder auf die Schultern und blickte noch einmal in die Richtung, in die die Drohne verschwunden war, bevor er zum Colonel ging. Ich folgte ihm, weil ich mir vorstellen konnte, was er mit dem Soldaten besprechen wollte.

»War das nicht eines von unseren Modellen?«, fragte er Karlson, der gerade erneut seine Karte studierte.

»Das war sie. Ich habe fast die Modellnummer entziffern können, so dicht ist sie über uns hinweg geflogen.«

»Aber warum haben wir uns dann versteckt?«, fragte ich.

Der Colonel faltete akkurat die Karte zusammen, bevor er antwortete. »Weil wir nicht wissen, wer am anderen Ende der Drohnenkamera sitzt. Wir befinden uns auf feindlichem Gelände und ich werde kein unnötiges Risiko eingehen, wenn es nicht unumgänglich ist. Wir haben einen Plan und dem werden wir auch folgen. Habe ich Ihre Neugier befriedigt?«

Ich schwieg, denn wenn ich etwas gesagt hätte, wären es keine Nettigkeiten gewesen. Baxter strich mir tröstend über den Rücken, aber ich wollte nicht getröstet werden, wandte mich um und ging zurück ans Ende unserer Gruppe.

Stundenlang schleppten wir uns noch weiter. Die Sonne war schon fast untergegangen, als ich endlich das Stoppsignal des Colonels hörte. Baxter trug immer noch Luzia auf seinen Schultern und ich musste seine Ausdauer bewundern. Meine Kräfte waren völlig aufgebraucht und wenn ich nicht bald etwas zu essen und reichlich Schlaf bekam, würde ich mich einfach hinter einen Baum zurückziehen und hinlegen. Den anderen ging es allerdings nicht viel besser, wie mir ein Blick in deren Gesichter verriet. Evelyns Haut war fast grau geworden und Jenny schleppte sich nur noch wie auf Autopilot weiter.

»Wo ist Faith?«, fragte ich sie.

Jenny zuckte nur müde mit den Schultern.

Hektisch sah ich mich um. »Faith?«

»Ruhe, verdammt!«, zischte der Colonel.

»Faith ist nicht da!«, erwiderte ich.

»Darum kümmern wir uns später!«

'Ach ja?', dachte ich. 'Und wann?' Bald würde es stockdunkel sein. Wie sollte sie den Weg zu uns finden, falls sie den Anschluss verloren hatte. Vielleicht war sie auch gestürzt und hatte sich verletzt. Jedenfalls durfte ich sie nicht im Stich lassen und mein Entschluss stand daher fest.

»Ich gehe sie suchen!«

»Sie bleiben hier!«

»Ich denke gar nicht dran!«

Wäre es nicht so dunkel gewesen, hätte ich bestimmt sehen können, wie der Kopf des Colonels krebsrot anlief. So blieb mir nur die Vermutung. Jedenfalls hatte es ihm wohl für ein paar Sekunden die Sprache verschlagen, denn erst jetzt drang mir ein ellenlanger Fluch an die Ohren. Gut, dann hatte er sich anscheinend von der Überraschung erholt.

»Jenkins, Sie sehen sich bei den Hütten um. Ich rede derweil ein paar Takte mit dieser Frau.«

»Mein Name ist Hope!«

»Dann hoffen Sie mal, dass ich Ihnen nicht die Ohren langziehe.« Trotz seines offensichtlichen Ärgers gab er sich alle Mühe, möglichst wenig Geräusche zu verursachen, als er zu mir ans Ende der Gruppe kam. »Was glauben Sie eigentlich, können Sie erreichen, wenn Sie jetzt durch die Nacht schleichen? Wir haben zwei Taschenlampen und keine Ahnung, was mit Ihrer Freundin passiert ist. Sollen wir jetzt alle auf die Suche gehen und damit jeden Einzelnen von uns in Gefahr bringen? Das können Sie sich aus dem Kopf schlagen!«

Ich wollte gerade die passende Antwort geben, als mich ein leises Knacksen hinter mir herumfahren ließ. Auch der Colonel richtete den Strahl seiner Lampe auf das Dickicht. Ich seufzte vor Erleichterung, als ich Faiths zerschrammtes Gesicht im Licht auftauchen sah.

»Komme ich noch rechtzeitig zum Nachmittagskaffee?«, fragte sie.

Mit zwei großen Schritten war ich bei ihr und drückte sie an mich. »Wo bist du gewesen?«

Sie deutete vage nach hinten, nachdem ich sie losgelassen hatte.

»Hab irgendwie den Anschluss verloren. Zum Glück habt Ihr euch laut genug unterhalten, sodass ich wusste, wo ihr seid.«

»Hoffentlich haben es nicht noch andere mitbekommen«, knurrte der Colonel. Er wandte sich von uns ab und kehrte zurück an die Spitze der Gruppe.

»Warum hast du denn nichts gesagt?« Ich legte meinen Arm um ihre Schultern, um sie etwas zu stützen.

»Ich war so fertig und sogar zu müde, um überhaupt zu bemerken, dass ich den Anschluss verloren hatte. Meine Füße brennen wie Feuer, ich habe einen wahnsinnigen Durst und mächtig Kohldampf. Ich könnte jetzt sogar diese widerliche Suppe aus der Kantine verspeisen.«

»Ich auch, Faith, ich auch!«

»Wir können weiter«, sagte Baxter. »Die Hütten stehen leer.«

»Das ist mal eine gute Nachricht.«

In meiner Vorstellung sah ich eine Hütte vor mir, wo ein weiches Bett und ein prasselndes Kaminfeuer auf mich wartete. Wir würden uns etwas Fleisch und Gemüse erhitzen und dazu Brot essen. Allein bei dem Gedanken lief mir das Wasser im Mund zusammen. Natürlich kam es ganz anders.

Der Colonel untersagte uns jedenfalls strikt, ein Feuer zu entzünden. Wahrscheinlich hätte er uns auch warme Gedanken verboten, wenn es ihm in den Sinn gekommen wäre. Das weiche Bett blieb selbstverständlich ein Wunschtraum und ich musste mich mit dem harten Boden und einer schmutzigen Decke begnügen. Letztere stammte wohl vom ehemaligen Besitzer und ich wollte mir gar nicht vorstellen, was für eine Menagerie sich im und auf dem Stoff tummelte.

Ich tastete nach Baxters Hand, um mich nicht so verloren zu

fühlen. Eigentlich war der Gedanke albern, denn wir lagerten zu zehnt in einer Hütte, in der sich schon zwei Menschen nach kurzer Zeit auf die Nerven gegangen wären. Ich genoss aber, seine Wärme so dicht bei mir zu spüren. Jenkins hielt draußen Wache und für einen Moment tat er mir sogar leid – aber das verging sehr schnell. Er gehörte immer noch nicht zu den Leuten, mit denen ich gerne durch dieses Weltuntergangsszenario strich, denn er war der getreue Schoßhund des Colonels.

Dr. Elder und der Professor hatten den ganzen Abend weitere Theorien ausgetauscht und entworfen, bis der Colonel ihnen energisch zu schweigen befohlen hatte. Zum ersten Mal war ich dem Kommisskopf dankbar für sein Ruhebedürfnis.

»Morgen erreichen wir bestimmt die Zuflucht«, wisperte mir Baxter zu. Ich sah ihm in die Augen, die mir ein wenig Trost spendeten, erwiderte aber nichts drauf.

Hoffentlich behielt er recht. Wenn der Professor ein Mittel gegen die Clearer fand, würde vielleicht doch noch alles gut werden. Mit diesen tröstlichen Gedanken schlief ich ein.

Kapitel 14

Ich wachte auf, als mir jemand eine Hand auf den Mund presste und mir kalten Stahl an die Schläfe hielt. Mein Herz pochte wie wild und ich war fest davon überzeugt, dass ich es diesmal nicht überleben würde. Irgendjemand leuchtete mir in die Augen und zerrte mich anschließend in die Höhe.

Im grellen, zuckenden Taschenlampenlicht erkannte ich ein paar schwer bewaffnete Personen, die mich und meine Begleiter gewaltsam zur Wand führten. Die anderen standen bereits dort, verängstigt und zitternd, zumindest die Frauen und das Kind. Ich bekam kein Wort heraus, weil das Rauschen des Blutes in meinen Ohren alles andere zu überdecken schien. Wollte man uns jetzt etwa erschießen?

»Ich bin Colonel Karlson, Leiter der ehemaligen Zuflucht 16. Was soll dieser Überfall?« Der Colonel baute sich vor den Männern auf, doch die blieben unbeeindruckt.

»Mitkommen!«

Das war das erste Wort, was ich von den Angreifern hörte. Sie stießen uns nach draußen und an der Helligkeit erkannte ich, dass die Morgendämmerung bereits angebrochen war. Auf dem Vorbau sah ich Dylan, der halb betäubt an der Wand lehnte und sich ein Tuch auf eine blutende Schädelwunde presste. Vermutlich hatte er auf Wache selig geschlummert.

Mit vorgehaltener Waffe wurden wir vorwärtsgestoßen. Die Frage, wohin man uns brachte, schluckte ich hinunter, denn wahrscheinlich hätte ich mir auch nur eine Platzwunde eingehandelt.

Baxter schlich sich unauffällig neben mich. »Hope, geht es... «

Er konnte den Satz nicht beenden, da ihm einer der Männer brutal den Kolben seiner Waffe in die Rippen rammte. Baxter krümmte sich und würgte dabei, während er versuchte, Luft zu holen. Ich wollte ihm helfen, doch einer der Kerle verhinderte es, indem er einen Schlagstock zwischen uns trieb und mich vorwärts stieß.

Wer auch immer die Typen waren, sie setzten den Schweigebefehl noch drastischer um als der Colonel. Karlson wurde mir auf die Art fast sympathisch. Immerhin hatte er mich nur angeschnauzt und mir nicht mit seiner Waffe einen neuen Scheitel gezogen.

Das fehlende Frühstück machte sich auch bemerkbar. Ich lief ohnehin schon auf Reserve und so abrupt aus dem Schlaf gerissen zu werden, verstärkte diesen Effekt noch. Gerne hätte ich mir einen der knallharten Kekse aus meiner Hosentasche genommen, aber ich wagte es nicht, denn jede Bewegung wurde scharf beobachtet.

Baxter ging mit grimmiger Miene neben mir. Der schweigende Marsch zerrte mir an den Nerven. Töten wollten sie uns anscheinend nicht, denn sonst würden sie sich ja nicht die Mühe machen, uns quer durch den Wald zu führen. Einmal sah ich mich nach Faith um, der es ja gestern bedeutend schlechter als mir gegangen war. Sie führte Luzia an der Hand und ich fragte mich unwillkürlich, wo Jenny abgeblieben war. Hatten die Kerle sie getötet?

Mein Unbehagen konnte nicht größer werden – so hatte ich zumindest gedacht. Doch dann vernahm ich das Brüllen – einen

Schrei, den man weder menschlich noch tierisch nennen konnte, und ich spürte Panik in mir aufsteigen.

»Beeilung!« Ich fühlte einen derben Stoß im Rücken, als mir einer meiner neuen Freunde den Kolben seiner Waffe ins Kreuz jagte.

Die Aufforderung wäre gar nicht nötig gewesen, denn wenn ich eins nicht wollte, dann dem Ungetüm begegnen, das diesen Schrei ausgestoßen hatte. Ich hastete vorwärts und es war ein wahres Wunder, dass ich nicht über irgendwelche Wurzeln oder Unebenheiten im Boden stolperte. Würde ich hinfallen – das war mir sonnenklar – würde mir niemand aufhelfen. Zweige peitschten mir ins Gesicht und trieben mir Tränen in die Augen. Ich hielt mich nicht damit auf, sie wegzuwischen, sondern eilte weiter, auch als mir der Schweiß bereits in die Augen lief. Ich sorgte mich um keinen meiner Begleiter, achtete nicht darauf, ob wir noch alle beieinander waren. Ich war nur erleichtert, als ich Luzia neben mir auftauchen sah. Das Mädchen war erstaunlich flink auf den Beinen und kam sehr gut mit dem Boden zurecht.

»Da vorne links ist die Zuflucht!«, brüllte mir jemand ins Ohr und stieß mich fast gleichzeitig in die angegebene Richtung.

Um ein Haar wäre ich doch noch gestürzt, aber es gelang mir, den Eingang zu erreichen und in die trügerische Sicherheit zu fliehen. Ich war einer der Letzten gewesen und der Mann hinter mir ließ die Stahltür ins Schloss gleiten.

»Wartet! So wartet doch auf mich!«

Mir blieb fast das Herz stehen, als ich durch die rasch kleiner werdende Lücke eine Gestalt auf den Eingang zueilen sah.

»Jenny!« Luzias Schrei brachte meine Ohren zum Klingeln.

»Warten Sie noch!«, rief ich, doch der Mann an der Tür stieß mich derbe zurück.

»Dafür ist es zu spät. Wir können sie nicht mehr retten.«

Ungläubig blickte ich nach draußen, sah Jennys vor Angst verzerrtes Gesicht. Sie stürzte, ihre Augen schienen um Hilfe zu betteln, während sie auf die Beine zu kommen versuchte. Ich hörte ein weiteres Mal die verzweifelte Bitte, bevor sich die Stahltür schloss und kein Geräusch mehr von draußen zu uns drang. Ich war wie gelähmt. Luzia brach in Tränen aus, als ihr bewusst wurde, dass sie nun auch ihre Ersatzmutter verloren hatte. Sie klammerte sich an mich und erst da schaffte ich es, mich wieder zu bewegen. Ich umarmte sie, versuchte, sie zu trösten, aber wie sollte es gelingen, wenn man selbst der Verzweiflung nahe war?

Ich befand mich in einer Art von Schockstarre, während man uns über endlose Treppenstufen nach unten führte. Ein kleiner Teil meines Verstandes wunderte sich zwar, dass es offensichtlich keinen Fahrstuhl gab, aber es interessierte mich nicht sonderlich. Man brachte uns in einen großen Raum, ohne irgendwelche Erklärungen abzugeben. Der Colonel bestand zwar darauf, mit dem verantwortlichen Leiter zu sprechen, doch seine Proteste wurden ignoriert. Da unsere Begleiter diejenigen mit den Waffen waren, hatten sie letztendlich die besseren Argumente.

»Und was jetzt?« Faith klang psychisch und physisch erschöpft. Die letzten Aufregungen hatten auch bei ihr Spuren hinterlassen und den Galgenhumor anscheinend gründlich ausgetrieben. Luzia weinte nicht mehr, sondern saß apathisch auf ihrem Platz. Baxter versuchte mich zwar mit einem Lächeln aufzumuntern, aber es glückte ihm nicht besonders gut.

»Sie können uns ja nicht ewig in diesem Raum lassen«,

brummte der Colonel und beantwortete indirekt Faiths Frage. »Sie werden jetzt erst einmal dem Sicherheitsprotokoll folgen und verhindern, dass der Clearer in die Zuflucht eindringt.«

Der Professor strich sich geistesabwesend durch seine Haare und wirkte noch fahriger als sonst. »Ich muss dringend mit meiner Arbeit beginnen. Zeit ist kostbar.« Er sprang von seinem Sitzplatz auf und tigerte rastlos durch den Raum. Schließlich blieb er vor dem Colonel stehen. »Verstehen Sie doch, dass wir nicht zu lange warten dürfen. Wer weiß, wie viele Zufluchten es überhaupt noch gibt. Vielleicht …«

»Setzen Sie sich wieder hin, Walters!« Karlson hatte in einem ruhigen Ton gesprochen, aber es reichte aus, um den Professor verstummen zu lassen. Artig kehrte der Wissenschaftler zu seinem Platz zurück.

»Ich muss mal und hab Hunger«, meldete sich Luzia zu Wort.

»Es dauert nicht mehr lange«, flüsterte ich ihr zu. »Schon bald …«

Ich kam nicht dazu, den Satz zu vollenden, denn vorher wurde die Tür aufgestoßen. Ein Mann, kaum älter als vierzig, betrat freundlich lächelnd den Raum und stellte sich in die Mitte des Zimmers.

»Ich heiße Sie in der Zuflucht 14 willkommen. Es ist schön, so viele neue Gesichter zu sehen. Ich hatte schon die Hoffnung aufgegeben, weitere Überlebende auf der Oberfläche anzutreffen. Ich bin Dr. Daniel Berger und seit dem bedauerlichen Tod von Major Cascio leite ich diese Einrichtung. Ich habe gehört, dass sich unter Ihnen Professor Walters befindet?« Der Professor meldete sich und Berger schüttelte ihm enthusiastisch die Hand. »Das ist gut, sogar sehr gut. Ich habe Ihre Arbeit verfolgt, bis die

Kommunikationskanäle zerstört wurden. Ich nehme doch an, Sie werden Ihre Forschungen weiterführen?«

Walters nickte.

»Unser Labor steht Ihnen voll und ganz zur Verfügung. Sollten Sie noch etwas benötigen, wenden Sie sich an mich.«

Der Professor strahlte und war anscheinend wunschlos glücklich. Ich hingegen war es nicht.

»Wann gedenken Sie uns denn aus dieser Zelle herauszulassen?«, fragte ich daher nicht gerade freundlich. »Das kleine Mädchen hier ist völlig erledigt und hat Angst – wahrscheinlich geht es den meisten von uns so.«

Berger hob entschuldigend die Hände. »Wir werden Ihnen gleich Quartiere zuweisen. Leider sind es nur Notquartiere, da die unteren Ebenen der Zuflucht nicht mehr zugänglich sind.«

»Wieso denn nicht?«, fragte der Colonel.

»Es gab dort einen Brand. Wir mussten alle Räume verfüllen, um zu verhindern, dass das oberste Stockwerk auch noch einstürzt. Seitdem sitzen wir hier auf einem soliden Granitsockel. Zudem sind wir hier nur noch eine Notbesetzung, da viele von uns bei Rettungsmissionen umgekommen sind. Seien Sie froh, dass unsere Drohne Sie aufgespürt hat. Ansonsten wären Sie den Clearern zum Opfer gefallen. Es gibt recht viele von denen in diesem Gebiet.«

Karlson gab sich mit der Erklärung zufrieden und auch mir genügte die Auskunft. Ein Lager zum Schlafen, etwas zu essen und zu trinken – mehr wollte ich nicht. Das höchste der Gefühle wäre eine Dusche, aber darauf sollte ich wohl gar nicht erst hoffen.

Es waren wirklich nur Notquartiere, die man uns zur Verfügung stellte. Ich teilte mir eine Kabine, die ursprünglich für eine Person vorgesehen war, mit Evelyn und Luzia. Das Essen, was man uns zuteilte, wäre mit kümmerlich zutreffend beschrieben. Das Mädchen knabberte lustlos an ihren kalten Rationen, ging auf die Toilette und krabbelte danach sofort ins Bett. Noch ehe ich mich versah, war sie eingeschlafen.

»Armes Ding«, flüsterte Evelyn, während sie dem Kind die Bettdecke etwas höher zog. »Hoffentlich bekommt es keine Alpträume.«

»Wer von uns hat die denn nicht?«

Großzügig überließ ich Evelyn das zweite Bett, derweil ich es mir auf dem Fußboden in einem alten, zerschlissenen Schlafsack gemütlich machte. Schon bald hörte ich ihre ruhigen Atemzüge und beneidete sie, dass sie tatsächlich Schlaf fand. Ich hingegen wälzte mich ruhelos von der einen auf die andere Seite. Mir ging Jenny nicht aus dem Kopf und ich hoffte nur, dass ihr Tod schnell und einigermaßen schmerzlos gekommen war. Ich schnaubte leise und verachtete meine grenzenlose Naivität. Na klar, sie war jetzt bestimmt im Himmel und flatterte dort von einer Wolke zur nächsten.

Das Leben, wie ich es kennengelernt hatte, war brutal, ekelhaft, dreckig und – so wie es aussah – kurz. Die ganze Welt war anscheinend von diesen Monstern überrannt worden und meine Fantasie reichte nicht aus, um mir die Schrecken vorzustellen. Und wir Menschen gingen uns immer noch an die Gurgel. Wie wohl Baxter den brutalen Schlag überstanden hatte? Ich sehnte mich nach ihm, nach der Wärme seiner Berührungen und seiner liebevollen Art. Trotz all der Gedanken schlief ich letztendlich doch ein.

Vielleicht lag es daran, dass ich auf der Seite schlief und dadurch mit einem Ohr nah am Boden lag. Jedenfalls wachte ich mitten in der Nacht auf, als ich ein dumpfes Pochen vernahm. Möglicherweise befand sich direkt unter mir ein Hohlraum, der wie ein Resonanzverstärker wirkte. Mit einem Knurren drehte ich mich auf die andere Seite, bevor mir ein Satz einfiel, den Berger zum Colonel gesagt hatte. 'Alle tiefer gelegenen Räume sind verfüllt' – das waren seine Worte gewesen. Wenn sich also unter mir eine Aushöhlung befand, drohte uns vielleicht Gefahr.

Ich richtete mich auf. Sollte ich nicht jemandem Bescheid geben? Aber wenn es nun falscher Alarm war und es sich nur um arbeitendes Material handelte? Schon wollte ich in Baxters Quartier gehen, um ihn um Rat zu fragen, doch dann fiel mir ein, dass er sich mit Dylan eine Kabine teilte, und entschied mich dagegen. Morgen wäre früh genug.

Ich legte mich wieder hin, aber meine Nerven waren viel zu angespannt, als dass ich hätte einschlafen können. Das Geräusch trat zwar noch gelegentlich auf, doch es wurde schwächer und hörte nach einiger Zeit ganz auf. Anscheinend hatte ich mich wirklich getäuscht.

Den nächsten Morgen nutzte ich, um mir unser neues Zuhause anzusehen. Schnell merkte ich, wie beengt wir in Zukunft hausen würden. Den größten Teil der Etage nahmen das Labor, die

Kantine und die Einsatzzentrale ein. Die Quartiere waren früher wahrscheinlich Abstellräume gewesen. Evelyn, Luzia und ich hatten es richtig gut getroffen, denn wir durften uns stolze Besitzer einer eigenen Dusche samt Toilette schimpfen. Alle anderen mussten sich einen einzigen Waschraum teilen. Die wenigen Soldaten der Zuflucht, denen ich über den Weg lief, sahen mich kalt und ausdruckslos an, fast so, als wäre ich ein interessantes, aber widerliches Insekt. Womöglich waren sie darüber aufgebracht, dass sie den knappen Platz nun auch noch mit uns teilen mussten. Ich verstand es sogar.

Als ich in die Kantine kam – das war wohl ursprünglich ein kleiner Aufenthaltsraum – wurde Professor Walters gerade von Berger abgeholt. Anscheinend wollten sie keine Zeit verlieren und sofort mit der Arbeit an der Waffe gegen die Clearer beginnen. Auch wenn ich den Professor reichlich verschroben fand, so drückte ich ihm dennoch alle Daumen. Allzu lange würden wir hier kaum überleben können, jedenfalls sagte mir das der gesunde Menschenverstand. Viele Lebensmittel konnte es hier nicht geben, wahrscheinlich verbrauchten wir gerade die letzten Konserven. In Zuflucht 16 war die gesamte Ebene B für die Nahrungsmittelproduktion vorgesehen gewesen, wie man mir gesagt hatte. Hier hatte es vermutlich ähnlich ausgesehen, aber diese Sektoren gab es ja nicht mehr.

Faith saß bereits vor einem Teller und winkte mich zu sich.

»Das sieht ja köstlich aus«, sagte ich, nachdem ich mich gesetzt und einen Blick auf das Essen geworfen hatte. »Als ob es schon einmal gegessen worden wäre.«

»Sie können ja gerne nach draußen gehen und sich etwas suchen, was Ihrem verwöhnten Gaumen mundet«, knurrte mich einer der Männer vom Nachbartisch an.

Da war ich also mit Anlauf voll in ein Fettnäpfchen gesprungen. Gut gemacht, Hope. Ich murmelte etwas, was man mit viel Goodwill als Entschuldigung ansehen konnte, und fragte Faith, wo ich mir denn meine Portion abholen konnte.

»Dort drüben.« Sie deutete auf ein paar Behälter an der gegenüberliegenden Wand. Anscheinend war hier Selbstbedienung angesagt, was ich auch verstehen konnte. Bei der geringen Belegschaft wäre es purer Luxus gewesen, jemanden für die Essensausgabe einzuteilen.

Der Fraß – anders konnte man es nicht nennen – schmeckte genauso beschissen, wie er aussah. Er schlug auch auf die Laune, denn alle Anwesenden löffelten die Pampe schweigend in sich hinein. Selbst Faith stand nicht der Sinn nach einer Unterhaltung. Als ich ein Viertel vom Essen in mich hineingeschaufelt hatte, war mir der Appetit ebenfalls vergangen. Ich stellte das Geschirr irgendwo an die Seite und verließ die Kantine. Ich nahm mir vor, nach Dingen zu suchen, womit sich Luzia die Zeit vertreiben konnte. Hoffentlich gab es auch hier so etwas wie Gesellschaftsspiele, obwohl ich arge Zweifel daran hegte.

Ich bog gerade um eine Ecke, als ich drei Soldaten sah, die sich am Ende des Ganges an einer Aufzugtür zu schaffen machten. Sie öffneten sie manuell, zwei von ihnen stiegen in den Aufzugsschacht und kletterten abwärts. Der dritte schloss die Tür wieder. Ich zog mich zurück, bevor er sich umdrehte und mich entdecken konnte. Vielleicht sah ich schon Gespenster, aber hatte Berger nicht gesagt, dass alle Ebenen unter uns verfüllt worden waren? Galt dies nicht für den Schacht? Und warum stiegen zwei Männer nach unten? Fragen, auf die ich zwar die Antwort nicht kannte, sie aber gerne gewusst hätte.

Ich ging zurück in mein Quartier und hörte mir mit einem Ohr Luzias Beschwerden über das widerliche Essen an. Ständig wanderte mein Blick zum Fußboden und mir fielen die Geräusche der letzten Nacht ein. Wahrscheinlich litt ich an Verfolgungswahn, aber vielleicht erzählte uns Berger nicht die ganze Wahrheit. Jedenfalls sagte mir das mein Bauchgefühl.

Baxter kratzte sich ratlos am Kopf, nachdem ich ihm alles erzählt hatte. »Kann es nicht auch sein, dass die letzten Tage dein Nervenkostüm ramponiert haben? Wir haben schließlich so einiges durchgemacht. Und was die Männer angeht, die in den Aufzugsschacht gestiegen sind: Es ist doch möglich, dass sie etwas nachkontrolliert haben.«

Es klang alles plausibel, wenn man es von dieser Seite aus betrachtete, aber meine innere Stimme ließ mir dennoch keine Ruhe. »Lass uns mit dem Colonel darüber sprechen. Er machte auf mich nicht den Eindruck, als würde er Berger vorbehaltlos vertrauen.«

Falls das zutraf, so gab es Karlson nicht zu, als wir ihn aufsuchten. »Wir sollten Berger dankbar sein, dass er uns vor dem Clearer gerettet hat«, sagte er. »Er hat seine eigenen Leute in Gefahr gebracht, um eine versprengte Gruppe von Fremden in die Zuflucht zu lotsen. Was hätte er denn für einen Grund, uns anzulügen? Die Menschen, die jetzt noch am Leben sind, müssen zusammenhalten und das weiß er so gut wie jeder von uns.«

Vielleicht hatte der Colonel vergessen, auf welche Art und Weise sie uns hierhergebracht hatten. Möglicherweise war es ihm auch egal oder es war in seinen Augen die richtige

Vorgehensweise gewesen. Aber ich erinnerte mich noch durchaus an die Brutalität, mit der sie vorgegangen waren. Sicher verspürte auch ich letztendlich Dankbarkeit, doch diesen Leuten vertrauen konnte ich dennoch nicht. »Und was ist mit den Geräuschen, die ich in der Nacht gehört habe?«

»Ihre Nerven haben Ihnen einen Streich gespielt oder aber das Material unter uns ist noch am Arbeiten.« Er hob ratlos die Arme. »Was soll ich Ihrer Meinung nach tun? Zu Berger gehen und ihn fragen, was er vor uns verheimlicht? Meinen Sie nicht, dass wir andere Probleme haben, als uns zu zerfleischen? Falls die Wunderwaffe des Professors nur ein Hirngespinst ist, können wir ohnehin einpacken. Bis die übrigen Zufluchten so ähnlich aussehen wie die hier oder wie unsere, dürfte es nicht mehr allzu lange dauern.«

Seine Handbewegung, mit der er über den Tisch wischte, war eindeutig. Er wollte sich mit dem Thema nicht mehr beschäftigen. Baxter warf mir einen Blick von der Art zu, als wolle er mir sagen, dass er es gewusst hätte. Er glaubte mir offensichtlich auch nicht und das war eine Sache, die mich erst recht auf die Palme brachte. Ohne mich lange mit Freundlichkeiten aufzuhalten, machte ich auf dem Absatz kehrt und stürmte aus Karlsons Quartier.

»He, nun lauf mich nicht gleich über den Haufen!«, protestierte Faith, die vor der Tür gewartet hatte. »Hast du dich wieder mit dem Colonel angelegt?«

Ich winkte nur unwirsch ab und wollte weitergehen, doch sie hielt mich am Ärmel zurück.

»Nun lass deine schlechte Laune nicht an mir aus. Ich bin es, deine gute Freundin und Leidensgenossin Faith, weißt du noch?«

»Tut mir leid«, murmelte ich. »Ich drehe hier noch durch. Vielleicht haben sie ja recht und es sind wirklich meine Nerven.«

Sie legte mir einen Arm um die Schultern. »Was hältst du davon, wenn wir eine schöne Tasse Kaffee zusammen trinken und du mir erzählst, was dich so aufregt.«

»Der Kaffee schmeckt doch hier bestimmt wie Abwaschwasser.«

Sie grinste. »Da würde ich drauf wetten, aber leider haben wir keine Alternative. Ich schätze, auf dem Weg zum nächsten Supermarkt würden wir auf ungefähr ein halbes Dutzend Clearer treffen. Dann trinke ich schon lieber die dünne Plörre.«

Ich gab schließlich nach. Wenn mich Faith ebenfalls für verrückt erklärte, nun, dann war ich es wohl auch.

Der Kaffee im notdürftig eingerichteten Aufenthaltsraum war zwar absolut ungenießbar, doch er war wenigstens heiß. Ich hatte Faith alles erzählt und kein Detail ausgelassen. Sie wirkte nicht gerade so, als würde sie jedes Wort für bare Münze nehmen, aber zumindest erklärte sie mich nicht sofort für überspannt.

»Und jetzt?«, fragte sie und traf damit den wunden Punkt.

»Ich habe keine Ahnung. Der Colonel und Baxter glauben mir nicht und Berger kann ich ja wohl kaum fragen.«

Faith rührte nachdenklich in der dunklen Brühe, die noch in ihrer Tasse war. »Ist dir eigentlich etwas an den Bewohnern der Zuflucht aufgefallen?«

»Meinst du, außer ihrer geringen Anzahl? Nein, sie scheinen nur alle schlechte Laune zu haben, was aber kein Wunder ist. Erst brennt ihre Zuflucht ab, dann verlieren sie viele Kameraden und jetzt müssen sie die wenigen Vorräte auch noch mit uns teilen.

Ich wäre vermutlich ebenfalls stinkig.«

»Es ist nicht nur das. Ich teile mir das Quartier mit einer von ihnen und so etwas Mundfaules wie die Frau ist mir mein Lebtag noch nicht begegnet.«

»Das hat wohl nicht viel zu sagen, es sei denn, du kannst dich an deine Vergangenheit erinnern.«

»Punkt für dich! Dennoch … ach, ich weiß auch nicht …« Sie trommelte mit den Fingern auf die Tischplatte. »Was hältst du von einem kleinen Ausflug?«

Ich erschrak. »Du meinst doch wohl hoffentlich nicht an die Oberfläche, oder?«

»Natürlich nicht! Ich dachte eher an den Aufzug. Wir zwei Hübschen sehen uns heute Nacht mal dort im Schacht um. Wenn alles so ist, wie ich hoffe, dann landen wir dort nur vor einer massiven Mauer und kehren einfach wieder um.«

»Und wenn man uns erwischt?«

Sie zuckte mit den Schultern. »Kann mich nicht erinnern, dass uns irgendjemand verboten hat, die Ebene zu erkunden.«

Da hatte sie recht. Wir verabredeten uns vor ihrem Quartier, um Mitternacht – zur Geisterstunde. Hoffentlich würde die Uhrzeit das einzig gruselige Ereignis unseres Spaziergangs sein.

Kapitel 15

Es war nun schon die zweite Nacht, in der ich kaum Schlaf fand. Allmählich machte sich der Schlafentzug bemerkbar. Ich torkelte jedenfalls ein bisschen, als ich mich kurz vor Mitternacht aus meinem Schlafsack schälte. Evelyn murmelte etwas vor sich hin, aber Luzia schlief wie eine Tote. Bei dem Mädchen hatte ich Angst, dass die schrecklichen Erlebnisse zu viel für sie gewesen waren. Sie hatte in den letzten beiden Tagen so gut wie kein Wort gesprochen. Schon für sie hoffte ich, dass ich mich täuschte und alles in bester Ordnung war.

Ich verließ das Quartier und trat hinaus auf den Gang. Es war totenstill und ich begegnete auf dem Weg zum Treffpunkt nicht einer Menschenseele. Wozu sollten sie auch hier unten Wachen aufstellen? Wenn tatsächlich Clearer bis hier vordrangen, dann würde ich es ohnehin nicht mitbekommen wollen.

Faith lehnte mit geschlossenen Augen an der Wand direkt neben der Tür zu ihrer Unterkunft. Wahrscheinlich bereute sie es schon, dass sie mich auf die Idee mit dem Erkundungsspaziergang gebracht hatte. Sie gähnte herzhaft, aber wenigstens nicht sehr laut, als ich sie ansprach.

»Willst du es abblasen?«, fragte ich, weil sie offensichtlich noch müder war als ich.

»Ach was. Wird bestimmt ein großer Spaß.« Zumindest hatte sie ihren Humor nicht verloren.

Den Weg zum Fahrstuhl fand ich ohne Probleme, die Ebene

war ja schließlich kein weit verzweigtes Labyrinth.

»Und jetzt?«, fragte Faith, als wir vor der Kabine standen und ich die Tür absuchte.

»Irgendwie kann man die Aufzugtür manuell öffnen … ich weiß aber nicht, wie.«

Sie schob mich beiseite. »Lass mal die Fachfrau ran.« Entweder machte sie so etwas nicht zum ersten Mal, oder sie hatte einfach nur Glück. Jedenfalls gab es im unteren Bereich der Tür einen kleinen Haken, den man von beiden Seiten bedienen konnte. Sie löste ihn und öffnete so den Durchgang zum Schacht. »Voila!« Sie deutete mit einer unnachahmlichen Grandezza auf ihr Werk.

»Anfängerglück!« Ich beugte mich vor in die Öffnung und suchte nach der Treppe, die die Soldaten benutzt haben mussten.

»Das nennt man Geschick, Gefühl und … hörst du das auch?«

Ich lauschte in den Schacht hinein. Da war es wieder, dieses Klopfen, lauter als in der vorgestrigen Nacht in meinem Quartier.

»Anscheinend hast du es dir nicht nur eingebildet.« Faith klang reichlich angespannt und ich konnte es ihr nachempfinden. »Vielleicht versuchen die auch nur, die darunterliegende Ebene wieder aufzubauen.«

»Glaubst du das?«

Sie schüttelte den Kopf. »Sollen wir nachsehen, was da vor sich geht?«

Für einen Moment war ich drauf und dran, die ganze Exkursion abzubrechen, einfach in meine Unterkunft zurückzukehren und mir die Decke über den Kopf zu ziehen. Aber ich biss die Zähne zusammen. Jetzt waren wir schon einmal hier, nun wollte ich auch wissen, was da unten vor sich ging – falls wir überhaupt etwas fanden.

»Dort ist eine Leiter«, sagte ich und wartete gar nicht ab, ob Faith reagierte, sondern kletterte auf die erste Sprosse.

»Zum Glück sind es nicht so viele wie vor ein paar Tagen in diesem Schacht«, murmelte sie und folgte mir, nachdem sie die Fahrstuhltür geschlossen hatte. Sprosse für Sprosse kletterten wir nach unten.

»Shht!« Ich forderte sie unmissverständlich auf, ruhig zu sein, denn meine heimlich gehegte Hoffnung, nur auf ein paar Sicherungskästen zu treffen, erfüllte sich nicht. Ich setzte einen Fuß auf den harten Untergrund. Der Schacht endete nicht vor einer massiven Mauer, sondern es gab einen Durchgang, der in die Steinmauer gemeißelt worden war.

Ich wartete vor dem Durchbruch, bis auch Faith von der Leiter gestiegen war und sich zu mir gesellte.

»Es ist stockdunkel da drinnen«, wisperte sie. »Was sollen wir nun tun?«

»Wir gehen ein paar Schritte hinein und kehren wieder um, wenn wir keine Lampe oder so etwas in der Art finden.«

»Pass aber auf mögliche Löcher auf.«

»Werde ich!«

Unendlich langsam tastete ich mich in den finsteren Gang vor. Ich überprüfte den Boden mehrmals mit der Schuhspitze, bevor ich den nächsten Schritt wagte. Meine Finger glitten an der Wand entlang, bis ich schließlich Holz unter ihnen spürte. »Hier ist eine Tür!«

»Dann öffne sie doch.«

Das war leichter gesagt als getan. Ich suchte vergeblich nach einer Klinke, bis ich endlich herausfand, dass sie nur mit einem Haken gesichert war. Die Scharniere der Tür sollten auch mal wieder geölt werden, weil es mir viel zu laut in den Ohren quietschte, als ich sie aufstieß. Ich schloss sie hinter uns und wir gingen weiter geradeaus, schließlich musste dieser Gang ja irgendwohin führen.

Wenigstens wurde es nun heller, denn aus einem Nebengang drang Licht zu uns. Außerdem hörte ich Sprachfetzen und leise Geräusche.

»Ich hab echt Schiss«, wisperte Faith und mir ging es nicht viel anders.

»Wir schauen nur ganz kurz, was da los ist, und dann machen wir, dass wir hier wegkommen.«

Vorsichtig gingen wir weiter, bogen in den Gang ein und sahen, dass das Licht von irgendwo tief unter uns kam. Ich musste mich sehr in acht nehmen, denn der Weg war alles andere als eben. Links und rechts von uns gab es kleinere Nischen, deren Ausmaße ich aber mangels Licht nicht schätzen konnte. Mein Herz klopfte mittlerweile so stark, dass es mich nicht gewundert hätte, wenn es die Typen weiter unten gehört hätten.

Schließlich erreichten wir den Rand und ich erkannte die Griffe einer Leiter. Ich legte mich auf den Boden und robbte näher an den Abgrund, um einen Blick riskieren zu können. Es war atemberaubend. Sie mussten mehrere Ebenen tief in den Untergrund gegraben haben, denn bis zum Erdboden waren es mindestens zehn Yards. Was für einen Sinn konnte es geben, so etwas aus einer Zuflucht zu bauen?

»Ich sehe hier keine Brandspuren«, flüsterte Faith.

Sie hatte zwar recht, aber die konnten natürlich dank der Umbaumaßnahmen verschwunden sein.

»Hörst du das?«, fragte sie. »Da nähern sich Stimmen.«

Sie lag erneut richtig. Bisher hatte ich von den Unterhaltungen kaum etwas mitbekommen, doch nun hörte ich ganz deutlich, wie sich drei Menschen unterhielten. Ich erkannte Berger, der mit zwei Soldaten in diesen kuppelartigen Bau trat.

Meine Augen weiteten sich und ich hielt vor Schreck den Atem an, als ich die Frau sah, die sie mit sich führten. »Jenny!«

»Was?« Faith drängte sich neben mich und warf nun ebenfalls einen Blick nach unten. »Das gibt's nicht!« Sie sprach fast schon zu laut und zumindest einer der Soldaten blickte sich irritiert um. Ärgerlich gab ich Faith einen leichten Stoß mit meinem Ellbogen. Hätte er in dem Moment nach oben geblickt, hätte er uns möglicherweise gesehen. »Sie ist also am Leben!«

Das war sie! Tausende Fragen schwirrten in meinem Kopf herum. Warum hatte man es uns nicht gesagt und aus welchem Grund stand sie nun da unten? Ich gab Faith ein Signal, dass sie ruhig sein sollte. Ich wollte hören, was da vor sich ging.

»Übermorgen sollten wir so weit sein«, sagte Berger in dem Moment zu einem der Soldaten. »Du wirst dich dann um Walters kümmern, sobald wir die Waffe getestet haben. Denk daran, wir müssen sicherstellen, dass die Formel von ihm explizit notiert wurde. Unsere Herren brauchen sie für das Gegenmittel.« Nun wandte er sich an Jenny. »Morgen früh werden wir dich zu deinen ehemaligen Begleitern bringen. Du wirst sie im Auge behalten und mich sofort informieren, wenn dir etwas Seltsames an ihnen auffällt, hast du verstanden?«

»Ich begreife und gehorche!«

Berger grunzte unzufrieden. »Sie braucht noch eine Behandlung, Spencer. Sorg dafür! Wenn sie morgen so spricht, wird doch jeder merken, dass sie zu uns gehört.«

»Ja, Sir!« Der Soldat packte Jenny und verschwand mit ihr aus dem Saal.

Ich begriff nicht viel von dem, was da unten vor sich ging, aber dass Berger keineswegs der war, für den er sich ausgab, das verstand sogar ich. Der Colonel musste unbedingt davon erfahren.

»Lass uns zurückkehren«, wisperte ich Faith zu.

Sie war mindestens so verwirrt wie ich, aber es gelang uns, geräuschlos in den Gang zurückzukehren. Wir hatten uns gerade aufgerappelt, als hinter uns der Lichtkegel einer Taschenlampe auftauchte. Es war erstaunlich, doch wir waren noch reaktionsschnell genug, uns in eine der zahllosen Nischen zu quetschen. Wir zwängten uns eng zusammen und drängten uns an die hintere Wand, wo irgendetwas Weiches und Gallertartiges hing. Ich bekämpfte meinen Ekel und die aufsteigende Übelkeit und zwang mich, die Luft anzuhalten.

Von unserem Versteck aus sah ich einen Mann vorbeigehen, den Blick und die Lampe starr auf den Boden gerichtet. Ich bekam mit, wie er auf die Leiter stieg, und wollte Faith schon sagen, dass sie sich bereithalten soll, als ich Berger etwas rufen hörte.

»Bring Vorrat für unseren Herrn mit. Er ist hungrig.«

Ich stieß in Gedanken einen ellenlangen Fluch aus, als der Mann zurück in den Gang kam. Diesmal leuchtete er nicht den Boden aus, sondern ließ den Lichtkegel über die Nischen wandern. Angespannt hielt ich den Atem an. Was auch immer er suchte, ich hoffte, dass es sich nicht bei uns befand.

Schließlich zog er einen Gegenstand aus einer Öffnung uns schräg gegenüber. Es war etwas Unförmiges, Tropfendes, Schweres … meine Kehle war wie zugeschnürt und das war auch gut so, sonst hätte ich mich übergeben. Ich war mir nicht ganz sicher, aber es schien ein Teil eines menschlichen Beines und ein Arm zu sein. In diesem Moment wurde mir auch klar, gegen was wir uns gerade anlehnten. Würde ich meine Hand nach hinten ausstrecken, würde ich womöglich auf Leichenteile stoßen. Faith krallte mir ihre Finger in die Schultern und ich spürte, wie sie zitterte. Der Kerl zerrte die groteske Masse zur Leiter und ließ sie wohl hinunterfallen, denn ich hörte dieses entsetzliche Klatschen, als sie auf dem Boden aufschlug. Er stieg die Sprossen nach unten. Im gleichen Moment vernahm ich das Schaben und Scharren, das ich zuletzt beim Angriff auf unsere alte Zuflucht gehört hatte, nachdem die Schüsse und Schreie verstummt waren.

Faith war noch wie erstarrt und ich musste sie aus der Nische zerren. Ich wollte nur fort von hier und riskierte einen Blick hin zur Leiter. Über der obersten Leitersprosse ragte etwas hinaus, was ich schon einmal gesehen hatte, wenn auch nur auf dem Monitor. Es gab hier unten also einen Clearer und auf irgendeine Weise war Berger, waren womöglich alle Überlebenden von Zuflucht 14 mit diesen Monstern verbunden. Wieso sonst würden sie ihn füttern?

So schnell es uns möglich war, hasteten wir zum Schacht. Irgendwie gelang es uns, die Leiter nach oben zu klettern, die Fahrstuhltür zu öffnen und so die Ebene A zu erreichen. Blind vor Entsetzen kroch ich in den Gang und atmete erst einmal tief durch. Als ich Faith sah, hätte ich mich beinahe übergeben. Ihre ganze Kleidung und Teile der Haare waren mit roter Flüssigkeit beschmiert und ich ahnte, worum es sich dabei handelte.

»Was ist das?«, fragte Faith, während sie mich mit großen Augen anstarrte. Zitternd zeigte sie mit ihrem Finger auf mich.

Ich gab ihr keine Antwort und schloss die Aufzugtür. Wenn sie es jetzt und hier erfuhr, dass es Menschenblut war, würde sie vielleicht einen Schreikrampf bekommen. Das konnten wir nun wirklich nicht gebrauchen. Warum ich nicht in Panik verfiel, sondern geradezu rational agierte, konnte ich mir nicht erklären, war aber dafür außerordentlich dankbar.

»Komm mit zu mir«, sagte ich. »Wir müssen uns säubern.«

Ich packte sie am Oberarm und wollte sie hinter mir herziehen, aber sie sträubte sich mit aller Macht.

»Bist du verrückt? Wir müssen sofort … ja, zum Colonel … sofort … keine Zeit verlieren …«

Sie stand kurz vor einem Nervenzusammenbruch, das war unschwer zu erkennen, selbst für mich. Rationalen Argumenten war sie sicher nicht mehr zugänglich, aber wenn sie so in ihrem Quartier auftauchte … sie wohnte schließlich bei einer Frau, die nach Lage der Dinge mit Berger zusammenarbeitete.

»So dreckig können wir nicht beim Colonel auftauchen. Der wirft uns sofort wieder aus seiner Unterkunft. Und wenn uns einer von Bergers Leuten so sieht, sind wir erst recht geliefert.«

Faith stierte mich an und nickte dann. »Ja, du hast recht, wir müssen … sollten …«

Ihr Satz endete in sinnlosem Gebrabbel und es gelang mir nun, sie wie ein kleines Mädchen hinter mir herzuziehen. Falls sie unterwegs einen Schreikrampf bekam, wären wir geliefert. Berger würde uns bestimmt diesem Clearer zum Fraß … ich zwang mich dazu, diesen Gedanken nicht weiterzuspinnen. Ich durfte nicht doch noch in Panik verfallen. Erst die Spuren an der Kleidung verwischen, mit Evelyn sprechen, am anderen Morgen Baxter aufsuchen … nein, besser noch diese Nacht. Vielleicht merkte Berger, dass jemand ihn belauscht hatte. Möglicherweise hatten wir die Tür nicht auf die übliche Weise versperrt. Nein, wir hatten keine Zeit mehr zu verlieren.

Kapitel 16

Ich atmete auf, als ich die Türe hinter Faith und mir schließen konnte. Evelyn und Luzia waren aus dem Schlaf geschreckt und zumindest das Mädchen erlitt den nächsten Schock, als es uns in den besudelten Freizeitanzügen sah. Ich zog mich rasch aus und versuchte mich in unserer kleinen Nasszelle als Wäscherin. Es war eine elende Plackerei, zumal Faiths Kleidung, die sie mir nach ein paar Minuten ins Bad reichte, noch um einiges verdreckter war als meine. Ich schrubbte am Stoff herum und benutzte dabei das kleine Stück Seife, was mir zur Verfügung stand. Zwischendurch erklärte ich Evelyn, was wir dort unten gesehen hatten, und wählte dafür möglichst schonende Worte, um Luzia nicht noch mehr zu erschrecken.

Evelyn hielt sich geschockt die Hand vor den Mund. »Und jetzt?«

Um ein Haar hätte ich sie angeschrien und gesagt, dass ich es auch nicht wüsste. Aber das hätte uns nicht weitergeholfen.

Ich warf die Kleidung achtlos in die Duschwanne. »Schrubb du weiter.« Eilig nahm ich mir frische Bekleidung aus dem Wandschrank. Eine große Auswahl gab es darin nicht, schließlich hatte uns Berger nur eine Garnitur zum Wechseln gegeben. Aber dafür war ich jetzt sehr dankbar, denn halbnackt über den Gang zu laufen wäre fast so auffallend gewesen wie in blutverschmierter Garderobe.

Als ich zurück in den Wohnraum kam, saß Faith immer noch

wie paralysiert auf dem Bett. Eigentlich hätte ich es begrüßt, wenn sie in ihre Unterkunft zurückgekehrt wäre, nachdem sie sich beruhigt hatte. Aber das konnte ich kaum von ihr verlangen, zumal ihre Mitbewohnerin höchstwahrscheinlich zur Gruppe der Clearer-Anbeter gehörte – oder was auch immer da unten vorging.

»Ich gehe jetzt zu Baxter und Dylan«, sagte ich. »Verhaltet euch ruhig und … Faith, hör mir bitte zu!« Ich musste sie mehrmals ansprechen, bevor sie reagierte. Hoffentlich wachte sie bald wieder aus dieser Schockstarre auf, sonst bekamen wie noch weitere Probleme. Und davon hatten wir nun wirklich mehr als genug. »Kümmer dich um Luzia, hörst du? Geh nicht zurück in deine Kabine! Falls jemand dich morgen darauf anspricht, dann überlegen wir uns eine Ausrede.«

Der Hinweis auf den morgigen Tag brachte sie anscheinend wieder zur Besinnung. Sie sah mich an und packte meine Arme. »Wir müssen hier verschwinden. Sofort! Hast du nicht gesehen, was da unten ist?«

Ich schüttelte den Kopf und deutete mit einer kaum merklichen Bewegung auf Luzia, die nur einen Meter von uns entfernt auf dem Bett saß. »Darüber sprechen wir später, wenn wir uns mit Baxter und dem Colonel ausgetauscht haben. Jetzt bewahre nur die Nerven, dann wird sich alles finden, okay?«

Ich sprach zu ihr wie mit einem kleinen Kind und wunderte mich über mich selbst, dass ich so ruhig blieb. Allerdings war mir klar, dass irgendwann der Zusammenbruch kommen würde. Hoffentlich waren wir dann bereits in Sicherheit, wo immer das auch sein würde.

Wenigstens begegnete mir auf dem Weg zu Baxters Quartier keiner von Bergers Kultmitgliedern. Vielleicht wäre dann der dünne Schleier gerissen, der meinen Verstand von blinder Panik trennte. Immer wieder sah ich die widerlichen Tentakel oder Fühler dieses Clearers vor mir und hörte das Platschen des blutigen Fleisches auf dem Boden. Ständig musste ich daran denken, dass diese Wahnsinnigen dem Monster ihre toten Kameraden zum Fraß vorwarfen. Wir hatten nur bisher das Glück gehabt, dass sie an die Formel des Professors kommen wollten, sonst würden wir wohl auch schon in den Nischen liegen.

Baxter und Dylan hatten einen guten Schlaf – worum ich sie beneidete – denn ich musste ziemlich lange an ihre Tür klopfen, bis mir ein verschlafener Dylan öffnete.

»Was ist los? Warum trommelst du so an den Stahl?«

»Ich muss mit Baxter sprechen. Es ist dringend.«

Der Kerl verzog den Mund und schenkte mir ein anzügliches Lächeln. »Soll ich für eine halbe Stunde auf dem Gang spazieren gehen?«

Ich hätte ihm gerne gesagt, dass er sich auch irgendwo aufhängen kann, aber ich verbiss mir den Kommentar. Jetzt war nicht die Zeit, Streit mit jemandem anzufangen, der nicht zu Bergers Kultgruppe gehörte. Also drängte ich mich nur wortlos an ihm vorbei und schaltete das Licht ein.

Vom Lichtschein aufgeweckt, drehte sich Baxter auf die Seite und blinzelte mich an. »Was ist passiert?«

»Schließ die Tür, Dylan. Ich muss euch etwas erzählen!«

Ich berichtete von Faiths und meiner Exkursion und ließ dabei kein Detail aus. Beide Männer sahen mich mit offenem Mund an und wussten nicht, was sie sagen sollten, nachdem ich geendet hatte.

»Das … kann doch nur Unsinn sein«, sagte Dylan. »Wieso sollte jemand mit einem Clearer … nein, ihr habt das sicher nur geträumt.«

»Schön wär's. Leider spricht das Blut auf unserer Kleidung eine andere, ziemlich deutliche Sprache.«

»Und du hast tatsächlich Jenny gesehen?«, fragte Baxter. »Und sie lebt?«

Ich stieß die Luft durch die Nase aus. »Was man so Leben nennen kann. Sie redete eher wie jemand, dem man das Hirn ausgelöffelt und durch einen Sprachcomputer ersetzt hat.«

Dylan ließ sich auf das Bett fallen und wirkte vollkommen perplex. Wäre er an Faiths Stelle gewesen, würde er jetzt wohl schreiend durch die Gänge laufen. »Das glaube ich einfach nicht!«

»Fang lieber damit an«, erwiderte ich. »Jedenfalls müssen wir so schnell wie möglich mit dem Colonel reden.«

Wie vom Blitz getroffen, erhob sich Dylan. »Wir sollten abhauen! Ja, einfach weg. Vielleicht gehört Karlson auch zu diesen Typen. Er war es doch, der zu einer Zuflucht wollte. Er hat bestimmt von den Angreifern den Befehl bekommen …«

»Das ist doch Unsinn!«, bügelte Baxter den Einwand ab. »Er wirkt nicht auf mich, als säße ihm einer dieser Clearer im Hirn.«

»Wie soll so etwas überhaupt funktionieren?«, fragte Dylan. »Vielleicht ist dieser Clearer ja auf unserer Seite und hilft uns gegen die Monster. Möglicherweise lebt Jenny deswegen noch.«

Hatte der Kerl überhaupt zugehört? Ich schüttelte den Kopf. »Und die gut abgehangenen Leichen in den Nischen sind dann alle an Altersschwäche gestorben oder wie stellst du dir das vor? Sieh es ein! Wir leben nur noch aus dem Grund, weil sie an die

Formel des Professors wollen.«

Baxter starrte nachdenklich auf den Boden. »Du hast recht. Sie haben uns wohl auch nur deshalb in die Zuflucht gelassen, weil sie sich von uns Informationen erhoffen. Der Colonel weiß schließlich, wo sich die übrigen Einrichtungen befinden.«

»Und wenn sie alles in Erfahrung gebracht haben, ergänzen wir deren Sammlung in den Nischen«, sagte ich.

Dylan schüttelte sich. »Wie kann man nur so kaltblütig darüber sprechen?«

»Panik hilft uns jetzt auch nicht weiter«, sagte Baxter, während er sich hastig anzog. »Jedenfalls dürfen wir keine Minute mehr verlieren und sollten den Colonel aufsuchen. Und anschließend müssen wir noch Jenkins und Dr. Elder informieren.«

Colonel Karlson zu überzeugen fiel mir überraschend leicht. Er schlief nicht, als wir ihn aufsuchten, sondern hatte sich in seinem Quartier zu einem Gespräch mit Elder und Jenkins zusammengefunden. Ich war durchaus neidisch, als ich seine Unterkunft betrat, denn im Gegensatz zu meiner Bleibe war das hier geradezu ein riesiger Saal.

»Ich hatte von Anfang an das Gefühl, das irgendwas nicht stimmt«, sagte er, nachdem ich ihm von unserer Entdeckung berichtet hatte. »Eine derartig schwer getroffene Einrichtung müsste eigentlich längst verlassen worden sein.«

»Und warum haben Sie in den letzten Tagen nichts gesagt?«, fragte Dylan. Ich sah ihm an, wie aufgebracht er war, womit er wahrscheinlich nur seine Angst überspielen wollte. »Worauf wollten Sie denn warten?«

Der Colonel lächelte grimmig. »Nur keine Sorge! Dr. Elder hat mit Hilfe von Professor Walters etwas entwickelt, was uns bei einer etwaigen Flucht nützlich sein wird.«

»Etwaig?« Ich verstand nicht recht. »Glauben Sie denn wirklich, dass wir in aller Ruhe hierbleiben können und man uns nicht dem Monster zum Fraß vorwerfen wird?«

»Beruhigen Sie sich bitte, Hope! Natürlich werden wir früher oder später von hier verschwinden müssen, aber es wäre glatter Selbstmord, blindlings in die Nacht hinauszustolpern. Da werden Sie mir doch wohl zustimmen, oder? Na, sehen Sie. Also werden wir Berger und seine Leute unschädlich machen und uns auch um das Monster da unten kümmern müssen. Letzteres erschwert natürlich unser Vorhaben …«

»Sie machen mir Spaß«, zischte Dylan. »Erschwert! Das ist ja wohl die Untertreibung des Jahrhunderts!«

Karlson nahm den Einwand bemerkenswert gelassen hin. »Der Professor ist mit der Entwicklung seiner Waffe gegen die Clearer einen Schritt weitergekommen.« Er holte aus seiner Hosentasche einen Gegenstand, der wie ein kleines Ei aus Metall aussah. »Dies hier sollte gegen einen Clearer wirken – wenn derjenige mit der Waffe nahe genug herankommt.«

Ich betrachtete skeptisch das Metallei. »Und man wirft das Ding gegen den Kopf des Clearers – wo auch immer der sitzt – und hofft, dass das Monster tot umfällt?«

»Es ist nicht ganz so einfach, Hope.«

»Hab ich mir schon fast gedacht.«

Er zeigte auf einen kleinen Metallring am Ei, der mir bis dahin nicht aufgefallen war. »Man dreht den Ring im Uhrzeigersinn, bis er einrastet, und wirft es dann. Anschließend hat man weniger als drei Sekunden, um in Deckung zu gehen. Laut Professor Walters strömt ein Gas aus dem Ei, dass den Clearer kurzzeitig paralysiert. Gleichzeitig reagiert das Gas mit dem Material, aus dem das Ei besteht, entzündet sich und verbrennt alles in seiner Umgebung, inklusive des Clearers.«

»Und das hat der Professor in den letzten beiden Tagen entwickelt?«

»Natürlich nicht. Das Gas ist Bestandteil der Waffe, an der er arbeitet, und das Metallei ist ein Nebenprodukt – sozusagen.«

»Dann lassen Sie uns doch sofort nach unten gehen«, rief Dylan fast zu laut. »Wir jagen das Monster in die Luft und hauen ab.«

Er wollte sich gerade das Ei greifen, doch Jenkins kam ihm zuvor. »Ich nehme es lieber an mich, bevor hier jemand nervös wird.«

Dylan knurrte etwas Unverständliches, wagte aber keinen Widerspruch. Um ihn machte ich mir mittlerweile die größten Sorgen. Nicht etwa, weil er mir irgendwie ans Herz gewachsen wäre, sondern weil ich in ihm ein Sicherheitsrisiko für uns alle sah. Ihm kam es nur darauf an, seine Haut zu retten, egal wer dabei über die Klinge sprang – zumindest schätzte ich ihn so ein.

»Und wie geht es nun weiter?«, fragte ich. »Für welches Vorgehen wir uns auch immer entscheiden, es sollte schnell geschehen. Ich glaube nicht, dass man uns sehr viel Zeit geben wird.«

Der Colonel hatte bereits den Mund geöffnet, wohl um uns seine Pläne darzulegen, aber er kam nicht dazu, ein Wort zu sagen. Vorher wurde die Tür zum Quartier gewaltsam aufgebrochen. Ich hatte mich noch nicht vom Schrecken erholt, als ich auch schon in die Mündung einer Waffe blickte. Unser Gastgeber, der Anhänger der Clearer, stand mit einem halben Dutzend seiner schwer bewaffneten Untergebenen im Raum, der nun mehr als nur gut gefüllt war.

»Das ist aber sehr unfreundlich von Ihnen«, sagte Berger. »Sie halten eine Feier ab und haben mich nicht dazu eingeladen?«

Keiner von uns gab darauf eine Antwort. Wozu auch? Der Kerl rieb sich geistesabwesend die Hände und blickte mit aufgesetzter Fröhlichkeit in die Runde. »Sie haben doch bestimmt nichts dagegen, wenn wir uns anschließen. Ach, beinahe hätte ich ja den Ehrengast vergessen!« Mit einem herrischen Wink beorderte er zwei weitere Männer in den Raum. Einer von ihnen war Professor Walters. Berger zog den Wissenschaftler zu sich heran und legte ihm freundschaftlich einen Arm um die Schultern. Zuerst dachte ich, Walters hätte sich dem Wahnsinnigen freiwillig angeschlossen, aber sein angewiderter Gesichtsausdruck zeugte davon, dass er eher zu dem Auftritt gezwungen wurde.

'Ob er ihm von dem Metallei erzählt hat?', schoss es mir durch den Kopf. Anscheinend nicht, denn keiner der Kerle traf Anstalten, uns zu durchsuchen - zumindest nicht direkt. Die Antwort auf die Frage, warum sie uns aufgesucht hatten, bekamen wir hingegen sofort.

»Ich frage mich, wer von Ihnen wohl so unhöflich war, sich ohne Genehmigung unserem Herrn zu nähern?« Berger blickte jedem Einzelnen von uns ins Gesicht und obwohl ich es vermeiden wollte, schien ich ziemlich schuldbewusst auszusehen. Jedenfalls grinste er mich breit an. »Aber Mademoiselle, hat Ihnen niemand beigebracht, dass zu große Neugier unschicklich ist? Haben Sie wirklich gedacht, dass niemand von uns merkt, wenn die

Türen nicht ordnungsgemäß verschlossen sind?«

»Was soll dieser Auftritt, Berger? Behandeln Sie alle Geretteten so? Ich verlange von Ihnen ...« Was sich der Colonel damit erhofft hatte, hätte ich gerne gewusst. Es brachte ihm jedenfalls nur einen Schlag von einem der Soldaten ein. Das Resultat war eine Platzwunde an der Stirn, aus dem ihm der rote Lebenssaft über das Gesicht lief. Mich ließ es seltsamerweise recht kalt, aber das lag vermutlich daran, dass ich in dieser Nacht bereits sehr viel Blut gesehen hatte.

Aus Bergers Mimik war jede Freundlichkeit gewichen. »Ich bedaure es außerordentlich, dass unsere Zusammenkunft so ein abruptes Ende finden muss. Ich hätte es viel lieber gesehen, wenn ich mit dem Professor das Gegenmittel hätte herstellen können.«

»Ich werde Ihnen niemals helfen!«, stieß Walters hervor. Er war mutiger, als ich es ihm zugetraut hätte. »Diese Clearer werden mit meiner Hilfe von der Erde verschwinden!«

Berger lächelte nur hämisch, während er ein kleines Röhrchen aus der Hosentasche zog. »Ach, Professor, Sie werden mir nicht nur dabei helfen, sondern sich sogar besonders engagieren. Dafür wird das nette Spielzeug sorgen, was ich hier bei mir trage.«

Walters warf einen entsetzten Blick auf das Gefäß in Bergers Hand. Von meinem Platz aus konnte ich nichts erkennen, aber dass es kaum etwas Angenehmes war, war unschwer zu erraten. Der Professor wich so weit zurück, wie es ihm seine Bewacher gestatteten. Berger öffnete die Phiole und schneller, als ich es ihm zugetraut hätte, presste er das geöffnete Röhrchen an Walters' Ohr. Der Mann schrie markerschütternd auf und wenn ihn nicht vier Arme festgehalten hätten, wäre er wohl auf Berger losgegangen. Schaum trat ihm aus dem Mund und in seinen Augen war nur noch das Weiße zu sehen.

»Nun stellen Sie sich nicht so an, Professor. Es ist ja gleich überstanden.« Berger hörte sich wie psychopathischer Sektenführer an, was mir eine unangenehme Gänsehaut verursachte.

»Was um alles in der Welt haben Sie mit ihm angestellt?«, fragte der Colonel, dem es mittlerweile gelungen war, die Blutung auf seiner Stirn zu stillen.

»Ein kleiner Ableger unseres Herrn sucht sich nun den Weg in sein Gehirn. Wenn er sich dort erst eingenistet hat, wird der gute Professor so folgsam sein, wie es Ihre Kameradin schon ist. Komm doch rein, meine Liebe!«

Für mich war es keine Überraschung, als sich nun auch Jenny zu uns gesellte. Alle anderen freuten sich zwar im ersten Moment, sie wiederzusehen, aber sie bemerkten sehr schnell, dass sie kaum mehr als ein lebender Leichnam war.

»Was sind Sie bloß für ein Monster«, flüsterte der Colonel.

»Ich diene meinen Herren, denjenigen, die Sie und Ihre erbärmliche Spezies Clearer nennen.«

»Sie sind auch ein Mensch, um Himmels willen!«

Berger winkte verächtlich ab. »Das war ich vielleicht mal, bevor ich von ihm berührt und auserwählt wurde. Nun bin ich ein Teil des großen Kollektivs. Ich sehe und weiß Dinge, von denen Sie nicht einmal träumen können. Aber wer weiß, vielleicht werden auch Sie ausgewählt.«

»Niemals! Eher sterbe ich!«

Berger lächelte kalt. »Das wäre die Alternative, da haben Sie recht. Sollte mein Herr Sie für nicht geeignet halten, Teil des Kollektivs zu werden … nun, dann wird ihre Bestimmung eine andere sein. Diese werden Sie aber leider nicht halb so reizvoll finden.«

Ich weiß nicht, ob es mein Instinkt war, der mich den Blick nicht von Dylan abwenden ließ. Er leckte sich schon die ganze Zeit über die Lippen und blickte ständig zu Berger hin, bevor er Jenkins gelegentlich einen scheuen Seitenblick zuwarf. Wollte er uns an den Kerl verkaufen, um seine Haut zu retten? Ich traute es ihm zu, dass er ein Leben als Sklave der Clearer dem Tod vorzog. Wenn er verriet, dass wir eine Waffe besaßen, dann würde ihn Berger bestimmt in den Club aufnehmen. Das musste ich unter allen Umständen verhindern, oder unsere letzte Chance war dahin.

»Du warst es, oder?« Ich blickte Dylan so wütend an, wie ich konnte.

Seine Augen weiteten sich und er ahnte wahrscheinlich nicht einmal, worauf ich hinauswollte, was mir sehr gelegen kam. »Wovon … was soll das?«

Baxter schaltete schneller als alle anderen im Raum. Er hatte sich wohl die gleichen Gedanken gemacht. »Natürlich warst du Dreckskerl es!«, rief er. »Du hast uns verraten!« Er riss einem völlig überraschten Soldaten die Waffe aus der Hand und schlug Dylan den Kolben an die Schläfe. Der Mann ging ohne einen einzigen Ton zu Boden. Ich hoffte nur, wir hatten ihm kein Unrecht getan.

Baxter bezahlte diese Aktion mit großen Schmerzen, denn ein anderer Soldat zückte einen Schockstab und verpasste meinem ehemaligen Betreuer eine heftige Stromladung. Mit einem heiseren Schrei brach er zusammen und zuckte unkontrolliert, während er auf dem Boden lag.

»Es reicht jetzt!«, rief Berger. »Schluss mit dem Unsinn!«

Ich wollte schon eine scharfe Antwort geben, aber mit Blick auf den armen Baxter verkniff ich es mir lieber.

»Fesselt die Kerle!«, befahl er. »Mit denen beschäftigen wir uns später noch. Und wir anderen werden jetzt einen kleinen Spaziergang unternehmen. Vorwärts!«

Mit vorgehaltenen Waffen zwangen sie uns, die Unterkunft des Colonels zu verlassen. Der Professor war weiß wie die Wand, konnte aber gehen, wenn er auch von Dr. Elder gestützt werden musste. Jenkins und Karlson hielten sich ganz so wie Soldaten, die in Gefangenschaft geraten waren, während mir vor Angst schlecht war.

Auf dem Gang begegneten uns Faith, Evelyn und Luzia, die von zwei weiteren Wachen eskortiert wurden. Das kleine Mädchen war im ersten Moment überglücklich, Jenny wiederzusehen, merkte aber schnell, dass die Frau keineswegs mehr ihre Ersatzmutter war. Deshalb klammerte sie sich nun an mich und hielt sich nach Möglichkeit hinter mir.

»Was geht hier vor?«, flüsterte mir Faith zu, doch bevor ich antworten konnte, rammte uns einer der Wachen den Kolben seiner Waffe in den Rücken.

»Ruhe jetzt!«

Berger, der an der Spitze unseres Zuges ging, drehte sich lächelnd zu uns um. »Sie werden schon gleich erfahren, was wir vorhaben. Nur Geduld, Verehrteste.«

Ich hätte ihm gerne seine scheiß Freundlichkeit aus dem Gesicht geschlagen, aber ich dachte an Baxter und wollte die Bekanntschaft mit dem Elektrostab, wenn es irgendwie ging, vermeiden. Was hätte ich dadurch auch gewonnen?

Er führte uns auf den gleichen Weg, den wir bei unserer

Ankunft beschritten hatten. Allerdings schlichen wir diesmal auf- und nicht abwärts. Wenn es möglich gewesen wäre, dann hätte ich mich noch unwohler gefühlt. Was würde uns da oben erwarten?

»Wohin bringen Sie uns?«, fragte Faith.

Erneut schlug sie einer der Wachen in den Rücken. »Ruhe halten! Ich sage es kein drittes Mal!«

Für meinen Geschmack gelangten wir viel zu schnell an die Oberfläche. Eigentlich hatte ich befürchtet, dass uns ein halbes Dutzend Clearer erwarten würden, aber keines dieser Monster stand am Eingang zur Zuflucht. Mit einer guten Portion Galgenhumor suchte ich nach einem passenderen Namen für diese verfluchte Höhle unter uns. Wie viele Menschen die Kerle wohl schon zu sich hereingelotst hatten, um sie dann der Bestie zum Fraß vorzuwerfen? Ich mochte darüber gar nicht nachdenken. Ob es in anderen Zufluchten auch Personen gab, die unter dem Einfluss eines Clearers standen? Eine weitere Frage, auf die ich lieber keine Antwort erhalten wollte.

Vielleicht war Berger auch nur ein Fanatiker, der diese Monster aus irgendeinem Grund für eine anbetungswürdige Spezies hielt. Jedenfalls wirkte es so, denn nun kniete er sich hin und beugte sich so weit nach vorne, bis die Stirn den Boden berührte. Gleichzeitig bewegte er die Arme seitwärts, als ob er die Tentakelbewegungen des Untiers imitieren wollte.

»Komm herbei!«, rief er. »Erscheine vor deinem unwürdigen Diener!«

Damit hatte er wenigstens eine Tatsache ausgesprochen. Unwürdig war das richtige Wort, zumindest wenn man sein Dasein als Angehöriger der menschlichen Spezies betrachtete. Ich warf einen Blick auf die uns bewachenden Soldaten. Vielleicht waren sie ja auch in eine Art Trance gefallen, aber ich sah schnell, dass dem nicht so war. Diese Hoffnung zerplatzte wie eine Seifenblase.

»Komm zu mir! Ja, komm zu mir! Ja, ja, ja!«

Er kreischte und stöhnte, als würde er eine besonders angenehme sexuelle Erfahrung durchleben. Wenn unsere Situation nicht so beschissen gewesen wäre, hätte ich mich darüber amüsiert, stattdessen lief es mir eiskalt den Rücken runter. Ich warf einen Blick auf Jenkins. Wahrscheinlich hätte ich an seiner Stelle das Metallei gezogen und auf Berger geworfen. Aber der Corporal betrachtete nur mit stoischem Gesichtsausdruck die Szenerie, als ob er bereits unter dem Einfluss des Clearers stünde. Hoffentlich irrte ich mich.

»Er ist da!«, belferte Berger in diesem Moment. Wenn mich nicht alles täuschte, trat sogar etwas Schaum aus seinem Mund. Es verbesserte sein Aussehen nicht gerade. »Zeig dich uns, mächtiger Gebieter! Sieh dir an, was deine unwürdigen Diener für Geschenke mitgebracht haben. Straf sie für die Entweihung deines Tempels!«

Wovon redete der Kerl da? War dieses Loch unter der Zuflucht nun schon ein sakraler Bau? Berger war offensichtlich völlig irre! Jetzt lag er auch nicht mehr halb auf der Erde, sondern reckte den Kopf nach oben, breitete die Arme aus und lächelte entzückt. Mir hingegen blieb fast das Herz stehen. Es war zwar schon recht dunkel, aber den riesigen Körper mit den Tentakeln und mächtigen Fühlern, der sich uns näherte, den erkannte ich. Der völlig verrückte Kerl hatte tatsächlich einen Clearer angelockt. Im ersten Impuls wollte ich fliehen, zurück in die

Einrichtung, aber die Wachen hielten die Waffen im Anschlag und zielten auf uns. Ein Blick in deren Gesichter sagte mir, dass sie die Gewehre auch ohne zu zögern benutzen würden.

Berger war unterdessen aufgestanden und auf den Clearer zugegangen, die Arme immer noch weit ausgebreitet, als ob er ihn umarmen wollte.

»Sollen sich ein Zimmer nehmen«, murmelte Faith neben mir. Anscheinend hatte sie den Punkt der Panik längst hinter sich gelassen und nahm ihr Schicksal nun einfach so hin. Anders war die Bemerkung nicht zu erklären. Mit uns geschah vielleicht dasselbe wie mit Menschen, die einen Flugzeugabsturz miterlebten. Das Gehirn schaltet ab und weigert sich, die Gefahr als real anzusehen.

Berger stand nun dicht vor dem Clearer, drehte sich zu uns um und lächelte dabei so verzückt, als hätte er eben eine Offenbarung erhalten. »Freut euch! Unser Gebieter hat entschieden, dass ihr alle würdig seid, der Gemeinschaft beizutreten. Bringt das erste neue Mitglied, damit es die Saat empfange.«

Einer der Kerle packte mich am Arm und wollte mich zu diesem Monster zerren, doch da trat Jenkins vor und tat so, als könne er es gar nicht erwarten. Berger war offensichtlich zu verblendet, um Verdacht zu schöpfen. Der Corporal musste gar nicht dazu aufgefordert werden, zum Clearer zu treten. Ich biss mir auf die Unterlippe. Wenn es ihm jetzt gelang, die Waffe zu zünden …

»Knie nieder und werde eins mit dem Reich unseres Gebieters«, rief Berger und reckte die Arme zum Himmel.

Jenkins handelte. In einer einzigen flüssigen Bewegung griff er in seine Hosentasche, holte die metallene Waffe heraus und ohne

Zeit zu verlieren, drehte er den Metallring. Aber er ließ das Ei nicht los, sondern behielt es in der Hand.

»Er opfert sich«, murmelte ich, bevor mir klar wurde, was nun passieren würde. »In Deckung!«, rief ich und warf mich auf den Boden. Keine Sekunde zu spät. Selbst in dieser Lage sah ich den grellen Blitz und spürte die glühende Hitze, die sich in meiner unmittelbaren Nähe auszubreiten begann. Einen elendig langen Moment befürchtete ich schon, dass mich das Feuer verbrennen würde. Gleichzeitig drangen schrille, unmenschliche Laute an meine Ohren. Ich wollte nichts sehen und hören, aber etwas drängte mich dazu, den Kopf zu heben. So ungefähr stellte ich mir den Blick in die Hölle vor.

Jenkins Körper war spurlos verschwunden. Wahrscheinlich hatte ihn die Hitzeentwicklung förmlich verdampfen lassen und ich hoffte nur, dass der Tod augenblicklich eingetreten war. Der Clearer stand in hellen Flammen. Seine Tentakel und Fühler schmolzen ihm vom Leib und die kreischenden Töne gingen von ihm aus. Er versuchte offensichtlich, sich von der Gluthölle zurückzuziehen, aber seine Beine gehorchten ihm nicht mehr und er brach quälend langsam in sich zusammen.

Berger schien den Verstand verloren zu haben. Sein Heulen übertönte noch die Todesschreie des Monsters. Er hatte sich zu Boden geworfen, rollte über die Erde und schlug um sich, als wäre er ein wildgewordener Derwisch. Erst als auch alle Wachen, sonstige Anbeter des Clearers und sogar Jenny in die Knie brachen und sich an den Kopf griffen, ahnte ich, dass noch mehr dahintersteckte. Zunächst dachte ich, es läge an der Hitze in unserer Nähe, aber dann sah ich deutlich den Rauch, der ihnen aus Augen, Nase, Ohren und Mund quoll.

»Die Parasiten des Clearers sterben mit ihrem Herrn«, hörte ich den Colonel sagen. »Sie alle müssen eines dieser Viecher in sich getragen haben.«

Er stand direkt neben mir, hatte das Tuch von seiner Platzwunde entfernt und beobachtete gemeinsam mit mir, wie die besessenen Kultanhänger starben. Schon brannte sich das Feuer durch ihre Haut und verwandelte sie in lebende Fackeln, die anfangs noch schwach mit den Händen um sich schlugen, bevor sie reglos am Boden lagen.

Plötzlich fiel mir etwas ein und meine Augen weiteten sich. »Der Professor!«

Mein Blick ging zu der Stelle, wo Walters bis vor ein paar Minuten gewesen war. Nun sah ich nur noch Dr. Elder, der neben einem brennenden Leichnam stand.

»Scheiße.«

Kapitel 17

Der Colonel hatte Evelyn und Luzia zurück in das Innere der Zuflucht geschickt. Es war für das kleine Mädchen bestimmt nicht leicht, in dieses Höllenloch zurückzukehren, aber hier draußen mit all den verbrannten Leichen war es wesentlich schlimmer für sie. Ich wunderte mich wirklich, dass sie noch nicht völlig traumatisiert war, auch wenn ihre gedrückte Haltung Bände sprach.

Die Körper waren verkohlt, schwelten deutlich sichtbar und verbreiteten einen bestialischen Gestank. Ich hielt mich so weit wie möglich von den verbrannten Leichen entfernt und fasste es nicht, dass der Colonel sogar noch in die Nähe des Clearers ging.

Faith wunderte sich ebenfalls. »Was will er bloß dort hinten?«

»Er sucht Corporal Jenkins Überreste«, sagte Dr. Elder, während er an uns vorbeiging. »Viel Glück wird er dabei aber nicht haben. Der Soldat war direkt im Zentrum der Waffe. So wie es aussah, wird der Körper ...«

»Oh bitte, ersparen Sie uns genaue Beschreibungen«, zischte ich.

Der Arzt schwieg beleidigt und betrat nun auch die Zuflucht. Der Name erschien mir zwar unpassend für diese Brutstätte eines wahnsinnigen Kultes, aber ich war längst über den Punkt hinweg, an dem mich solche Kleinigkeiten belasteten.

Faith und ich sahen dem Colonel noch ein paar Augenblicke zu, bevor wir ebenfalls in die Einrichtung zurückkehrten. Die

Beleuchtung während des Abstiegs und das Licht in den Gängen kam mir jetzt düsterer vor, fast so, als würde die Zuflucht auf Notstrom laufen. Dem war wahrscheinlich so und ich war mir sicher, dass wir nicht hierbleiben konnten. Ich hätte es auch gar nicht gewollt.

Evelyn hatte Baxter bereits von seinen Fesseln befreit und wir standen unschlüssig um Dylan herum, der immer noch bewusstlos war.

»Und was machen wir mit ihm?«, fragte ich. »Er hätte uns bestimmt an Berger verraten und wir würden nun alle wie ferngesteuerte Marionetten durch die Gegend wanken.«

Baxter erwiderte nichts darauf, kniete sich stattdessen hin und löste Dylans Fesseln.

»Hältst du das für klug?«, fragte Faith.

»Sollen wir ihn hier zurücklassen? Dann wären wir noch wesentlich schlechter als Berger. Der stand schließlich unter dem Einfluss des Clearers. Im Grunde genommen waren sie unschuldig.«

»Wir sollten ihn aber auch nicht zu einem Heiligen erklären!« Der Colonel war nun ebenfalls in den Raum gekommen. »Doch es ist ohnehin unwichtig, ob er sich freiwillig mit dem Parasiten infiziert hat oder ob er dazu gezwungen wurde. Wir haben nun wichtigere Dinge zu klären.«

»Was wir nun unternehmen werden«, murmelte ich.

»Ganz genau, Hope. Ich denke, ich brauche niemandem zu sagen, dass wir nicht in der Zuflucht bleiben können. Im Gegenteil, wir sollten keine mehr Zeit verlieren und möglichst sofort aufbrechen, auch wenn wir dafür durch die Nacht gehen müssen. Wir haben nicht mehr den Luxus, auf den Tag warten zu können.

Diese Einrichtung bietet uns nicht mehr Schutz als eine Holzhütte im Wald und außerdem liegt ganz in der Nähe des Eingangs ein toter Clearer. So wie ich die Monster einschätze, werden sich schon bei Sonnenaufgang ein paar seiner Artgenossen hier einfinden. Spätestens dann sollten wir nicht mehr in der Nähe sein. Jeder von uns sucht auf der Ebene nach Dingen, die nützlich sind und die wir tragen können. Kleine Werkzeuge, Nahrung, Wasser, Medizin … in einer Stunde werden wir aufbrechen.«

»Und wohin?«, fragte ich.

»Das entscheiden wir, wenn diese Einrichtung ein gutes Stück hinter uns liegt. Sollten wir uns zu lange Zeit lassen, wäre die Frage nach dem nächsten Ziel rein akademischer Natur. Und jetzt an die Arbeit!«

Wir brachen bereits nach einer halben Stunde auf, da es in der Zuflucht kaum noch etwas gab, was wir gebrauchen konnten. Ich hatte mir ein paar Kleidungsstücke organisiert, da es abzusehen war, wann ich nur noch Lumpen am Leib tragen würde.

Der Colonel führte uns in nördlicher Richtung, wenn ich ihn richtig verstanden hatte. Obwohl wir alle körperlich und seelisch am Ende waren, gingen wir, so schnell es uns möglich war. Er trieb uns mitten durch den Wald und vermied jede offene Lichtung und freie Fläche. Zwar war die Gefahr, auf Clearer zu stoßen, geringer, weil diese eher Städte und waldlose Gebiete bevorzugten. Andererseits kamen wir natürlich langsamer voran, da wir uns einen Weg durch das Dickicht bahnen mussten. Die Taschenlampen einzuschalten, hatte er uns verboten – eine Vorsichtsmaßnahme, die ich nachvollziehen konnte.

Als die Sonne bereits aufgegangen war, gestattete uns der

Colonel eine Rast. Wir fanden ein wenig Schutz unter einem Baumriesen und ließen uns mit einem Seufzer der Erleichterung auf den Boden fallen.

»Sollten wir jetzt nicht endlich klären, wohin wir gehen?«, fragte Faith. Ich stimmte ihr zu und warf Dylan, der gelegentlich seine Kopfwunde prüfend abtastete, einen Blick zu.

»Da wäre ich ebenfalls sehr für.«

Er tat mir etwas leid, weil ich ja auch nicht mit letzter Gewissheit sagen konnte, ob er uns wirklich verraten hätte. Aber das war eine weitere Sache, die völlig unwichtig geworden war. Es spielte einfach keine Rolle mehr.

Der Colonel zog seine Karte aus der Jackentasche und entfaltete sie sorgfältig. »Hier war Zuflucht 14«, sagte er und deutete auf einen Punkt. »Und dort ist Zuflucht 81«, ergänzte er und zeigte auf einen Bereich deutlich weiter im Norden. »Mein Vorschlag wäre, dass wir versuchen, uns bis dorthin durchzuschlagen.«

Ich versuchte, die Entfernung abzuschätzen. »Sieht mir nach einem langen Fußmarsch aus, oder?«

Der Colonel nickte. »Es sind rund dreihundert Meilen.«

Dylan lachte sarkastisch. »Na dann, wenn es weiter nichts ist. So ein kleiner Fußmarsch ohne ausreichend Lebensmittel und mit nur wenig Wasser ist doch ein angenehmer Spaziergang.«

»Die Strecke führt fast ausschließlich durch Waldgelände und wir treffen auf zwei kleinere Bäche«, erwiderte Karlson. »Es sollte also möglich sein, unser Ziel zu erreichen.«

»Und was ist mit dem Institut, das der Professor erwähnt hat? Wo er die sagenhafte Waffe herstellen wollte?«

»Professor Walters ist tot! Das Institut liegt nicht unterirdisch und selbst wenn die Clearer nicht schon längst alles zerstört haben, können wir uns dort nicht gegen einen Angriff verteidigen. Die Monster würden uns innerhalb weniger Tage aufspüren. Es hätte auch überhaupt keinen Sinn, da wir die Waffe ohne den Professor nicht produzieren können.«

»Vielleicht doch.« Dr. Elder, der bislang etwas abseits gestanden hatte, kam näher. »Ich habe mich sehr lange mit meinem Kollegen ausgetauscht und traue mir zu, das Gas herzustellen.«

»Sie kennen die Formel?«, fragte Baxter.

Zögernd schüttelte Elder den Kopf. »Nicht vollständig, das nicht, aber Walters hat erwähnt, dass er ein Backup seiner Daten dort hinterlegt hat. Mit dieser Hilfe bin ich in der Lage, die Waffe zu bauen … denke ich. Und bis dorthin wären es nur rund hundert Meilen.«

»Die Strecke können wir ja bequem im Dauerlauf zurücklegen.« Der Sarkasmus in Dylans Stimme war nicht zu überhören.

Ich hatte langsam genug von seiner Jammerei. »Sie können auch gerne hierbleiben! Ich werde Sie bestimmt nicht vermissen und auch sonst niemand, schätze ich.«

Er öffnete den Mund, als ob er etwas erwidern wollte, ließ es dann aber doch sein. Stattdessen wandte er sich demonstrativ von mir ab. Ich würde es überleben, wenn er mit mir schmollte.

»Ich bin auch dafür, dass wir es mit dem Institut versuchen«, meinte Baxter. »Mit zwei Zufluchten haben wir jetzt schon Pech gehabt. Bei der dritten sieht es womöglich nicht viel anders aus.«

Der Colonel blickte nachdenklich auf die Karten, bevor er sie schließlich zusammenfaltete. »Ich war bei der Armee nie der Anhänger von Abstimmungen und Demokratie im Allgemeinen, aber wir haben nichts mehr zu verlieren. Daher schließe ich mich der Mehrheit an. Lassen Sie es uns mit dem Institut versuchen.«

Nicht nur das endlose Wandern durch den Wald setzte mir zu. Anscheinend war die Atemluft nicht gerade gesund, denn allmählich taten mir nicht mehr nur der Rücken weh, auch im Bauch verspürte ich gelegentlich heftige Stiche.

»Das ist sicher nur die Aufregung«, sagte Dr. Elder, nachdem ich ihn darauf angesprochen hatte. »Beißen Sie die Zähne zusammen. Es wird bestimmt bald besser werden.«

Ich murmelte etwas, was er wohl für einen Dank hielt, in Wirklichkeit aber ein ziemlich abfälliges Wort gewesen war. Viel mehr als Leute zu quälen hatte der Kerl anscheinend tatsächlich nicht drauf.

»Ich habe Durst!« Luzia lief nun schon den halben Tag neben mir her, ohne sich zu beklagen, doch allmählich war sie wohl am Ende. Ich konnte es ihr nachempfinden. Mir ging es ja nicht anders und sie war noch so jung.

»Wir kommen bestimmt bald zu einem Bach«, sagte ich. »Der Colonel hat es versprochen.«

Sie gab keine Antwort, sondern stolperte nur mechanisch weiter neben mir her. Ich strich ihr tröstend über die Haare, was sie aber kaum registrierte. Jedenfalls reagierte sie nicht darauf.

»Was ist mit Jenny passiert?«, fragte sie nach einer Weile. Großer Gott, das Thema hatte ich eigentlich nicht ansprechen wollen. »Ihr Kopf hat geraucht und dann …« Das kleine Mädchen redete nicht weiter, griff sich aber meine Hand und umklammerte sie.

Was sollte ich ihr darauf antworten? Ich schwieg mich aus und versuchte sie abzulenken, indem ich ihr verschiedene Pflanzen und Tiere zeigte. Mittlerweile ging auch allmählich die Sonne unter und ich konnte nur hoffen, dass sich der Colonel langsam nach einem Lagerplatz umsah.

Meine stumme Bitte wurde erhört – und nicht nur das. Der Platz, den sich unser Anführer aussuchte, lag in unmittelbarer Nähe eines plätschernden Baches.

»Da!«, rief Luzia. »Sieh doch nur!«

Sie riss sich los und stürmte an der ganzen Gruppe vorbei. Der Colonel erholte sich noch von seiner Überraschung, als das kleine Mädchen bereits am Ufer kniete und gierig das Wasser mit den Händen zum Mund führte. Ich war ihr nachgelaufen und sah, wie sie mitten im Trinken innehielt und nach links blickte.

»Oh, wer bist du denn?«, fragte sie.

»Nicht!«, rief Baxter mir zu, als ich nun ebenfalls an ihm vorbeieilte. »Wir müssen zunächst …«

Er konnte den Satz nicht beenden, denn in dem Augenblick stieß Luzia einen hohen, spitzen Schrei aus. Ich glaubte, meinen Augen nicht zu trauen, doch ich sah tatsächlich irgendein Tier, dass das Mädchen gepackt hielt und hinter sich her schleifte.

»Colonel!«, rief ich, während ich durch das Wasser watete, und dem Kind folgte.

Doch es war vergebens. Ich hatte den Bach gerade zur Hälfte durchquert, als Luzia durch eine Öffnung hinab in eine Höhle gezogen wurde. Ihre Schreie verstummten.

Karlson hatte mich mittlerweile erreicht und stand mit gezückter Waffe neben mir. »Wo ist sie?«

Stumm wies ich auf die Höhlenöffnung. Völlig geschockt sah ich mit an, wie der Colonel hinübereilte, sich hinkniete und etwas zu erkennen versuchte. Schließlich traf er Anstalten, hineinzukriechen, aber die Öffnung war zu klein für ihn.

»Wir müssen den Eingang vergrößern«, sagte Baxter, der mittlerweile neben mir stand. »Sonst passt niemand von uns da durch.«

»Dann helfen Sie mir!«, rief Karlson, der sich der Aufgabe bereits widmete. Wenige Augenblicke später war jeder von uns damit beschäftigt, die steinharte Erde zu entfernen.

Eine Stunde hatten wir wie die Berserker gearbeitet, ohne auch nur einen winzigen Erfolg zu sehen. Unter der Erde befanden sich armdicke Wurzeln und felsiger Boden, der all unsere Bemühungen vereitelte. Elder verband dem Colonel die blutigen Finger, Baxter raufte sich die Haare und Faith grub immer noch.

»Es hat keinen Sinn mehr«, sagte Dylan. »Wir sollten zusehen, dass wir von hier verschwinden. Wer weiß, was das für ein Vieh war.«

»Halt die Klappe!«, zischte Evelyn. »Sollen wir das Kind vielleicht zurücklassen?«

»Es ist mit ziemlicher Sicherheit bereits tot.«

Faith knurrte eine derbe Beleidigung, bevor sie sich erschöpft am Uferrand niederließ. Ich war zum Eingang gegangen und betrachtete die Abmessungen. Ein kalter Schauer lief mir über den Rücken, als mir klar wurde, dass es noch eine kleine Chance gab.

»Geben Sie mir Ihre Waffe und eine der Taschenlampen«, sagte ich zum Colonel.

»Was wollen Sie denn damit?«

»Ich müsste so eben durch die Öffnung passen. Ich bin die Kleinste und Schmächtigste von uns.«

»Und dann? Was machen Sie, wenn Sie steckenbleiben? Sie haben doch gesehen, dass wir hier nicht graben können. Wir wissen ja noch nicht einmal, was das für ein Tier war.«

»Ich werde nicht von hier verschwinden und Luzia zurücklassen!«

»Willst du da unten etwa schießen? Damit lockst du nachher noch einen Clearer an!«, sagte Dylan.

Ich gab ihm keine Antwort – die wäre ziemlich unschön ausgefallen - sondern streckte stattdessen dem Colonel eine Hand hin. Der überlegte sich wahrscheinlich, ob er mich nicht besser fesseln und knebeln sollte, gab mir aber schließlich seine Pistole und eine Taschenlampe.

»Das ist doch Wahnsinn!«, murmelte Dylan.

Bei genauerer Überlegung hatte er wohl recht und ich war auch längst nicht so todesmutig, wie ich mich nach außen gab. Aber ich sah ständig Luzias Gesicht vor mir und wusste, dass ich zumindest einen Rettungsversuch unternehmen musste.

»Wünschen Sie mir Glück«, sagte ich zum Colonel, während ich mich vor die Öffnung kniete.

»Viel Erfolg.«

Ich streckte beide Arme nach vorne und schlängelte mich durch das Loch, hinein in den engen Gang.

Ich litt zwar nicht an einer akuten Form von Klaustrophobie, aber schon in dem Behälter, wo ich vor einer halben Ewigkeit aufgewacht war, hatte ich mich nicht besonders gut gefühlt. Hier unter der Erde war es noch viel schlimmer. Mit den kleinen Fingern an den Händen, mit den Zehenspitzen, sogar mit der Pistole in der rechten Hand arbeitete ich mich tiefer hinein in die Höhle. Der Schweiß lief mir in Strömen über das Gesicht und mein Gehirn spiegelte mir alle möglichen Schreckensszenarien vor. Was war, wenn ich steckenblieb und weder vorwärts noch rückwärts kriechen könnte? Was, wenn die Lampe ausfiel?

»Hör mit dem Scheiß auf!«, fluchte ich und arbeitete mich verbissen weiter vor.

Abrupt hielt ich inne. War da ein leises Weinen? Ich lauschte einige Augenblicke. Ja, ich hatte mich nicht verhört! Also war sie am Leben. Ich verdoppelte meine Anstrengungen und ignorierte die Baumwurzeln, die sich in der Kleidung verfingen und mich zurückhalten wollten.

»Ich komme, Luzia!«, rief ich. »Halte durch!«

»Hope?«

»Ja, ich bin es!« Ich hoffte inständig, dass mein Name ein gutes Omen war.

Ein scharfer Schmerz im Rücken ließ mich für einen Moment zusammenfahren und lähmte mein rechtes Bein. Scheiße, nur keine Verletzung hier unten! Erleichtert registrierte ich, dass die Qualen schnell nachließen. Außerdem wurde der Gang eine kleine Idee breiter und zum ersten Mal hatte ich wirklich das Gefühl, dass es gut ausgehen würde. Ich verdoppelte meine Anstrengung und unterdrückte das Ekelgefühl, als ich in die weichen, halb verwesten Überreste eines kleinen Tiers griff.

»Hier ist das böse Tier, Hope!«, rief Luzia.

Der Stimme nach zu urteilen war sie ganz in der Nähe – und tatsächlich, ich sah eine kleine, runde Höhle im Licht meiner Taschenlampe auftauchen – und sie! Das Mädchen hielt sich eine Hand vor die Augen und schrie auf, als ein schwarzer Schatten über sie drüber huschte. Im nächsten Moment sah ich die hässliche Kreatur direkt vor mir im Lampenlicht. Mein Herz klopfte wie verrückt und ich spürte, wie das Adrenalin durch meine

Venen schoss. Plötzlich biss mich das Vieh kräftig in die rechte Schulter und fast hätte ich die Waffe aus der Hand gleiten lassen. Der Schmerz zog sich von der Schulter ausgehend durch meinen gesamten Körper, doch ich ignorierte ihn, so gut ich konnte. Die leeren Augenhöhlen des Viehs fixierten mich. Es riss das Maul auf und eine Welle ekelerregenden Gestanks drang mir entgegen. Mit ihren Krallen bearbeitete es meinen Unterarm und ich spürte einen brennenden Schmerz, doch endlich gelang es mir, die Mündung der Pistole auf ihren Bauch zu richten. Ich drückte ab. Der Knall war hier unten ohrenbetäubend, dazu kam das schrille Quieken des Tiers, das sich aufbäumte und nur Sekunden später zusammenbrach. Auch Luzia hatte geschrien und für einen Moment befürchtete ich, sie wäre auch getroffen worden.

»Ich will hier raus«, jammerte sie. »Ich will zu meiner Mutter!« Sie schluchzte und weinte herzzerreißend, was mir fast das Herz zerriss.

»Ich bring dich von hier fort, das verspreche ich dir.«

Ich stieß das Tier zurück in die kleine Höhle und zog mich aus dem Gang. Es war geräumig genug, dass ich mich umdrehen konnte. Erleichtert zog ich Luzia, so gut es ging, in meine Arme, drückte sie fest an mich und strich ihr tröstend über das Haar. Unter meinen Fingern konnte ich das Zittern ihres kleinen Körpers spüren. Ich ignorierte dabei den Unrat und den Gestank, der an diesem Ort vorherrschte. Das war nun wirklich nicht das größte Problem. Während Luzia sich an mich schmiegte, als wolle sie mich nie wieder loslassen, machte ich mir schonmal Gedanken darüber, was als Nächstes geschehen sollte. Wir mussten auf dem gleichen Weg zurückkehren, auf dem wir gekommen waren, und ich wusste nicht, ob sie verletzt oder zu verängstigt war, um mir zu folgen.

»Sieh mich an, Luzia!« Das Mädchen gehorchte und ich sah jetzt erst im unruhigen Licht der Taschenlampe, wie blutverschmiert ihr Gesicht war. Sanft strich ich ihr über die Wangen. »Wir werden nun gemeinsam durch den Gang ins Freie gehen. Dort warten Faith, Evelyn und alle anderen auf uns. Ich krieche voran und du hältst dich an meinen Füßen fest, einverstanden? Du wirst sehen, wir sind in Nullkommanix draußen. Hast du mich verstanden? Du brauchst keine Angst mehr zu haben.«

Sie wischte sich über die Augen und nickte zögernd. »Im Gang ist es furchtbar. Es stinkt und ist eng!«

»Ich weiß, aber es ist der einzige Weg hier raus. Hörst du? Sie rufen uns schon.«

Tatsächlich drangen leise Stimmen zu uns durch. Entweder dämpften die uns umgebende Erde und Wurzeln die Geräusche, oder der Weg war länger, als er mir ohnehin vorgekommen war.

»Bereit?«, fragte ich.

Luzia nickte.

»Dann los. Du brauchst wirklich keine Angst mehr zu haben.«

Wieder zwängte ich mich in den Gang hinein, der mir jetzt fast noch enger als vorhin vorkam. Ich schwitze stark und die Schulter, in die mich das Vieh gebissen hatte, schmerzte höllisch. Ich wagte gar nicht an den Dreck zu denken, der in die Wunde geriet. Ich würde sehr viel Glück brauchen, damit sie sich nicht entzündete.

»Lass meine Füße nicht los!«, rief ich. Es wäre leichter gewesen, sie auch einsetzen zu können, aber Luzia war sicher am Ende ihrer Kraft und ich bezweifelte, dass sie ohne Hilfe durch den Gang kommen würde.

Es kam mir wie eine Ewigkeit vor und ein paar Mal war ich davon überzeugt, dass ich es nicht schaffen würde. Mein Blut vermischte sich mit dem Schweiß, lief mir in die Augen und brannte fürchterlich. Wie schon auf dem Hinweg rissen mir Wurzeln und scharfes Geröll die Haut auf und einmal rannte mir eine riesige Ratte über die Hände. Die Luft wurde immer schlechter und allein aus dem Grund mussten wir es möglichst bald zumindest in die Nähe des Ausgangs schaffen. Wenigstens hielten die Batterien der Taschenlampe durch.

Ich kämpfte mich wie in Trance immer weiter und schrak zusammen, als mich jemand an den Händen packte und nach vorne zerrte. Wie durch einen dichten Schleier sah ich Baxters und Evelyns Gesicht.

»Luzia!«, flüsterte ich.

»Alles in Ordnung«, sagte Baxter. »Der Colonel und Dr. Elder haben sie.«

»Das ist gut.« Mehr brachte ich nicht über die Lippen, denn auf einmal drehte sich alles um mich herum und ich fiel in ein tiefes, schwarzes Loch.

Kapitel 18

Als ich wieder aufwachte, waren die Schmerzen in meiner Rückengegend kaum noch auszuhalten. Es fühlte sich an, als hätte mir jemand mit einem Messer die Haut abgezogen. Nicht einmal schreien konnte ich, es kam mir nur ein Wimmern über die Lippen. Immerhin war es ausreichend laut, sodass ich sofort Baxters Gesicht erblickte.

»Hope.« Er sah mich sorgenvoll an und rief Dr. Elder herbei. Das war nun nicht gerade die Person, die mir ans Herz gewachsen war, aber er war wenigstens so etwas wie ein Arzt.

»Haben Sie Schmerzen?«, stellte er die Frage aller Fragen. Glaubte er, dass ich aus reinem Vergnügen das Gesicht verzog und leise jammerte?

»Rücken …«

Gemeinsam mit Baxter drehte er mich auf den Bauch. Bewusst unterdrückte ich den Schmerzensschrei, der mir gerade entfliehen wollte. Anscheinend ging es mir wirklich äußerst dreckig. Es kam mir so vor, als hätte ich zwischendurch immer wieder Aussetzer, als würde ich einen Film sehen, in dem ständig Frames fehlten.

»Sie haben da einige tiefe Schnittwunden«, hörte ich Elder sagen. »Etwas schmerzstillende Salbe und eine Tablette, dann dürfte es Ihnen bald besser gehen. Ihre Schulterwunde habe ich auch verbunden, während Sie ohnmächtig waren. Die Stelle sehe ich mir heute Abend noch einmal an.«

Ich spürte das kühle Gel auf der Haut, das im ersten Moment höllisch brannte. Trotz meiner Zweifel fühlte ich, wie die Schmerzen allmählich nachließen. Ich war müde und schwach. Am liebsten wäre ich einfach wieder eingeschlafen, doch nach wenigen Minuten konnte ich mich sogar aufrichten.

Baxter grinste mich an. »Das war fast eine Wunderheilung.«

»Mach dich nur über mich lustig. Ich habe nicht simuliert und …«

Er hob lachend eine Hand und unterbrach mich. »Ich nehm dich doch nur etwas auf den Arm.«

Plötzlich fiel mir das kleine Mädchen ein. »Wie geht es Luzia? Ist sie in Ordnung?«

Baxter nickte, aber das ihm das Lachen aus dem Gesicht rutschte, ließ mich daran etwas zweifeln. »Sie ist ziemlich mitgenommen und hat einige Bisswunden. Den Umständen entsprechend geht es, doch Dr. Elder befürchtet, dass sich die Verletzungen entzünden könnten.«

Das klang gar nicht gut. Ich wollte noch etwas sagen, aber da näherte sich der Colonel.

»Glauben Sie, dass Sie ein paar Meilen marschieren können?«, fragte er.

»Ich denke schon.«

Er wandte sich an Baxter. »Dann sollten wir schleunigst aufbrechen. Sagen Sie Dylan Bescheid.«

»Ist was passiert?«, fragte ich reichlich naiv. Als ob es nicht genügen würde, dass wir am helllichten Tag kampierten. Erst jetzt wurde mir bewusst, wie lange ich ohnmächtig gewesen sein musste.

Er deutete auf einen großen Baum und lächelte verkniffen.

»Ich habe mich an meine Jugendzeit erinnert und von dort oben Ausschau gehalten. In der Gegend, wo Zuflucht 14 liegt, habe ich zwei Clearer gesehen. Wir sollten zusehen, dass wir weiterziehen.«

»Sie halten es immer noch für eine schlechte Idee, zum Institut des Professors zu gehen?«

Er zuckte mit den Schultern. »Ich denke, es ist unerheblich. Falls Dr. Elder aber recht hat und tatsächlich die Waffe herstellen kann, haben wir, hat die Menschheit möglicherweise eine geringe Chance.«

»Mir ist so heiß!«

Luzia, die auf Baxters Schultern saß, sah mindestens so schlecht aus, wie ich mich fühlte. Der Colonel hatte uns den ganzen Nachmittag lang unerbittlich vorwärtsgetrieben und ich wunderte mich, dass ich noch nicht zusammengebrochen war. Ich bat Baxter, einen Moment stehenzubleiben, und legte Luzia die Hand auf die Stirn. Erschrocken zog ich die Hand wieder zurück. Der Kopf des kleinen Mädchens war glühend heiß.

»Dr. Elder!«, rief ich und handelte mir sofort einen Rüffel von Dylan ein.

»Schrei doch noch etwas lauter! Willst du uns die Clearer auf den Hals hetzen?«

Ich ignorierte den Kerl und informierte stattdessen den Arzt über Luzias Zustand.

Der nickte sorgenvoll. »Das habe ich schon befürchtet. Die Wunden werden sich entzündet haben und ihr Immunsystem ist zu schwach, um mit den Verunreinigungen fertigzuwerden. Wer weiß, was dieses Tier unter den Krallen hatte. Ich informiere den

Colonel, dass wir an einer geeigneten Stelle unser Lager aufschlagen sollten.«

»Wir sind nicht sehr weit gekommen«, maulte Dylan. »Wenn Clearer auf unserer Spur sitzen …«

»Dann können wir es auch nicht ändern«, meinte Baxter. »Untersuchen Sie das Mädchen«, wandte er sich an den Arzt. »Ich gebe dem Colonel Bescheid.«

»So ein Schwachsinn.« Dylan stapfte ärgerlich weiter und allmählich hätte ich nichts dagegen gehabt, wenn er auf eigene Faust weitergezogen wäre.

Karlson entschied, dass gegen ein Nachtlager an diesem Platz nichts einzuwenden sei, und Dr. Elder untersuchte derweil gründlich das Mädchen. Baxter zog seine zerschlissene Jacke aus und bettete Luzias Kopf darauf. Erst jetzt wurde mir richtig bewusst, wie zerlumpt meine eigene Kleidung war. Noch ein paar Tage und wir würden alle halbnackt durch den Wald laufen – falls wir dann noch lebten.

Erschöpft ließ ich mich zu Boden sinken und kämpfte gegen den Schlaf an. Mein Rücken tat mir wunderbarerweise kaum noch weh, aber in der Schulter, in die mich das Vieh gebissen hatte, pochte es unangenehm.

»Was gäbe ich jetzt für ein schönes, heißes Bad!« Faith ließ sich neben mir zu Boden sacken. »Danach ein leckeres Schnitzel, gefolgt von einer Portion Eis.«

»Ich würde dir jetzt gerne eine Ohrfeige verpassen, weil du in mir diese Sehnsucht weckst, aber ich bin zu müde.«

Faith grinste, während sie mich musterte. »Du siehst ziemlich beschissen aus. Auf den Laufsteg einer Modenschau würden sie dich jetzt bestimmt nicht lassen.«

»Als ob das jemals mein Wunschtraum gewesen wäre.«

Faith zuckte mit den Schultern. »Sag das nicht. Vielleicht war es dein sehnlichster Wunsch, bevor du in der Zuflucht aufgewacht bist.«

»Da haben sich die Ärzte auch vertan. Meine Erinnerung an diese Zeit ist immer noch nicht wieder aufgetaucht.«

»Bei mir ist ebenfalls alles dunkel. Aber wer weiß, wozu es gut ist.«

Dr. Elder hatte mittlerweile Luzias Untersuchung beendet. Seine Sorgenfalten waren noch tiefer geworden – kein gutes Zeichen.

»Wie geht es ihr?« Der Colonel war nun auch zu uns gestoßen.

»Schlecht. Sie braucht dringend Antibiotika gegen die Entzündungen.«

»Wir können ja wohl kaum zur nächsten Apotheke gehen und nachsehen, was die im Angebot haben.« Klar, dass der Satz von Dylan kam. Ich hatte schon gehofft, er hätte sich im Wald verlaufen, aber leider war er wieder aufgetaucht.

Der Colonel kratzte sich am Kinn, bevor er die Karten aus seiner Jackentasche herausholte, sie aufschlug und studierte. Er warf einen prüfenden Blick zum Himmel, wo die Sonne gerade unterging.

»In ungefähr fünf Meilen, westliche Richtung, liegt eine kleinere Stadt. Mit etwas Glück waren die Clearer nicht dort und sie ist nicht vollständig zerstört. Und wenn wir sehr viel Dusel haben, dann hat eine der Apotheken all die Dinge, die wir brauchen können.«

Nun war es Dylan, der höhnisch auflachte. »Sagten Sie nicht, dass wir alle Ansiedlungen meiden sollten? Und nun schlagen Sie vor, dass wir mitten in eine hineinlaufen?«

»Früher oder später müssten wir ohnehin eine Siedlung aufsuchen, wenn wir uns nicht in eine Zuflucht flüchten wollen. Medikamente, Kleidung, Konserven … all das finden wir nicht im Wald. Schon die kleinste Verwundung kann schlimme Folgen haben, wenn wir nicht ausreichend Medizin mit uns führen. Aber falls Sie einen besseren Vorschlag haben, wäre ich Ihnen sehr verbunden!«

Dylan schwieg.

»Damit ist es wohl abgemacht«, fuhr der Colonel fort. »Ich schlage vor, dass ein Dreierteam in die Stadt geht. Dr. Elder wird aufschreiben, was das Team aus einer Apotheke besorgen soll.«

Warum hatte ich mich freiwillig gemeldet? Aus irgendeinem Grund wollte ich in Baxters Nähe bleiben. Wenn sich Dylan als Mitglied der kleinen Expeditionsgruppe angeboten hätte, wäre ich sicher nicht mitgegangen. Faith war ebenfalls mit von der Partie.

»Ich bin immer gerne shoppen gegangen – nehme ich zumindest an. Ich denke, ich war der Typ, der gerne einkauft.«

Ich schätzte sie auch so ein. Was würde ich dafür geben, mich an meine Vergangenheit zu erinnern. Ich hasste die Ungewissheit und die schemenhaften Erinnerungsfetzen, die gelegentlich in den Gedanken aufblitzten, mir aber keinen eindeutigen Hinweis lieferten.

Nun folgte ich seit den frühen Morgenstunden dem Trampelpfad, der uns quer durch den Wald zur Stadt führte – jedenfalls nahm ich das an. Der Colonel hatte Baxter seine kostbaren Karten anvertraut. Mir war es ganz recht, ich hätte mich sicher nicht daran orientieren können.

Ich wischte mir den Schweiß von der Stirn, bekämpfte die Müdigkeit und verdrängte die Schmerzen in der Schulter. Wahrscheinlich hatte ich auch etwas Fieber, aber im Vergleich mit Luzia ging es mir blendend. Das kleine Mädchen war heute Morgen kaum noch bei Bewusstsein gewesen und brauchte schleunigst Medikamente. Dr. Elder hatte eine ellenlange Liste angefertigt und ich konnte nur hoffen, dass wir in der Stadt auch Rucksäcke auftreiben würden. Der eine Tornister, den Baxter auf dem Rücken trug, dürfte sehr schnell voll werden – natürlich nur, wenn die Stadt nicht vollkommen ausgeplündert war.

Eigentlich hätten wir unser Ziel nach einer Stunde erreichen müssen, wir benötigten aber zwei. Der Pfad durch den Wald war keineswegs der kürzeste Weg gewesen. Wir erreichten eine kleine Anhöhe und blickten von dort herab auf die Häuser.

Die meisten von ihnen waren schwer beschädigt. Ausgebrannte Autowracks, die kreuz und quer auf den Straßen standen, zeugten von der Zerstörungswut, die durch die Clearer wie ein Strafgericht über die Stadt gekommen war. Ein kleiner Park, den ich in der Stadtmitte auszumachen glaubte, war wohl mal ein lauschiges Plätzchen gewesen. Aber nun reckten sich verkohlte Bäume in den Himmel und die Rasenfläche war nur noch ein schwärzlich-grauer Belag. Ob sich hier irgendwo Menschen versteckt hielten? Ich bezweifelte es.

Wir suchten die Gegend sorgfältig mit den Augen ab, um uns beim kleinsten Anzeichen von unfreundlichen Lebewesen zurückziehen zu können.

Der Colonel hatte uns mit drastischen Beschreibungen auf die Tatsache hingewiesen, dass nicht alle Menschen, die noch lebten, freundlich gesinnt waren. Deswegen hatte er Baxter wohl auch die Waffe mitgegeben.

»Dort hinten, in der dritten Querstraße, könnten wir vielleicht fündig werden«, meinte Faith nach einer Weile. »Es scheint eine Einkaufsstraße gewesen zu sein.«

»Oder wir gehen direkt zu dem Gebäude etwas außerhalb der Stadt, das mit den vielen Parkplätzen«, erwiderte Baxter. »Das war wohl mal eine Mall, wie ich vermute.«

Faith verzog das Gesicht. »Ist das klug, in ein riesiges Gebäude zu gehen, ohne sehen zu können, was uns da erwartet?«

Er zuckte mit den Schultern. »Wenn wir irgendwo fündig werden, dann am ehesten dort. Die Mall scheint relativ unversehrt geblieben zu sein und ich sehe auch nirgends Anzeichen von unfreundlichen Menschen, die auf uns warten.«

»Die werden ja wohl kaum große Plakate draußen anbringen. 'Kommen Sie rein und gehen Sie nie wieder'!«

»Hör auf zu unken«, sagte ich. »Baxter hat recht. Dort haben wir viele Geschäfte auf einen Haufen und werden uns mit allem Benötigten eindecken können.« Mir war bewusst, dass es wie das Pfeifen im dunklen Wald klang, aber falls man uns an dem Ort auflauerte, dann war es eben so. Es könnte uns auch an jeder anderen Stelle der Stadt passieren. Außerdem würden uns keine Clearer sehen, wenn wir in einem überdachten Gebäude unterwegs waren.

»Dann ist es entschieden«, sagte Baxter und schlug den Weg Richtung Mall ein.

Mir liefen eisige Schauer über den Rücken, als wir den großen, völlig leeren Parkplatz überquerten. Anscheinend hatte man die Stadt irgendwann nach der ersten Angriffswelle evakuiert, denn sonst hätten wir wenigstens das eine oder andere Auto sehen müssen. Als die Clearer die letzten Verteidigungslinien überrannt hatten, wäre es Selbstmord gewesen, noch mit einem Wagen zu fahren. Jenkins hatte mal beiläufig erwähnt, dass die Monster von Motorengeräuschen geradezu magisch angezogen wurden. Eigentlich schade, denn es hätte uns das Leben sehr erleichtert, wenn wir einen fahrbaren Untersatz benutzen könnten – und dafür Sprit hätten.

»Das ist irgendwie unheimlich«, sagte Faith und verstärkte damit noch mein Unwohlsein. »Hört ihr, wie unsere Schritte nachhallen?«

»Dann trampel nicht so herum«, zischte ich.

»Wer trampelt denn hier? Ich schwebe elfengleich durch die Gegend, während du …«

»Shht!« Baxter hob eine Hand. »Hört ihr das auch?«

Ich strengte mein Gehör an, doch es war umsonst. Entweder hatte er das Hörvermögen eines Luchses, oder aber er hatte sich getäuscht. Letzteres wäre mir erheblich lieber.

»War wohl doch nichts«, sagte er nach einer Weile und wir setzten unseren Weg zum ehemaligen Einkaufszentrum fort.

Ich war zwar erleichtert, hatte aber dennoch das unangenehme Gefühl, beobachtet zu werden.

An der Eingangstür der Mall sah ich dann, dass das Gebäude die letzten Monate nicht ohne Schaden überstanden hatte. Die Glasfront war zum größten Teil zerstört und schon beim ersten Blick in das Innere sah ich nur zu deutlich Spuren einer ausgedehnten Verwüstungsorgie.

»Plünderer«, sagte Baxter, während wir uns vorsichtig einen Weg in den Innenbereich bahnten.

Ich gab mir alle Mühe, mir an den Glasscherben nicht eine neue Wunde einzuhandeln.

»Hoffentlich haben wir auch genug Geld mitgenommen«, sagte Faith, die wie immer ihre Anspannung mit flapsigen Sprüchen überspielte.

»Meine Kreditkarte bekommst du nicht«, erwiderte ich. Anscheinend wirkte ihre Art ansteckend.

Wir schafften es ohne Blessuren hinein, blieben für einen Augenblick stehen und betrachteten die verwüstete Inneneinrichtung. Fast jedes Schaufenster der Geschäfte war zerschlagen und alle möglichen Waren lagen verstreut auf der Erde. Natürlich gab es kein Licht, wenn man vom schummrigen Tageslicht absah, das durch die dreckigen Dachfenster hoch über unseren Köpfen hereinfiel. Immerhin war es so hell, dass wir die Taschenlampen nicht brauchten.

»Seht euch um und sucht nach einer Apotheke«, sagte Baxter schließlich.

»Du willst doch nicht vorschlagen, dass wir uns trennen, oder?« Das schien mir eine bescheuerte Idee zu sein.

»Dann bleibt zusammen und nehmt euch das Obergeschoss vor. Ich sehe mich im Erdgeschoss um.«

Er wartete gar nicht auf unsere Zustimmung, sondern strebte bereits den hinteren Geschäften zu.

»Ist klar, dass er so mutig ist«, sagte Faith. »Schließlich hat er die Knarre.« Sie deutete auf die Rolltreppe, die natürlich nicht in Betrieb war. »Dann lass uns das alles mal schnell hinter uns bringen.«

Ich hatte nichts dagegen. Wir stiegen die Stufen der Treppe nach oben, wo die Spuren der Verwüstung noch etwas ausgeprägter als im Erdgeschoss waren. Keine einzige Glasscheibe war unversehrt und unter unseren Schuhsohlen knirschten die Splitter bei jedem Schritt. Diese Geräuschkulisse unterstrich die gruselige Atmosphäre. In den meisten Bekleidungsgeschäften standen noch die Schaufensterpuppen, in der Regel ohne Bekleidung. Irgendein Scherzbold hatte manchen von ihnen grinsende Fratzen aufgemalt und ich fragte mich, wer sich dafür die Zeit genommen hatte.

»Ach du Scheiße!«, flüsterte Faith, blieb wie erstarrt stehen und blickte auf ein besonders morbides Kunstwerk.

Zumindest hatte ich es für eins gehalten, vom gleichen Künstler errichtet, der auch die Puppen umgestaltet hatte. Doch es handelte sich nicht um einen kleinen, makabren Scherz – ganz im Gegenteil. Jemand hatte menschliche Überreste zu Skulpturen zusammengestellt, als hätte er irgendwelche Gemälde nachbilden wollen.

»Das sieht wie die Laokoon-Gruppe aus«, sagte sie und deutete auf eine Dreiergruppe ganz außen. »Da hat sich jemand echt Mühe gegeben, die Schaufensterpuppen so anzuordnen.«

Ich blickte sie völlig perplex an. »Schau mal genau hin! Das sind keine Puppen!«

»Was …« Sie ging einen Schritt näher und trotz des schummrigen Lichts sah ich, wie sie plötzlich blass wurde. Sie drehte sich um, kniete sich hin und kotzte sich die Seele aus dem Leib.

Ich war anscheinend über den Punkt hinaus, wo mich so etwas noch aus der Fassung bringen konnte – kein guter Hinweis auf meinen seelischen Zustand. Mich entsetzte nicht die barbarische Handlung an den Toten, sondern was ganz anderes. Die Körper waren noch nicht ansatzweise verwest, also waren die Menschen hier erst vor sehr kurzer Zeit gestorben.

»Wir sollten zusehen, dass wir hier schleunigst verschwinden!«, wisperte ich Faith zu.

Ich wusste nicht, ob sie es gehört hatte, und ich nahm auch keine Rücksicht darauf, dass sie mit dem Übergeben noch nicht fertig war. Ich packte sie und zog sie auf die Beine. Auf einmal fand ich es gar nicht mehr so wahrscheinlich, dass sich Baxter auf dem Parkplatz vertan hatte. Wir waren vielleicht wirklich nicht allein.

Ich zog sie hinter mir her und womöglich wäre sie die Rolltreppe kopfüber hinunter gestürzt, wenn ich sie nicht gehalten hätte. Ich achtete auch nicht darauf, dass wir einen ziemlichen Krach veranstalteten. Falls tatsächlich jemand in der Nähe gewesen war, dann wusste der sicher längst, dass wir uns in der Mall befanden.

Wir hatten gerade das Erdgeschoss erreicht, als uns auch schon Baxter entgegen kam.

»Ich hab eine Apotheke und die Medikamente gefunden. Was ist denn mit euch los? Ihr seht aus, als wärt ihr einem Gespenst begegnet.«

»Wir müssen hier verschwinden. Sofort!«, sagte ich und packte ihn energisch am Ärmel seiner Jacke.

Baxter wollte mich wohl gerade nach dem Grund fragen, als wir ein Geräusch hörten. Wie erstarrt hielten wir inne und sahen uns dann hektisch um. Es kam eindeutig aus dem Obergeschoss – daran gab es keinen Zweifel. Es klang wie ein Klacken, gefolgt von einem Rauschen. Schließlich wusste ich, was es war. Jemand hatte das Lautsprechersystem eingeschaltet. Aber wie konnte das ohne Strom funktionieren? Gab es hier einen Notstromgenerator?

»Seht nur, was zu uns gekommen ist. Eilt herbei, meine Kleinen! Hier gibt es friiiisches Fleiiisch!«, kam es dröhnend laut aus den Lautsprechern. Ein schrilles Kichern folgte dieser Bekanntmachung. Mir lief es eiskalt über den Rücken. Faith krallte sich kurz an meinem Arm fest, ließ ihn aber gleich wieder los. War der Kerl verrückt geworden? Wollte er alle Clearer in der Umgebung anlocken? »Kommt her und bedient euch, meine Kinderchen!«

»Scheiße!«, fluchte Baxter. »Nichts wie raus hier!«

Das musste er mir nicht zweimal sagen. Wir liefen ein paar Schritte in Richtung des Ausgangs, bevor wir abrupt abstoppten. Am Eingang tauchten ein gutes Dutzend Menschen auf – wenn man die zerlumpten, geifernden Monstrositäten so bezeichnen wollte. Selbst im Zwielicht sahen sie furchterregend aus.

Baxter hatte seine Waffe gezogen, aber mit den paar Kugeln konnte er uns unmöglich hier herausbringen.

»Nach oben!«, rief Faith. »Ich habe da einen Notausgang gesehen, glaube ich!«

»Glaubst du oder weißt du es?«, fragte ich. Mir war jedenfalls nichts aufgefallen, allerdings war meine Aufmerksamkeit von der Leichenpyramide etwas abgelenkt gewesen.

»Schätze, wir haben sowieso keine Wahl«, sagte Baxter … und er hatte recht. Mittlerweile waren auch hinter uns ein paar dieser Verrückten aufgetaucht, daher blieb uns ohnehin nur noch die Rolltreppe.

»Jagt sie, meine Kleinen!«, dröhnte die Stimme des

Wahnsinnigen aus den Lautsprechern. Er brüllte so laut in das Mikrofon, dass mir das Kreischen der Rückkopplung in die Ohren schnitt. »Lasst das Festessen nicht entkommen!«

Wir sprinteten los und als uns einer der Kerle den Weg abschneiden wollte, schoss ihm Baxter eine Kugel in den Leib. Mit einem unmenschlichen Schrei brach die zerlumpte Gestalt zusammen. Baxter trieb Faith und mich die Stufen nach oben.

»Wohin jetzt?«, fragte ich und schnappte nach Luft, während er einen zweiten Schuss abfeuerte.

»Dort entlang«, sagte Faith und zeigte nach links, bevor sie sich korrigierte. »Nein, stimmt nicht, dort rechts hängt das Schild!«

Ausgerechnet an den grausigen Skulpturen mussten wir vorbei. Aber zumindest waren die tot und konnten uns nichts mehr anhaben – im Gegensatz zu den Verrückten, die uns auf den Fersen waren.

»Beeilt euch!«, rief Baxter.

Ich hielt den Atem an, während wir uns durch die Galerie der zusammengestellten Körper drängten, um den Gestank nicht einatmen zu müssen. Den Blicken aus leblosen und toten Augen konnte ich aber nicht entgehen. Panisch sah ich mich um. Dort! Endlich! Ich sah den Notausgang dicht vor mir! Hoffentlich lauerten uns nicht noch irgendwelche Irren auf der Treppe auf.

»Hab ich es euch nicht gesagt?« Faith grinste stolz, während Baxter einen weiteren Schuss auf unsere Verfolger abgab. Ich dachte an meine Begegnung mit dem Ungetüm unter der Erde und hoffte, dass der Colonel nachgeladen hatte. Egal. Gleich wären wir im Freien.

»Öffne die Tür, Hope. Mach schon!«, rief Faith, derweil ich mich mit dem Sicherheitsmechanismus der Tür abmühte. Nur wenige Sekunden später vernahm ich ein Klacken und die Tür war entriegelt.

War da nicht eine Bewegung gewesen?

»Was …«, sagte Faith. Es sollte ihr letztes Wort gewesen sein.

Eine zerlumpte Gestalt war aus der Dunkelheit auf uns zugesprungen und schnitt ihr mit einem gewaltigen Schlachtermesser die Kehle durch. Faiths Augen weiteten sich in namenlosem Entsetzen, während eine Blutfontäne aus ihr herausspritzte. Mein Herz setzte für einen Moment aus, als sie mit einem Gurgeln in sich zusammenbrach. Schon blitzte das Messer erneut auf, als sich das Ungetüm mir zuwandte, doch dann besudelte seine Gehirnmasse meine Kleidung, als Baxter ihm in den Kopf schoss. Ich konnte mich nicht rühren, starrte auf Faiths weit aufgerissene, leere Augen.

»Raus hier!«, schrie er und stieß mich durch die geöffnete Tür.

»Faith!«, rief ich und strengte mich gleichzeitig an, nicht die Treppe hinabzufallen.

»Sie ist tot. Wir können ihr nicht mehr helfen. Jetzt beeil dich, oder sie erwischen uns!«

Alles in mir erstarrte zu Eis, während ich wie auf Autopilot die Stufen hinab eilte. Wieso war das geschehen? Es konnte, es durfte einfach nicht sein! Baxter packte meinen Arm und zerrte mich quer über den Parkplatz, fort von der Mall und von dem Ort, wo meine Freundin verblutete.

Erneut drang mir ein Geräusch an die Ohren, eines, das ich schon einmal gehört hatte – vor Zuflucht 14. Clearer!

»Verfluchte Scheiße!«, knurrte Baxter.

Wir erreichten den Rand des Waldes, warfen einen Blick zurück und sahen, dass unsere Verfolger mitten auf dem Parkplatz stehen geblieben waren und nach links blickten. Der Clearer brüllte erneut und die zerlumpten Gestalten machten kehrt, um in die trügerische Sicherheit der Mall zu fliehen.

»Willst du hier festwachsen?«, zischte Baxter. »Wir müssen verschwinden, bevor noch mehr Monster auftauchen.«

Er hatte recht und trotzdem fiel es mir schwer, weiterzugehen. Es war, als hätte sich ein eisiger Ring um mein Herz gelegt. Wir erreichten die Anhöhe und ich wandte mich ein letztes Mal um. Mittlerweile waren zwei weitere Clearer aufgetaucht. Mit ihren gewaltigen Klauen und Tentakeln riss einer von ihnen die zerlumpten Gestalten, die es nicht mehr in das Gebäude geschafft hatten, in Stücke. Die beiden übrigen Monster bahnten sich durch das Mauerwerk einen Weg ins Innere. Die Schreie der Opfer waren markerschütternd, doch sie weckten in mir eine tiefe Befriedigung, denn ich sah immer noch Faith vor mir, wie sie blutüberströmt zu Boden fiel.

»Komm jetzt!« Baxter legte mir einen Arm um die Schultern und führte mich zurück auf den Pfad, hinein in den Wald. Wir hatten Medikamente gefunden, aber zu welchem Preis?

Kapitel 19

Seit Faiths Tod waren drei Tage vergangen. Wenn es mir nicht mittlerweile völlig egal gewesen wäre, hätte ich mir die Frage gestellt, ob Colonel Karlson überhaupt noch wusste, wohin wir gingen. Aber der Zeitpunkt, an dem ich mich dafür interessiert hatte, lag hinter mir. Ohne Baxter und Luzia wäre ich wohl längst irgendwo zurückgeblieben, um mein Schicksal zu erwarten. Der Schmerz über den Verlust meiner einzigen Freundin war kaum zu ertragen. Wenigstens ging es dem Mädchen besser. Die Tabletten hatten das Fieber und die Entzündungen wirkungsvoll bekämpft.

Aber den anderen ging es wahrscheinlich ähnlich wie mir. Wir waren nur noch eine kleine Gruppe von zerlumpten, stinkenden Menschen, die sich durch den Wald quälten, um irgendein Institut zu erreichen. Und dann? Lag in Dr. Elders Händen die Rettung der Menschheit? Das konnte ich kaum glauben. Wenn ich an die verrückten Mörder in der Mall zurückdachte, war es ohnehin fraglich, ob unsere Spezies gerettet werden sollte. Zu meiner Trauer mischte sich nun auch Wut, die ich zu bekämpfen versuchte.

Dazu kamen die Schmerzen, die mich jeden Tag mehr und öfter peinigten. Alle inneren Organe schienen dann in Flammen zu stehen und schon die kleinste Berührung verursachte grausame Qualen. Die Tabletten, die mir Dr. Elder gab und die Faith mit ihrem Leben bezahlt hatte, linderten die Tortur kaum noch.

Außerdem schien meine Sehfähigkeit in Mitleidenschaft gezogen worden zu sein. Die Aussetzer, die ich erstmals nach unserer Flucht durch das Krematorium bemerkt hatte, traten nun auch immer häufiger auf. Es kam mir dann so vor, als würde für ein paar Sekunden alles um mich herum einfrieren und mir anschließend einige Momente fehlen. Nicht einmal Dr. Elder konnte sich das erklären. Wahrscheinlich hielt er mich für übergeschnappt. Möglicherweise hatte er recht. Wie sollte man denn nach solchen Erlebnissen nicht durchdrehen? Nur der Schulter, in die ich vom Vieh gebissen worden war, ging es besser. Aber das war nur ein geringer Trost.

In diesem Augenblick gab der Colonel wieder einmal den Befehl zum Halten und breitete seine Karte aus. Allmählich fragte ich mich, ob er überhaupt an die Existenz des Instituts glaubte. Dylan sah ebenfalls skeptisch drein, aber vermutlich war das nur sein normaler Gesichtsausdruck. Zu schade, dass er Baxter und mich nicht an Faiths Stelle begleitet hatte. Dann wäre er jetzt Clearerfutter.

»Wie fühlst du dich?« Baxter legte mir mitfühlend eine Hand auf die Schulter.

»Ganz toll. Wie soll es mir schon gehen?« Ich deutete nach vorne zum Colonel, der hingebungsvoll über seinen Karten brütete. »Ob er überhaupt noch weiß, wohin er uns führt?«

»Ich will es hoffen. Und wir sollten unser Ziel schnell erreichen. Die Vorräte sind erschöpft und das Wasser geht auch zur Neige. Wie geht es deinen Füßen? Soll ich sie neu verbinden?«

An die hatte ich gar nicht mehr gedacht. Die Schuhe, die ich trug, waren für solche Märsche nicht ausgelegt. Seit zwei Tagen bestanden die Schuhsohlen praktisch nur noch aus Löchern und ich hatte mir schon einige blutende Wunden an den Fußsohlen zugezogen.

»Bis wir lagern, halte ich schon noch durch. Dort nehme ich deine Hilfe gerne in Anspruch.«

Der Colonel schien ein paar Neuigkeiten zu haben, denn er winkte uns zu sich heran.

»Dort unten im Talkessel, nur knapp drei Meilen von hier, liegt das Institut, von dem Professor Walters gesprochen hat. Ich schlage vor, Dylan und Baxter kundschaften aus, ob sich Clearer oder andere unfreundliche Subjekte in der Nähe aufhalten. Wir anderen schlagen hier das Nachtlager auf.«

»Ich denke, ich spreche für alle, wenn ich sage, dass wir genug haben.« Evelyn sah so schlecht aus, wie ich mich fühlte. »Wenn uns dort unten jemand erwartet, dann ist es halt so. Was wäre die Alternative? Dreihundert Meilen zur nächsten Zuflucht laufen? Ohne Nahrungsmittel und Wasser, ohne Kleidung und so krank, wie viele von uns sind? Ich schlage vor, dass wir alle gemeinsam nach unten ins Institut gehen.«

Sie sah sich um und jeder Einzelne von uns signalisierte seine Zustimmung. Luzia umklammerte meine Hand, nickte aber ebenfalls. Evelyn hatte recht: Wir waren am Ende und würden auf keinen Fall mehr einen weiteren Gewaltmarsch durchstehen.

Der Colonel packte seine Karten wieder zusammen. »Dann sei es so. Lasst uns gehen und auf das Beste hoffen.«

»Wir könnten ja durchaus mal Glück haben«, murmelte ich, wenn ich es auch bezweifelte.

Tief in mir war ich davon überzeugt gewesen, dass uns Clearer, Verrückte oder aber irgendwelche anderen Kreaturen töten würden, bevor wir auch nur in die Nähe des Instituts kämen. Doch zu meiner großen Überraschung täuschte ich mich. Allerdings glaubte ich nicht, dass wir in dem abbruchreifen Gebäude irgendetwas finden würden, was uns weiterhelfen könnte. Vom Waldrand aus hatte es noch einigermaßen intakt ausgesehen, doch aus der Nähe betrachtet wirkte es fast wie eine Ruine.

Die Fensterscheiben waren ausnahmslos zerstört, die Eingangstür hing zertreten in den Angeln und der Vorplatz war mit Abfällen, zerschlagenen Möbeln und verbrannten Leichen übersät. Ich war mittlerweile so abgestumpft, dass mich die verkrümmten Körper kaum noch berührten. Achtlos stieg ich über sie hinweg und ekelte mich mehr vor dem Kadaver einer Ratte, die vor der untersten Treppenstufe lag.

»Wie soll es hier etwas geben, was wir gebrauchen können?«, fragte Dylan. Es kam selten vor, aber in diesem Fall musste ich ihm zustimmen. Wir könnten genauso gut in den Wald zurückkehren, uns hinlegen und auf den Tod warten. Von was Professor Walters auch immer fantasiert hatte – hier würden wir es nicht finden.

»Ist das ein Angriff der Clearer gewesen?«, fragte ich. »Die Zerstörungen sehen mir nicht danach aus.«

»Wahrscheinlich ist das hier das Resultat von Kämpfen zwischen Plünderern und Angehörigen des Instituts«, sagte Baxter.

»Das denke ich auch«, meinte der Colonel. »Ich nehme an, diese Auseinandersetzungen fanden kurz nach dem Zusammenbruch der Verteidigung statt.«

»Und was jetzt?«, fragte ich.

»Professor Walters erwähnte etwas von Laboratorien im Untergeschoss.« Dr. Elder griff sich ans Kinn. »Vielleicht ist dort unten noch etwas zu gebrauchen.«

»Wir können ohnehin nicht hier herumstehen und abwarten, was passiert. Gehen wir rein«, sagte der Colonel. Niemand widersprach. Wenigstens würden wir diese Nacht ein Dach über dem Kopf haben.

Unsere zwei Taschenlampen spendeten genug Licht, um nicht blindlings im Inneren herumzustolpern. Zwar waren auch die Innenräume mehr oder weniger zerstört, aber es lagen wenigstens keine Leichen herum. Vermutlich hatten die Angreifer die Personen, die noch im Institut gewesen waren, nach draußen getrieben und … darüber wollte ich nicht nachdenken. Luzia hielt sich direkt neben mir, während wir durch die Gänge strichen. Der Colonel und Baxter hatten die Taschenlampen in den Händen, derweil Dylan, Evelyn und Dr. Elder nach Dingen suchten, die wir gebrauchen könnten. Ich sehnte mich nur noch nach Ruhe und Schlaf. Mein Körper schmerzte an allen Stellen, innen wie außen, als ob mich etwas auseinanderreißen wollte.

»Hier ist das Treppenhaus!«, sagte Dr. Elder nach einer Weile.

»Sollten wir wirklich nach unten gehen?« Dylan war wieder einmal der Skeptiker unserer Gruppe. »Wer weiß, was dort unten alles auf uns wartet. Denkt doch nur an Zuflucht 14 und was Berger …«

»Sehen Sie hier irgendjemanden, der unten einen Clearer als Haustier halten könnte?« Der Colonel hatte anscheinend beschlossen, Dylans Einwände nicht mehr ernst zu nehmen. »Das Institut wurde von uns als Ziel ausgewählt, um die Waffe gegen die Monster nach Plänen des Professors fertigzustellen. Wenn Sie andere Dinge zu erledigen oder eine Verabredung haben, wird Sie niemand zwingen, hierzubleiben.«

Alle, auch der immer noch vor sich hin brummelnde Dylan, schlossen sich Dr. Elder an und betraten das Treppenhaus. Die herumirrenden Strahlen aus den Taschenlampen verstärkten mein Gefühl, in einem Spukhaus zu sein. Es fehlten eigentlich nur die Gespenster mit rasselnden Ketten. Allerdings könnte dies auch kaum schlimmer sein als das, was ich während der letzten Zeit gesehen und erlebt hatte. Luzia umklammerte immer noch meine Hand und schreckte bei dem kleinsten Geräusch zusammen. Schließlich ging es nicht mehr weiter.

»Hier ist Endstation.« Der Colonel hob seine Hand, als wären wir ein Haufen zusammengewürfelter Soldaten und ich sah auch sofort, warum wir angehalten hatten. Wir standen vor einer ziemlich stabil aussehenden Stahltür, die mit einem Codeschloss gesichert war. Zumindest wies die Tastatur an der Wand darauf hin. Entmutigt ließ ich mich auf einer Treppenstufe nieder. Die Tür wies einige Spuren von Gewalteinwirkung auf, aber anscheinend hatten diejenigen, die für das Chaos verantwortlich waren, es sehr schnell aufgegeben, in das Untergeschoss vorzudringen.

»Kennen Sie den Code?«, fragte Baxter, weil Elder einen Zettel aus der Tasche zog und ihn eingehend studierte.

»Der Professor hat gemeint, er würde mir alle wichtigen Daten aufschreiben.«

»Dann sollte der Zahlencode ganz oben auf der Liste stehen.«

»Ich hoffe es. Vielleicht ging er aber auch davon aus, dass es hier noch Überlebende gäbe, die uns Zugang gewähren könnten.«

»So dumm sah er gar nicht aus«, sagte ich und kassierte prompt einen giftigen Blick meines Lieblingsarztes.

»Professor Walters ist eine überragende Kapazität auf seinem Gebiet … gewesen, wollte ich sagen. Seine Forschungen waren bahnbrechend und …«

»Schon gut!«, rief ich. »Halten Sie mir jetzt bitte keinen Vortrag. Falls Ihr hochgeschätzter Kollege den Code nicht aufgeschrieben hat, dann gestatten Sie mir, dass ich ihn trotzdem für beschränkt halte.«

Er grummelte nur etwas in sich hinein, studierte den Zettel und gab schließlich eine Zahlenfolge in die Tastatur ein. Immerhin gab es hier wohl Notstrom, denn das Eingabefeld erwachte zum Leben. Eigentlich erstaunlich, dass der Generator nach all den Wochen und Monaten noch Strom lieferte.

»Heureka!«, rief Elder, als sich die Tür mit einem Klacken entriegelte.

Er zog sie auf und ein übelerregender Gestank drang an meine Nase. Ich ahnte schon, was wir wohl finden würden, bevor wir das Untergeschoss betraten. Ein langgestreckter Gang begann direkt hinter der Stahltür. Vom Flur aus führten Türen zu einem halben Dutzend Räume, durch deren Glaswände man einen viel zu guten Blick in die Zimmer hatte. Luzia presste ihren Kopf an meinen Bauch und kniff die Augen zusammen. Auch ich hätte auf den Anblick gerne verzichtet.

Aus irgendeinem Grund hatten sich mehrere Personen entschieden, hier unten auf den Tod zu warten, anstatt ihr Glück an der Oberfläche zu suchen. In fast jedem Raum lag eine mumifizierte Leiche auf einer Liege, im Arm noch eine Kanüle samt Infusion.

»Allmächtiger«, murmelte Baxter.

Evelyn war weiß wie die Wand und selbst der Colonel musste heftig schlucken.

Dylan bedeckte seine Nase mit einer Hand. »Wieso haben die das gemacht?«

»Sie sahen wohl keinen Sinn mehr, weiterzuleben«, mutmaßte Baxter.

»Bringen Sie das Mädchen in den leeren Raum dort hinten, Hope. Evelyn, Sie sollten besser mitgehen. Dylan, Baxter und ich werden die Leichen nach oben transportieren.«

»Ich? Wieso ich?« Das Entsetzen in Dylans Gesicht war nicht mit Gold zu bezahlen.

»Weil es jemand tun muss. Soll ich Luzia dafür einteilen? Dr. Elder, Sie schauen sich um, ob es hier eine Möglichkeit gibt, an Professor Walters' Waffe zu bauen.«

Der Arzt nickte. »Dort hinten muss es ein Büro geben, wenn ich ihn richtig verstanden habe. Dort sollte ich fündig werden.«

»Dann lasst uns an die Arbeit gehen.«

Evelyn, Luzia und ich verschwanden im hinteren Bereich dieser Forschungsstation und machten es uns in dem letzten Raum so gemütlich, wie es ging. Das Mädchen nötigte ich dazu, sich hinzulegen und gab ihr etwas von unserem allerletzten Wasservorrat zu trinken.

»Vielleicht gibt es hier irgendwo Snackautomaten«, sagte Evelyn nach einer ganzen Weile.

»Du hast doch das Chaos oben gesehen, oder? Da dürfte kaum etwas heil geblieben sein.«

»Wenn wir nicht bald etwas zu essen finden, ist es einerlei, ob Walters die Waffe herstellen kann oder nicht. Vielleicht gibt es hier in der Nähe eine Stadt …«

»… mit einer Mall, ja klar.« Ich schnaubte verächtlich durch die Nase und sah für einen Moment Faiths entsetzte Miene vor mir.

»Was haben wir denn für Alternativen?«

»Wir sind so gut wie tot, das sind wir!« Dylan stand im Türrahmen und seine graue Gesichtsfarbe erzählte nur zu deutlich von der Arbeit, die hinter ihm lag. Ich konnte es ihm nachempfinden, denn ich hätte mich nicht drum gerissen, die Leichen nach oben zu transportieren. Dennoch hasste ich seinen Fatalismus, der gerade jetzt wieder aus seinen Worten sprach.

»Red nicht so einen Stuss!«, knurrte ich und warf einen Blick auf Luzia, die aber in einen Erschöpfungsschlaf gefallen war.

»Was glaubst du denn, auf was du, Faith und Baxter gestoßen seid? Meinst du, die Typen sind aus purer Freude zu Kannibalen mutiert? Oder dass sich Berger aus Spaß an der Freude dazu entschieden hat, einen Clearerfanclub zu gründen?«

»Worauf willst du hinaus?«

»Ich will damit sagen, dass etwas in der Luft ist, was die Menschen verändert! Keine Ahnung, ob es die Clearer bei ihrer Ankunft auf der Erde freigesetzt haben, aber Tatsache ist doch, dass es irgendetwas Schädliches da draußen gibt! Es würde mich nicht wundern, wenn der Colonel darüber Bescheid weiß.«

Ich strich mir müde durch die Haare. »Und wenn es so wäre, können wir es auch nicht ändern. Vielleicht kann Elder tatsächlich etwas herstellen, was der Menschheit hilft – zumindest denen, die noch in einer Zuflucht sitzen. Allein aus dem Grund dürfen wir nicht kapitulieren.«

Das war für meine Verhältnisse eine ziemlich motivierende Ansprache gewesen, zumal ich ja selbst in den letzten Tagen durchaus ans Aufgeben gedacht hatte.

Er sah mich nur an und nickte schließlich langsam. »Vielleicht hast du recht. Kommt mit, der Colonel will wieder einen Kriegsrat abhalten.«

»Ich bleibe bei Luzia«, sagte Evelyn. »Ihr könnt mir ja später sagen, was sich unser furchtloser Anführer ausgedacht hat.«

Ich hatte nichts dagegen und wäre auch lieber auf dem Boden sitzengeblieben. Aber schließlich stemmte ich mich hoch und folgte Dylan in unsere neue Kommandozentrale, wie er sich ausdrückte.

»Das ist der Stand der Dinge«, schloss der Colonel den kurzen Bericht ab. »Es gibt hier kaum Lebensmittel und nur sehr wenig Wasser. Unser Doktor ist zwar vorsichtig optimistisch, was den Herstellungsprozess des Gases angeht, aber in der Zwischenzeit müssen wir unser Überleben sichern.«

Ich konnte ein kurzes Aufstöhnen nicht unterdrücken, als er schon wieder seine geliebten Karten aus der Tasche zog. Wenigstens warf er mir nicht erneut einen missbilligenden Blick zu.

»Wir müssen uns von den Städten fernhalten«, sagte Baxter. »Ich gebe es nur ungern zu, aber Dylan hat wahrscheinlich recht. Irgendwas ist in der Luft, was Menschen verändert. Es ist sehr wahrscheinlich, dass wir erneut irgendwelchen Verrückten oder Mördern über den Weg laufen.«

Der Colonel tippte auf einen Punkt auf der Karte. »Deswegen sollten wir uns mehr an die Farmen halten. Ganz in der Nähe gibt es ein großes, landwirtschaftlich genutztes Gebiet. Es ist von der nächsten Ansiedlung recht weit entfernt. Dort müssten wir Lebensmittel finden können, wenn wir ausnahmsweise mal ein klein wenig Glück haben. Was den Wassermangel angeht, so hat

Dylan herausgefunden, dass diese Einrichtung ihren Wasserbedarf über ein eigenes Pumpensystem, welches das Grundwasser anzapft, gedeckt hat. Er ist der Meinung, dass er sie wieder in Gang setzen kann, wenn das Notstromaggregat lange genug durchhält.«

»Sehr viel 'wenn', 'vielleicht' und 'hoffentlich'!«, murmelte ich.

Der Colonel zuckte mit den Schultern. »Ich kann es nicht ändern, aber wir können auch nicht einfach hier herumsitzen und auf ein Wunder hoffen. Wie viel verstehen Sie von Mechanik und Elektrik, Baxter?«

»So gut wie nichts«, musste er zugeben.

»Und wie steht es mit Ihnen, Hope?«

»Keine Chance!«

Karlson atmete tief durch. »Dann sehe ich keine Alternative, als dass Sie und Baxter sich auf den Weg zur Farm machen, während Dylan und ich uns um die Pumpen und den Generator kümmern. Dr. Elder arbeitet weiter am Gas und Evelyn kümmert sich um Luzia.«

»Vielleicht kennt sich ja Evelyn mit diesen Dingen aus?«

Der Colonel schüttelte den Kopf. »Ich habe mich mit ihr gestern unterhalten. Sie ist völlig am Ende und weiß manchmal gar nicht mehr, wo sie ist.«

»Ich könnte auch alleine zur Farm gehen«, schlug Baxter vor, aber dieser Plan traf bei keinem von uns auf Begeisterung.

»Vier Augen sehen immer besser als zwei. Ich nehme zwar an, dass die Farm verlassen ist, aber sicher bin ich mir nicht.« Der Colonel nahm seine Waffe zur Hand und lud sie. »Das ist das letzte Magazin. Sie sollten also lieber nicht John Wayne spielen. Wenn einer von Ihnen merkt, dass die Farm bewohnt ist, kehren

Sie sofort zu uns zurück.«

»Vielleicht sind die Bewohner ja genauso verängstigt wie wir«, meinte ich, aber der Colonel sah mich nur fast mitleidig an, während er Baxter die Waffe in die Hand drückte.

»Sie kommen dann sofort zurück!«, sagte er nur.

Kapitel 20

Als ich an Baxters Seite das Institut verließ und wir den Weg Richtung Farm einschlugen, fühlte ich keinerlei Angst. Gleichgültigkeit hatte von mir Besitz ergriffen und wenn nicht die Schmerzen gewesen wären, hätte ich mich vermutlich ganz gut gefühlt. So musste ich aber gelegentlich kurz innehalten und eine Schmerzwoge bekämpfen.

»Wo tut es denn weh?«, fragte mich Baxter bei einer solchen Gelegenheit.

»Frag lieber, wo nicht.«

Wenigstens trug ich Evelyns Schuhe, die mir zwar eine Nummer zu klein waren, aber bei denen zumindest die Sohlen nicht durchlöchert waren. Daher trat ich mir nicht noch zusätzliche Dornen und Stacheln in die Fußsohlen. Dennoch war es kein gemütlicher Spaziergang und ich atmete auf, als wir ein Feld erreichten und in einiger Entfernung das Farmhaus sahen.

»Scheint alles friedlich zu sein«, sagte ich, während Baxter die Waffe zog.

»Ja, so wie bei der Mall.«

Dem konnte ich nicht widersprechen. Wir folgten dem schmalen Pfad, der zwischen zwei Feldern hindurchführte.

»Sieh mal«, sagte er. »Kartoffelpflanzen.«

Sofort begann mein Magen zu knurren. »Ob die schon reif sind?«

»Wir sehen es uns an, wenn wir im Haus waren. Mit etwas

Glück finden wir dort Vorräte.«

»Und da haben wir auch schon ein Problem.«

»Was für eins?«

»Glück! Als ob wir darauf hoffen könnten.«

Baxter erwiderte nichts, aber wahrscheinlich gab er mir recht. Bisher waren wir von einer Katastrophe in die nächste gestolpert.

Wir hatten die Hälfte des Wegs zurückgelegt, als er abrupt stoppte. Auch ich sah es sofort und noch vor wenigen Tagen hätte ich mir die Seele aus dem Leib gekotzt. Nun betrachtete ich das Massaker, das sich unseren Augen darbot, fast nur mit einer morbiden Faszination.

»Clearer?«, fragte ich.

Er zuckte mit den Schultern. »Sieht beinahe so aus. Es waren wohl Mann und Frau, wenn ich mich nicht täusche. Wahrscheinlich das Farmerehepaar.«

»Er hatte eine Waffe dabei.« Ich hob das Gewehr auf und zwang mich gleichzeitig, das verwüstete Gesicht des Opfers nicht zu beachten. Beide Kammern waren leergeschossen. »Hat ihnen nicht viel geholfen.«

»Dieses Ding da? Gegen einen Clearer?« Baxter schnaubte verächtlich. »Da kannst du gleich ein Luftgewehr nehmen oder mit Platzpatronen schießen. Aber falls wir Munition im Haus finden, nehmen wir es auf dem Rückweg mit. Karlson wird sich darüber bestimmt freuen.«

Ich wischte mir über die Stirn und blickte hinüber zum Farmhaus. »Was machen wir eigentlich, wenn Elder das Gas nicht zusammengemixt bekommt?«

»Ich weiß es nicht. Irgendwie zu überleben versuchen, nehme ich an. Was bleibt uns denn sonst übrig? Vermutlich wird der

Colonel vorschlagen, zu einer weiteren Zuflucht zu gehen.«

»Hat das denn überhaupt einen Sinn?«

Er boxte mich freundschaftlich an die Schulter. »Hör auf mit den trüben Gedanken und lass uns zum Haus gehen. Zu lange möchte ich mich nicht im Freien aufhalten.«

Baxter hatte die Waffe im Anschlag, als wir die Veranda des Farmhauses erreichten. Vorsichtig riskierte er einen Blick durch das Fenster. »Keine Menschenseele drin«, flüsterte er. »Lass uns reingehen.«

Ich schwitzte, als wir uns zur Tür bewegten. Jede Sekunde rechnete ich damit, irgendwelche Irren oder Monster herausschießen zu sehen. Aber es blieb alles ruhig. Die Inneneinrichtung des Hauses wirkte beinahe gemütlich, wenn auch direkt neben den Fenstern Vorrichtungen bereitstanden, um die Zugänge zu verbarrikadieren. Die Farmer hatten sich offensichtlich auf Belagerungen und Angriffe vorbereitet, aber gegen die Clearer waren alle Vorkehrungen umsonst gewesen.

»Warum sind sie nach draußen gegangen, als die Clearer kamen?«, fragte ich, senkte dabei die Stimme und flüsterte, als ob uns jemand belauschen könnte. »Das ergibt doch keinen Sinn.«

»Vielleicht sind sie in Panik geraten.«

»Oder sie wollten verhindern, dass die Monster das Haus angreifen.«

Baxter winkte ab. »Es ist sinnlos, über die Beweggründe zu spekulieren. Lass uns das Haus durchsuchen, ob wir etwas Brauchbares finden. Such du im hinteren Teil, ich nehme mir die vorderen Räume vor.«

Es war mir nicht recht, dass wir uns trennten, aber andererseits war es auch gefährlich, länger als absolut notwendig im Haus zu bleiben. Im rückwärtigen Bereich waren zwei Schlafzimmer und ein Abstellraum untergebracht. Im letztgenannten fand ich einige Batterien, Hygieneartikel, Munition und eine Taschenlampe. Ich stopfte den größten Teil davon in einen ebenfalls herumliegenden Tornister, bevor ich mich den übrigen Zimmern zuwandte. Das eine war eindeutig das Elternschlafzimmer und obwohl ich ein schlechtes Gewissen hatte, sammelte ich einige Kleidungsstücke zusammen und steckte sie gleichermaßen in den Rucksack. Die beiden Menschen, die dort draußen auf dem Feld lagen, würden sie nicht mehr benötigen.

Der nächste Raum war eindeutig ein Kinderzimmer. Wo war das dazugehörige Kind? Vermutlich lag es nicht weit von seinen Eltern entfernt irgendwo auf dem Feld. Ich schüttelte mich, wollte nicht weiter darüber nachdenken. Stattdessen sah ich Luzia vor mir und suchte das Zimmer nach Dingen ab, die ihr gefallen könnten. Ich hatte gerade den Kleiderschrank geöffnet, als ich wie erstarrt mitten in der Bewegung innehielt. Da war ein Geräusch gewesen, eine Art Schluchzen, vielleicht auch ein Stöhnen.

Ich lauschte angestrengt, aber nichts war mehr zu hören. Entweder spielte mir mein überfordertes Gehirn einen Streich oder hier war etwas.

»Baxter? Kannst du mal kommen?«

Ich hörte näher kommende Schritte. »Was ist denn? Mach doch nicht so einen Lärm!«

Ich legte einen Finger auf die Lippen und er verstand sofort. Mein Blick fiel auf das Bett und plötzlich wusste ich, woher das Geräusch gekommen war. Für einen kurzen Moment spürte ich Nervosität in mir aufsteigen, doch die verging genauso schnell, wie sie aufgetaucht war. Es schien fast so, als wäre ich für beinahe jedes Gefühl abgestumpft. Baxter zog seine Waffe, während ich auf die Knie ging und unter das Bett schaute. Dort lag ein kleiner Junge, den ich auf vielleicht sechs oder sieben Jahre schätzte. Er zitterte am ganzen Körper und blickte mich entsetzt mit aufgerissenen Augen an. Sein Gesicht war völlig verschmutzt, so als hätte er sich seit Tagen nicht gewaschen.

»Wir tun dir nichts!«, sagte ich so sanft, wie es mir möglich war. »Wir sind Freunde.«

Er erwiderte nichts, sondern versuchte stattdessen, sich noch weiter in eine Ecke zurückzuziehen.

»Wie heißt du denn?«, fragte ich.

Er sah mich eine Weile misstrauisch an, bevor er antwortete. »Billy.«

»Was machst du denn unter dem Bett?«

»Pa hat gesagt, ich soll mich hier verstecken und nicht rauskommen, bevor er mich ruft.«

Das war zwar verständlich, aber es war auch klar, dass ihn sein Vater nie wieder rufen würde. Dafür hatten die Clearer gesorgt.

»Wie lange versteckst du dich denn schon?«

»Weiß nicht genau.«

»Nicht viel länger als einen Tag«, murmelte Baxter.

Ich nahm seine Schätzung als gegeben hin. Wie lange konnte sich ein Kind von Billys Alter schon unter einem Bett verstecken, ohne großen Hunger und Durst zu bekommen? »Willst du nicht rauskommen, Billy? Es ist doch bestimmt nicht bequem, wo du jetzt liegst.«

»Ich darf nicht.«

Baxter kam näher, sodass er mir ins Ohr flüstern konnte. »Wir dürfen uns nicht länger hier aufhalten. Ich habe Lebensmittel eingepackt, so viel ich tragen kann.«

»Wir können ihn ja wohl nicht hier allein zurücklassen!«, erwiderte ich.

»Das weiß ich. Aber wenn er nicht freiwillig mitgeht, dann müssen wir ihn dazu zwingen!«

»Und wenn er schreit? Willst du die Clearer anlocken?«

Baxter stieß geräuschvoll die Luft aus und ging nun auch auf die Knie. »Hallo, Sportsfreund. Was hältst du davon, wenn wir deinen Eltern eine Nachricht hinterlassen, wohin wir dich bringen. Dann können sie dich von dort abholen. Es ist nicht weit von eurer Farm, aber wir können wirklich nicht hierbleiben – und du auch nicht.«

»Wegen den Monstern?«, flüsterte Billy.

»Genau! Komm jetzt bitte da raus, wir müssen weg – ansonsten gehen wir ohne dich!«

Das klang meiner Meinung nach sehr hart, aber Baxter winkte energisch ab, als ich Einspruch erheben wollte. Und er lag damit richtig, denn nach kurzer Überlegung kroch der Junge unter dem Bett hervor. Er hielt ein Stofftier in der Hand und sah uns so ängstlich an, als befürchtete er, dass wir uns in Clearer verwandeln würden.

»Ich schlage vor, wir nehmen den Hinterausgang und gehen am Rande des Feldes zurück zum Wald«, sagte ich. Baxter stimmte mir zu, denn keiner von uns wollte, dass Billy seine toten Eltern auf dem Feld sah. Er würde noch früh genug die Wahrheit erfahren.

Baxter ging in die Hocke und blickte dem Jungen in die Augen. »Hast du einen Rucksack?«

Billy nickte und drückte dabei sein Stofftier fest gegen seine

Brust.

»Dann pack ein paar Sachen ein!«

Wenige Minuten später waren wir auf dem Rückmarsch.

»Willst du nicht etwas mit Billy spielen?«, fragte ich Luzia, als wir bereits eine ganze Weile wieder im Institut waren.

»Pah! Der ist doch noch ein Baby. Läuft mit seinem Stofftier durch die Gegend.«

»Ich kümmer mich darum«, sagte Evelyn und zwinkerte mir zu, bevor sie sich mit dem kleinen Mädchen zu Billy aufmachte.

Der Colonel hatte mit einigen Sorgen unseren Bericht gehört. Dass ein Clearer vor vielleicht einem Tag in dieser Gegend gewesen war, bereitete ihm ziemlich viel Kopfzerbrechen.

»Hier unten sind wir doch einigermaßen sicher«, hatte Dylan gesagt, aber nur ein mitleidiges Lächeln von Karlson geerntet.

Es war auch reichlich naiv gewesen. Als ob sich so ein Monster von der albernen Stahltür aufhalten lassen würde. Ich war gerade auf dem Weg zu Elders Labor, um ihm meine Hilfe anzubieten, als es erneut geschah. Bisher waren die Aussetzer immer nur sehr kurz gewesen, doch dieses Mal war es nicht nur, als ob alles um mich herum einfrieren würde. Diesmal verschwand der gesamte Raum und ich fand mich an einem anderen Ort wieder. Dort war es dunkel, eisig kalt und ich litt so schreckliche Qualen, dass ich nicht aufhören konnte, meinen Schmerz hinauszuschreien. Ich packte mir an den Kopf, wollte die glühenden Nadeln herausziehen … und seufzte erleichtert auf, als ich Baxters Gesicht über mir sah.

»Geht es wieder?«, fragte er.

»Wie … lange …«

Erst jetzt bemerkte ich, dass ich auf einer Pritsche lag und ein feuchter Lappen meine Stirn kühlte.

»Du bist umgekippt und hast wie am Spieß geschrien«, sagte er. Schuldbewusst blickte er mich an. »Wir mussten dir etwas in den Mund stopfen, um die Lautstärke zu reduzieren. Was ist denn passiert?«

Ich wollte mich aufrichten, aber fiel wieder auf die Liege zurück, als sich alles um mich herum drehte. »Es war schlimmer als die bisherigen Male. Mein Rücken … er brennt wie Feuer.«

»Dr. Elder hat dir ein Schmerzmittel gegeben. Aber er musste es niedrig dosieren, weil unsere Vorräte nicht besonders groß sind. Falls du es aber nicht aushältst, dann besorge ich dir mehr davon.«

»Nein, es geht schon. Gib mir nur etwas Wasser und ich bin bald wieder auf dem Damm. Was bin ich froh, dass es mir nicht auf der Farm passiert ist.«

Er grinste. »Da bist du nicht die Einzige.«

Auch der Colonel tauchte nun an meinem Lager auf und – ich glaubte es kaum – legte mir sogar seine Hand auf die Stirn, als ob er Fieber messen wollte. »Sie haben uns einen ganz schönen Schrecken eingejagt, Hope!«

»Tut mir leid.«

»Das braucht es nicht. Aber damit Sie sich besser fühlen - Dr. Elder hat gute Neuigkeiten. Seine Arbeit schreitet voran und wir werden wohl schon sehr bald einen Test starten können.«

Ich nickte und wollte gerade die Augen schließen, als eine kleine Alarmglocke in mir anschlug. »Test? Was meinen Sie denn damit?«

»Nun … wir müssen ja irgendwie herausfinden, ob das Gas gegen die Clearer wirkt.«

»Und das heißt?«, fragte ich, obwohl mir die Antwort klar war.

»Wir müssen eines dieser Monster aufspüren und es an ihm testen.«

Ich fühlte mich zwar noch immer hundeelend, aber ich lachte dennoch. »Es muss also quasi jemand Selbstmord begehen.«

»Nicht, wenn das Gas Wirkung zeigt.« Lächelte er mich wirklich an? Dieser harte Kommisskopf? Ging es mir so schlecht oder war er tatsächlich optimistisch? »Erholen Sie sich erst einmal richtig. Wer weiß, vielleicht werden wir diesen Alptraum doch überleben.«

Kapitel 21

Dieses Mal dauerte es viel länger, bis ich wieder auf dem Damm war – zumindest was die Aussetzer anging. Die inneren Schmerzen waren noch qualvoller geworden und ich benötigte eigentlich starke Medikamente, die mir Dr. Elder aber nicht geben konnte. Mittlerweile war ich zu der Überzeugung gelangt, dass es mit der Luft zu tun hatte. Vielleicht stand ich kurz davor, mich in eine dieser Irren zu verwandeln, die uns in der Mall begegnet waren. Das war kein schöner Gedanke. Zwar fragte ich mich, weshalb es nur mir so dreckig ging, doch da ich keine Antwort darauf fand, schob ich dieses Problem erst einmal beiseite. Wir mussten uns um ganz andere Dinge kümmern.

Immerhin machte es mir den gefassten Entschluss leichter. Wenn es einen Freiwilligen geben musste, dann würde ich diejenige sein, die einen Clearer anlockt und ihm das Gas zu schmecken gibt. Genau das hatte ich gerade dem Colonel mitgeteilt, der mich anblickte, als wäre ich soeben verrückt geworden.

»Das kommt gar nicht infrage!«, sagte er – nein, eigentlich schrie er eher. Damit konnte er mich aber nicht schrecken.

»Sie wissen genau, dass es die sinnvollste Wahl ist. Ich stehe kurz davor, am Gift in der Luft zu sterben und …«

»Das können Sie doch gar nicht wissen, Hope. Vielleicht müssten Sie nur mal richtig durchgecheckt werden. Wenn Dr. Elder wieder Zeit und die dafür benötigten Geräte zur Verfügung hat, sehen wir weiter. Bis dahin möchte ich so einen Vorschlag nicht noch einmal hören.« Irgendwie fand ich seinen Einspruch rührend, denn das bedeutete, dass er mich doch mehr leiden konnte, als ich bisher vermutet hatte.

Er schien zu erwarten, dass ich sein Zimmer verlassen würde, aber den Gefallen tat ich ihm nicht. »Und wen wollen Sie stattdessen in Gefahr bringen? Evelyn? Dylan? Vielleicht Luzia? Oder den kleinen Billy, der ja erst kurz bei uns ist?«

»Reden Sie nicht so einen Blödsinn! Die Aufgabe werde ich selbst übernehmen.«

»Und wenn es nicht klappt? Soll Dylan dann sagen, was wir zu tun haben? So ungern ich das auch anbringe, aber unsere Gruppe braucht sie viel dringender als mich, zumal ich gar nicht weiß, wie viel Zeit mir noch bleibt.«

»Das sagten Sie schon, Hope.«

»Weil es die Wahrheit ist! Wenn Sie mal eine Minute nachdenken, dann werden auch Sie zu dem Ergebnis kommen, dass ich die logische Wahl für diese Mission bin.«

Ich gab ihm keine Gelegenheit für irgendwelche Einwände, sondern verließ sein Quartier. Draußen lehnte ich mich für einen Moment an die Wand und wischte mir den Schweiß von der Stirn. Ich war nicht der Typ, sich auf eine Selbstmordmission zu begeben, und hatte eine Scheißangst, schon bald einem Clearer gegenüberzustehen. Doch dann sah ich in dem kleinen umfunktionierten Aufenthaltsraum Billy und Luzia, wie sie gemeinsam mit Evelyn ein Spiel spielten, und wusste, dass es die richtige Entscheidung war. Ich wollte sie nicht in Gefahr bringen, falls ich mich wirklich in eine verrückte Mörderin verwandelte.

Im Laufe der nächsten beiden Tage verbesserte sich meine Gesundheit allmählich, was ich auf die Nahrungsmittel zurückführte, die Baxter und ich von der Farm mitgebracht hatten. Es versetzte mir aber jedes Mal einen Stich, wenn Billy sehnsuchtsvoll zur Tür blickte und sich wohl fragte, wann seine Eltern hier auftauchen würden. Irgendwann musste ihm jemand die Wahrheit sagen, doch derjenige würde bestimmt nicht ich sein! So seltsam es klang, aber ich hatte weniger Angst, mich einem Monster zu stellen, als einem Kind zu sagen, dass seine Eltern tot waren.

Ich musste noch zwei längere Gespräche mit dem Colonel führen, bis ich ihn endlich überzeugt hatte, mich den Test durchführen zu lassen. Dr. Elder hatte unterdessen das Gas hergestellt und in vorsintflutliche Sprengkapseln eingefüllt, die beim Aufprall auf dem Boden explodieren und das Gas freisetzen würden.

Baxter war fest entschlossen, mich zu begleiten, und es würde noch ein hartes Stück Arbeit werden, ihm klarzumachen, wie schwachsinnig sein Vorschlag war. Wieso sollten sich zwei von uns in Gefahr bringen? Helfen konnte er mir ohnehin nicht, wenn es schiefging.

Als ich auf dem Weg zu meinem Quartier an Karlsons Unterkunft vorbeikam und Elder dort drinnen stehen sah, da wusste ich, dass der Zeitpunkt gekommen war.

»Ist es so weit?«, fragte ich. Beide Männer zuckten zusammen, weil sie mich erst bemerkten, als ich bereits im Zimmer stand.

»Die Kapseln funktionieren«, meinte Elder. »Ich habe mit Colonel Karlson gerade …«

»Wir sollten keine Zeit mehr verlieren«, sagte ich. »Geben Sie mir zwei von den Dingern und ich mache mich auf den Weg. Ich denke, ich locke einen der Clearer zur Farm – es wird sozusagen das offizielle Testgelände.« Ich versuchte mich an einem Lächeln, aber es kam kaum etwas anderes als ein Zähnefletschen dabei heraus.

Der Colonel trat zu mir hin und sah mich ernst an. »Ihnen geht es doch wieder besser. Also besteht für Sie kein Grund mehr, sich in Gefahr zu begeben. Daher werde ich gehen!«

»Der Vorschlag ist abgelehnt, Colonel. Es sei denn, Dr. Elder hat wundersamerweise eine Erklärung für meine Schmerzen und die zahlreichen Aussetzer gefunden.«

Der Arzt strich sich durch die Haare. »Nun, ich müsste noch mehr Untersuchungen …«

»Also nicht! Dass ich mich im Augenblick besser fühle, ist vielleicht nur die Ruhe vor dem Sturm. Deswegen will ich auch sofort aufbrechen, ohne Abschied und ohne große Worte. Wer weiß, vielleicht bin ich in zwei Stunden wieder hier und wir haben einen Grund zu feiern.«

»Möchten Sie nicht wenigstens den nächsten Morgen abwarten?«, fragte Karlson.

Ich drohte ihm scherzhaft mit dem Zeigefinger. »Als ob ich nicht wüsste, was Sie planen. Sie wollen sich heimlich aus dem Institut schleichen und mich um den ganzen Spaß bringen. Nichts da! Geben Sie mir die Kapseln, Dr. Elder!«

Der Arzt wechselte einen Blick mit dem Colonel, der schließlich zögernd nickte. »Seien Sie aber vorsichtig«, sagte er, als ich die Gaskapseln in die Hosentasche steckte. »Sie halten zwar einem gewissen Druck stand, aber Sie sollten lieber nicht stolpern und hinfallen.«

»Ich werde dran denken.«

»Wollen Sie sich nicht wenigstens von Baxter verabschieden?«, fragte Karlson, als ich schon halb aus dem Zimmer war. »Er hilft Dylan gerade bei den Pumpen und …«

Für einen Moment zögerte ich, bevor ich den Kopf schüttelte. »Nein, er würde nur versuchen, mich zu begleiten. Er ist noch ein bisschen dickköpfiger als ein gewisser Colonel, den ich kenne. Viel Glück und grüßen Sie bitte alle von mir, falls ich …« Ich brachte den Satz nicht zu Ende, sondern verließ einfach den Raum.

Dr. Elder begleitete mich bis zur Stahltür, um mir letzte Instruktionen zu geben. »Da Sie die Kapseln am Boden zur Explosion bringen, müssen diese ziemlich nahe bei den Clearern detonieren, damit sich das Gas ausbreiten und seine Wirkung entfalten kann.«

»Wirkt es so ähnlich wie bei dem Monster vor Zuflucht 14?«

»Ich hoffe es.«

Das klang nicht sehr ermutigend, aber um es zu testen, dafür war ich ja da. »Sollte ich nicht zurückkommen, dann warten Sie besser ein oder zwei Tage, bevor Sie das Testgelände inspizieren. Vielleicht wartet der Clearer dort ab, ob noch jemand kommt, der ihm einen Knallfrosch um die Ohren wirft.«

Elder entriegelte die Tür. »Viel Glück, Hope.«

»Keine Sorge, das werde ich haben!«

Ich betrat das Treppenhaus, während hinter mir die Stahltür verriegelt wurde. Nun gab es kein Zurück mehr und ich konnte nur hoffen, dass Elder ein besserer Giftgashersteller als Arzt war.

Zum ersten Mal stolperte ich ohne jede Begleitung über die Oberfläche – jedenfalls nahm ich es an, denn mir fehlte immer noch jegliche Erinnerung an mein früheres Leben. Gelegentlich tastete ich nach den Kapseln in den Hosentaschen, hütete mich aber davor, zu viel Druck auszuüben. Schließlich wäre die Explosion stark genug, um mir die Beine zu durchlöchern.

An den Weg zur Farm konnte ich mich noch gut erinnern, sodass ich nach knapp zwei Stunden die Felder erreichte. Während der Wanderung hatte ich mir einen Plan zurechtgelegt, wo und wie ich den Clearer anlocken könnte. Im Haus wollte ich nicht warten und im Freien stehen und herumschreien kam mir albern vor. Wenn ich mich schon in Gefahr begab und eventuell dabei starb, dann sollte es mit einem Knalleffekt geschehen.

Trotz meines Widerwillens ging ich über das Feld, hin zu dem toten Farmerehepaar und brachte das Gewehr an mich. Ursprünglich hatten Baxter und ich es ja mitnehmen wollen, aber in Billys Begleitung hatten wir schlecht hierhin gehen können. Im Abstellraum des Farmhauses steckte ich die restliche Munition ein und lud damit die beiden Kammern der Waffe. Zwar würde mir das Gewehr gegen den Clearer nicht helfen, doch ich konnte so genug Lärm erzeugen, um ihn anzulocken. Was für ein erhebendes Gefühl!

Ich verließ das Haus und begab mich zur Mitte des Feldes. Eine ganze Weile stand ich da, blickte in den Wald hinein und genoss die friedliche, wenn auch trügerische Stille. Schließlich holte ich tief Luft, zielte in den Himmel und drückte ab. Der Rückstoß brach mir fast die Schulter und der Knall ließ meine Ohren klingeln. Wenn die Monster das nicht gehört hatten, dann waren sie taub. Ich legte die Waffe neben mich, nahm eine der Giftkapseln aus der Hosentasche und wartete ab. Nichts geschah. Obwohl mir die Schulter immer noch wehtat, steckte ich die Kapsel zurück, ergriff erneut das Gewehr und feuerte einen zweiten Schuss ab.

»He!«, brüllte ich. »Ich bin hier! Wo steckt ihr hässlichen Scheißer? Kommt mich gefälligst holen!«

Nach ungefähr einer halben Stunde war ich kurz davor, aufzugeben. Zwei weitere Schüsse hatte ich abgegeben und war vom vielen Schreien ein wenig heiser geworden, ohne dass ein Clearer sein widerliches Haupt gezeigt hätte. War ich für diese Monster nicht interessant genug? Für einen kurzen Moment hoffte ich irrationalerweise, dass all die Viecher die Erde verlassen hätten und wir nun wieder in Frieden leben könnten. Vielleicht glaubten sie, dass niemand mehr lebte, und waren abgeflogen, um die nächste Welt zu überfallen.

Fast war ich geneigt, es zu glauben. Daher traf mich der unmenschliche, hohe Schrei wie ein Keulenschlag. Ich wirbelte herum und sah den Clearer, der durch den Wald brach und schon die äußere Begrenzung des Feldes erreicht hatte. Mein Herzschlag erhöhte sich rapide und der Schweiß lief mir in Bächen über den Rücken, als ich die Kapsel herausnahm. Ich stammelte irgendein Gebet, was mir gerade einfiel, als mein ganzer Körper in den Fluchtmodus schaltete, den ich kaum bekämpfen konnte. Das Vieh schrie erneut, während es nun rasend schnell auf mich zugeschossen kam. Mein rechter Arm zitterte unkontrolliert, als ich ihn anhob, um die Giftkapsel auf das Monster zu schleudern.

Der Gestank, der von dem Clearer ausging, war kaum auszuhalten. Die Erde dröhnte unter seinen schweren Stampfern, die dicker als Elefantenbeine waren. Schon tasteten die Fühler und Tentakeln nach mir, während es mich aus irisierenden Facettenaugen anblickte. Ich warf die Kapsel direkt auf den Boden vor dem Monster. Nichts geschah. Ich sandte Elder im Geiste jeden Fluch, an den ich mich erinnerte, als ich ein leises Puff vernahm. Eine kleine Wolke stieg aus der Giftkapsel, die dort auf dem Feld lag, und sich rasend schnell ausbreitete.

Schon spürte ich, wie sich einer der Tentakel um meinen Oberkörper legte, doch im selben Moment zuckte der Clearer zurück, als hätte ihn ein elektrischer Schlag getroffen. Das Vieh schrie erneut auf, aber diesmal kam es mir so vor, als wäre es vor Schmerzen und nicht vor Gier auf Beute.

Der Fangarm löste sich von mir und ich wich hastig ein paar Schritte zurück, während sich das Monster um sich drehte. Es schien beinahe so, als würde das Vieh zu einer unsichtbaren Melodie tanzen. Hatten wir tatsächlich eine Waffe gegen die Kreaturen gefunden? Nun klangen die Schreie klagend, leidend und Rauch stieg von seinem Körper auf. Schon konnten die Beine das Gewicht des Leibes nicht mehr tragen und der Koloss stürzte zu Boden. Wild züngelten die Fühler in alle Richtungen, doch schnell wurden die Bewegungen schwächer und das Schreien erstarb.

Ich wartete ab, bestimmte eine halbe Stunde, die schweißnasse Hand um die zweite Kapsel gekrallt, bereit, sie ebenfalls zu werfen. Doch der Clearer rührte sich nicht mehr. Der stinkende Qualm, der von seinem Kadaver aufstieg, raubte mir fast die Besinnung, aber ich verspürte ein wildes Triumphgefühl. Wir hatten es geschafft. Es gab eine Waffe gegen diese Monster.

Kapitel 22

Baxter beschimpfte und umarmte mich gleichzeitig, nachdem ich in das Institut zurückgekehrt war. Evelyn hatte Freudentränen in den Augen, Elder lächelte stolz vor sich hin, der Colonel drückte mir stumm die Hand und selbst Dylan fand lobende Worte für mich. Billy und Luzia verstanden nicht so richtig, was das alles zu bedeuten hatte, aber mir war es egal. Ich war nur glücklich, dass die beiden eine Chance auf ein normales Leben haben würden.

Am Abend veranstalteten wir ein kleines Fest und gingen ausnahmsweise verschwenderisch mit unseren Vorräten um. Erst ganz zum Schluss, als Evelyn die Kinder bereits ins Bett gebracht hatte, goss der Colonel etwas Wasser in den Wein der Freude.

»Wir haben es noch längst nicht überstanden«, begann er. »Wir müssen einen Weg finden, das Gas zunächst über das Land und später auf dem ganzen Kontinent zu verteilen, um alle Clearer zu erwischen. Das können wir aber nicht von hier aus schaffen, sondern wir brauchen dazu Unterstützung und Zugriff auf das militärische Gerät, was es noch gibt. Und dafür müssen wir eine Zuflucht erreichen.« Er breitete wieder die Karte vor sich aus. »Wie ich schon damals gesagt habe, ist Zuflucht 81 diejenige, die uns am Nächsten liegt. Es sind etwa dreihundertfünfzig Meilen bis dorthin.«

Evelyn blickte sich ratlos um. »Das schaffen die Kinder niemals … und ich wahrscheinlich auch nicht.«

»Deswegen werden auch nur Baxter und ich gehen«, sagte der

Colonel. »Dr. Elder wird hier weiter das Gas herstellen, während wir einen kleinen Vorrat davon und eine Kopie der Formel mitnehmen. Dylan und Sie, Hope, sind für die Sicherheit dieses Instituts verantwortlich. Wenn wir erfolgreich sind, werden sie in zwei oder drei Wochen das Geräusch von Drohnen hören, die das Gas in der Atmosphäre verteilen.«

Der Plan war mir gar nicht recht. »Ich will nicht hier herumsitzen und Däumchen drehen. Im Gegensatz zu Ihnen weiß ich, wie man die Gaskapseln einsetzt.«

Karlson lächelte süffisant. »Deswegen übernehmen Sie ja auch mit Dylan den Schutz der Einrichtung. Außerdem können Sie sich hier besser auskurieren, als wenn Sie einen Gewaltmarsch absolvieren.«

Baxter zwinkerte mir zu, bevor er mich vom Sitz zog und umarmte. »Nur keine Sorge. Wir kommen schon sehr bald zurück und dann suchen wir uns ein Häuschen am Strand, wo wir unendlich lange Urlaub machen werden.«

Ich war dennoch nicht begeistert, als ich ihn am nächsten Morgen zusammen mit dem Colonel aufbrechen sah. Dylan schien es hingegen zu genießen, nicht mehr von Karlson herumkommandiert zu werden. Evelyn und ich brachten ihm aber schnell bei, dass wir ihn keinesfalls als neuen Kommandanten betrachteten.

In den folgenden Tagen überwand Billy allmählich sein traumatisches Erlebnis, obwohl er sich gelegentlich bei uns erkundigte, wo denn seine Eltern seien. Ich sah Luzia an, dass sie sich in diesem Moment nach ihrer Mutter sehnte und fragte mich im Stillen, welche Angehörigen ich wohl verloren hatte. Entgegen Elders Beteuerungen blieben meine Erinnerungen verschollen – ebenso Evelyns, mit der ich ab und zu darüber sprach.

Das wäre alles zu verschmerzen gewesen, wenn mich nicht nach einer Woche eine gewaltige Schmerzattacke fast paralysiert hätte. Dr. Elder ging zwar etwas großzügiger mit seinen Medikamenten um, aber viel Linderung brachten sie nicht. Mittlerweile hatte sich das Schmerzzentrum aus dem Rückenbereich in den Kopfbereich verlagert und an einem Tag war es so schlimm, dass ich mich am Liebsten umgebracht hätte. Doch ich war nicht einmal in der Lage, aufzustehen, geschweige denn mich umzubringen. Außerdem fantasierte ich mehrere Tage hindurch und träumte, ich wäre wieder in Zuflucht 16 und würde mit Stanford und Dalton in das Krematorium geschoben. Es war wie ein Film, allerdings ein Stummfilm mit Fehlern und Aussetzern.

Gelegentlich wachte ich auf und sah dann Evelyn neben mir sitzen, die mir das Gesicht trockenrieb und mich mit irgendeiner dünnen Suppe fütterte. Doch als ich eines Morgens die Augen aufschlug, fühlte ich mich deutlich besser, wenn auch unheimlich schlapp, als hätte ich einen Marathonlauf absolviert. Kurzzeitig döste ich wohl erneut weg, denn als ich wieder zu mir kam, saß Dr. Elder neben dem Bett und strahlte mich an.

»Sie haben uns ganz schöne Sorgen bereitet, Hope. Aber nun haben Sie das Schlimmste überstanden.«

»Wie lange …?«

»Fast zwei Wochen«, sagte Evelyn, die gerade mit einem großen Tablett ins Zimmer trat. »Das Beste hast du glatt verschlafen.«

»Hab ich? Was denn?«

Elder feixte. »Zu schade, dass Sie das Schreien der Clearer hier unten nicht hören. Baxter und der Colonel haben es bis in die Zuflucht 81 geschafft und von dort aus haben Drohnen mit meinem Gas das ganze Gebiet bis zu uns gesäubert.«

»Und wie geht es Baxter?«, fragte ich. Das alles strengte mich unheimlich an, aber ich musste es wissen.

»Dem geht es blendend. Er und der Colonel sind gestern hier vorgefahren. Ja, Sie haben richtig gehört. Es ist jetzt wieder sicher, mit Fahrzeugen unterwegs zu sein. Zwar ist Treibstoff nur sehr begrenzt verfügbar, aber für die Retter der Menschheit war genug übrig.«

In dem Moment sah ich Baxter im Türrahmen auftauchen. Für einen Augenblick schämte ich mich, denn ich sah sicher furchtbar aus. Doch ihm schien es nichts auszumachen, weil er sofort zu mir ans Bett kam und mich vorsichtig umarmte.

»Wir haben es geschafft, Hope!«, flüsterte er, während ich ihm meine Arme um den Hals legte. »Wir haben gewonnen.«

In der folgenden Woche verwandelte sich das Institut beinahe in einen Taubenschlag. Dr. Elder war ein begehrter Gesprächspartner und der Colonel wurde in das Gremium berufen, dem man den hochtrabenden Titel 'Sicherheitsrat' verliehen hatte. Mich ließ man weitestgehend in Ruhe, was mir sehr recht war. Die Schmerzen waren fast verschwunden, was ich ebenfalls auf das Gas zurückführte, auch wenn Dr. Elder es für eher unwahrscheinlich hielt.

»Das liegt wohl eher an einer Kombination aus Ruhe und den entzündungshemmenden Medikamenten«, meinte er, als er mich untersuchte.

Mir war es einerlei. Bis auf ein dumpfes Pochen im Kopf ging es mir gut und ich genoss es, an Baxters Seite durch den friedlichen Wald zu schlendern. Es war so ungewohnt, keine Angst mehr vor den Clearern haben zu müssen. Die Monster waren mittlerweile überall auf dem Kontinent zu Tausenden verendet und das Gas wurde jetzt in die ganze Welt exportiert und zum Einsatz gebracht. Die ersten Wissenschaftler erforschten bereits die riesigen Raumschiffe, mit denen die Viecher auf die Erde gekommen waren. Wie es diese Insektoiden geschafft hatten, solche hochentwickelten Fluggeräte zu entwerfen und zu bauen, war ihnen ein Rätsel. Auch das interessierte mich nicht.

»Würde es dir viel ausmachen, wenn wir morgen abreisen?«, fragte mich Baxter an diesem Tag.

»Wohin denn?«

»An einen Ort, wo du dich bestimmt wohlfühlen wirst.«

»Mit Luzia?«

»Natürlich.«

Ohne das kleine Mädchen wäre es auch kaum möglich gewesen. Während sich Billy bevorzugt in Evelyns Nähe aufhielt, trennte sich Luzia nur sehr ungern von mir. Sie brauchte einen Ort, wo sie zur Ruhe kommen konnte.

Ich ließ mich auf einen gefällten Baumstamm nieder und betrachtete die Erde.

»Woran denkst du?«, fragte mich Baxter.

Ich blickte sinnierend in den Himmel. »An all die, die ich verloren habe … und von denen ich es nicht einmal weiß. An Faith, die so sinnlos gestorben ist. An die vielen Milliarden Menschen, die es nicht in eine Zuflucht geschafft haben.«

Er zog mich hoch und küsste mich. »Lass uns nach vorne schauen. Das Vergangene können wir nicht mehr ändern, aber wir sollten das Beste aus der Zeit machen, die uns noch bleibt.«

»Das müssen wir«, wisperte ich. »Und all die Menschen ehren, die es nicht mehr können.«

Kapitel 23

Am nächsten Morgen begannen wir mit unserer Abschiedsrunde. Luzia würde mit uns kommen, daran hatte sie keinen Zweifel gelassen. Wir hätten es ihr auch nicht antun können, sie hier im Institut zurückzulassen. Dylan und der Colonel waren viel zu beschäftigt, als dass sie uns große Beachtung geschenkt hätten. Bei Evelyn sah es anders aus. Sie umarmte mich mehrere Male und nahm uns die Zusicherung ab, ihr irgendwie unseren Aufenthaltsort zukommen zu lassen. Ich versprach es ihr, obwohl ich keinen blassen Schimmer hatte, wie ich mein Wort halten sollte. Billy war noch am Boden zerstört – nicht wegen unseres Abschieds, sondern weil ihn Evelyn über das Schicksal seiner Eltern aufgeklärt hatte. Er würde darüber hinwegkommen müssen, wie alle, die Freunde und Verwandte verloren hatten. Aber für ein kleines Kind war es natürlich besonders schwer. Wer weiß, wie es für mich wäre, sollte ich irgendwann mal erfahren, wie meine Vergangenheit ausgesehen hatte.

Luzia war die ganze Zeit über so aufgeregt, wie ich sie noch nie erlebt hatte. Ihre Vorfreude steigerte sich weiter, als es Baxter gelang, ein Fahrzeug für uns aufzutreiben.

»Hast du überhaupt eine Genehmigung, einen Wagen zu steuern?«, fragte ich ihn.

»Glaubst du, uns hält jemand an und fragt nach den Papieren?«

»Könnte doch sein.«

Er grinste breit. »Dann deute ich auf dich und sage demjenigen, dass ich mit der mutigsten Frau der Erde unterwegs bin, die ganz allein einen Clearer herausgefordert hat.«

Auch ich musste nun schmunzeln. »Mach das, dann werden wir beide wahrscheinlich eingesperrt.«

Wir packten unsere paar Habseligkeiten zusammen, ergriffen die Rucksäcke und schleppten sie zum Fahrzeug. Ich betrachtete den fahrbaren Untersatz nachdenklich.

»Was ist denn?«, fragte Baxter. »Gefällt dir der Wagen nicht?«

»Sei nicht albern! Ich frag mich nur, ob ich wohl in meinem früheren Leben ein eigenes Auto besessen habe.«

Er legte mir einen Arm um die Schultern und drückte mich zärtlich. »Ich bin immer noch davon überzeugt, dass die Erinnerung zurückkehren wird. Wer weiß, vielleicht erkennst du auf dem Weg zur Küste sogar den einen oder anderen Ort wieder.«

Ich glaubte zwar nicht dran, aber lächelte ihn dennoch dankbar an.

»Wann geht es denn endlich los?«, krähte Luzia, die bereits auf dem Rücksitz saß. »Ist es auch schön dort, wo wir hinfahren?«

»Natürlich!«, sagte Baxter und startete den Motor. »Schnall dich an, jetzt geht es los.«

Auf meine Bitte hin fuhren wir zunächst in die ganz andere Richtung. Es war nicht allzu weit und schließlich erreichten wir die Mall, wo Faith ihr Leben gelassen hatte. Sicherheitshalber hielten wir uns vom Gebäude entfernt, da niemand von uns erneut irgendwelchen Verrückten begegnen wollte. So wie das Bauwerk aussah, war es aber zu vermuten, dass keiner dieser Irren den Angriff der Clearer überlebt hatte.

Ich stieg am Rande des Parkplatzes aus und während Baxter mit seiner Waffe die Gegend sicherte, senkte ich den Kopf und sprach ein kurzes Gebet für Faith. Ich hatte sie nicht lange gekannt, aber sie war das gewesen, was man wohl als beste Freundin bezeichnete. Und sie war einen sinnlosen Tod gestorben.

Nach wenigen Minuten stiegen wir wieder in den Wagen und fuhren unserem Ziel entgegen.

Bei jeder Ansiedlung, durch die wir kamen, kramte ich in meinem Gedächtnis nach Dingen, die mir bekannt vorkamen – aber ohne Erfolg. Möglicherweise lag es auch an den großflächigen Zerstörungen. Links und rechts der Hauptstraßen lagen Schuttberge wie nach einem Bombenangriff, doch ich sah Dinge, die mir Hoffnung machten. Überall waren Menschen damit beschäftigt, die Trümmer beiseite zu räumen und Platz für neue Gebäude zu schaffen. Bewaffnete Soldaten sicherten die Straßen und schützten die Bewohner vor etwaigen Angriffen.

»Ich hätte nicht gedacht, dass so viele Menschen überlebt haben«, sagte ich. »Zwischenzeitlich habe ich schon befürchtet, unsere Gruppe wären die letzten Überlebenden.«

»Zum Glück ist dem nicht so«, erwiderte Baxter. »Der Colonel hat mir erst gestern noch gesagt, dass sie in Kontakt mit fast hundert Zufluchten stehen. Dazu kommen noch eine große Anzahl an Menschen, die an der Oberfläche überlebt haben, weil sie sich vor den Clearern verstecken konnten.«

»Zum Glück sind nicht alle zu irren Kannibalen mutiert.«

»Nein, da lagen wir mit unserer Vermutung falsch. Dr. Elder vermutet, dass die sich mit direktem Clearerkontakt infiziert haben. Unser guter Doktor ist ganz begierig darauf, eines dieser Viecher zu sezieren.«

Ich schüttelte mich. Wenn es nach mir ging, würde ich nicht

mehr in die Nähe eines solchen Monsters gehen. »Was bin ich froh, dass wir es überstanden haben.«

Baxter grinste. »Was dich angeht, so habe ich meine Zweifel. Wenn erst einmal Normalität eingekehrt ist, werden sie dich bestimmt als Heldin feiern wollen.«

»Verzichte dankend.«

»Ist es da, wo wir hinfahren, schöner?«, fragte Luzia vom Rücksitz aus.

Ich konnte es ihr nachempfinden. Die Trümmerwüsten, durch die wir fuhren, luden wirklich nicht zum Verweilen ein.

»Du wirst es lieben«, sagte Baxter.

Wir fuhren die ganze Nacht hindurch und als ob er die Fahrtzeit genau abgepasst hätte, kamen wir in der Stunde an der Küste an, als die Sonne aufging. So etwas Schönes hatte ich noch nie gesehen – zumindest konnte ich mich nicht daran erinnern. Auch Luzia hatte es die Sprache verschlagen. Baxter parkte das Fahrzeug direkt oberhalb eines Strandes und wir stiegen aus. Das Mädchen eilte sofort an das Wasser und blickte fasziniert auf die kleinen Wellen, die vom spiegelglatten Meer an das Ufer getrieben wurden.

Ich legte Baxter einen Arm um die Hüften und konnte mich an dem Bild nicht sattsehen. »Es ist wunderschön hier. Danke, dass wir hier eine Pause einlegen.«

Er spielte mit meinen Haaren und küsste mich sanft auf die Wange. »Es freut mich, dass es dir gefällt, denn wir legen hier keine Pause ein.« Er deutete hinüber auf ein kleines Haus etwas oberhalb des Parkplatzes. »Wir sind am Ziel.«

Nun verschlug es auch mir die Sprache. War es die Wahrheit oder nur ein Traum? In diesem Moment rief er Luzia zu uns. Sie sah zuerst nicht begeistert aus, weil sie wohl vermutete, dass wir weiterfahren würden. Aber ihre Miene hellte sich sofort auf, als Baxter ihr den wahren Grund unseres Stopps sagte. Mit Feuereifer schnappte sie sich ihren kleinen Rucksack und konnte es kaum abwarten, bis wir endlich auch so weit waren.

Ungestüm rannte sie vor uns her und schoss geradezu die Stufen bis zum Hauseingang nach oben. Während wir ihr folgten, fragte ich mich unwillkürlich, was wohl mit den Vorbesitzern geschehen war. Die Antwort lag auf der Hand, doch ich würde Baxter trotzdem noch danach fragen, das nahm ich mir vor.

Doch zunächst strich ich durch alle Zimmer des Hauses. Es war nicht sehr groß, aber dafür urgemütlich. Zudem war diese Gegend von den Zerstörungsorgien der Clearer weitgehend unberührt geblieben und machte daher nicht den Eindruck eines Kriegsgebietes.

»Die neu entstandene provisorische Regierung hat uns dieses Haus zur Verfügung gestellt«, sagte Baxter, der mir anscheinend angesehen hatte, was ich mich fragte.

»So etwas gibt es schon?«

»Die hat es immer gegeben, wenn wir auch davon nicht viel mitbekommen haben. Sie saßen auch nicht in einer popeligen Zuflucht, sondern in einem unterirdischen Stützpunkt namens Adlernest. Nicht einmal der Colonel wusste ganz genau, an welchen Ort sich die Basis befand. Sie haben dann schnell die Koordinierung des Gaseinsatzes übernommen. Ohne deren Ressourcen hätte es sehr viel länger gedauert, die Monster loszuwerden.«

Immerhin erklärte es, warum die Aufräumarbeiten so koordiniert vor sich gingen. Mir konnte es recht sein. Im ersten Stock gab es einen Ort, in den ich mich sofort verliebte. Es war nur ein kleiner Raum, aber dafür gab es einen Balkon, von dem aus man einen herrlichen Blick auf das Meer hatte. Während Luzia ihr eigenes Zimmer bereits in Beschlag nahm, trug Baxter zwei Stühle zu mir hinaus. Wir setzten uns, blickten auf den Ozean und hielten uns wie Teenager an den Händen. Von mir aus konnte es so bleiben.

In den nächsten Wochen brachten wir das Haus auf Vordermann. Eigentlich erledigte Baxter die Hauptarbeit, da ich immer noch ziemlich erschöpft war. Die Müdigkeit nahm von Tag zu Tag zu – zumindest hatte ich den Eindruck. Die Schmerzen kehrten zwar nicht zurück, aber ich fühlte mich dennoch oft genug reichlich elend. So auch an jenem Morgen, als ich einfach nicht aus dem Bett kam.

Baxter saß neben mir und drückte meine Hand, während er mich anlächelte. »Du musst dich unbedingt ausruhen! Bleib heute besser liegen und ruf nach mir, wenn du etwas brauchst, einverstanden?«

Ich nickte. »Wo ist Luzia?«

»Wo soll die kleine Wasserratte schon sein? Baut am Strand Sandburgen und badet die restliche Zeit im Meer.«

»Sie soll sich nicht vom Ufer entfernen.«

Er strich mir über die Wange. »Ich werde es ihr noch einmal einschärfen. Jetzt mach dir aber keine Sorgen und versuch ein wenig zu schlafen. Wenn du mich brauchst, ruf mich! Ich streiche heute die Veranda.«

Er küsste mich noch einmal, bevor er unser Schlafzimmer

verließ. Ich drehte mich auf die Seite und schloss die Augen, wollte mich zum Einschlafen zwingen. Vergeblich. Stattdessen tauchten wirre Fetzen von längst vergangenen Ereignissen vor mir auf. Gleichzeitig kehrten die Aussetzer zurück, viel schlimmer und furchtbarer als vorher.

»Baxter!« Ich wollte schreien, bekam aber kaum mehr als ein Flüstern heraus. »Hilf mir!«

Ich griff nach dem Nachttisch, um mich aus dem Bett zu ziehen – aber da war kein Tisch, auch kein Stuhl mehr. Stattdessen war alles um mich herum dunkel – bis auf ein grelles Licht über mir.

»Übermittlung wird beendet!«

Was war das? Welche Stimme hatte das gesagt? Plötzlich fühlte ich wieder diese furchtbaren Kopfschmerzen und auch mein Körper vermittelte den Eindruck, in Flammen zu stehen.

»Erstaunlich! Ganz außergewöhnlich!«

Wie? Wer war das? Dr. Elder? War das sein Kopf, dort hinter dem grellen Licht?

»Helfen Sie mir!« Ich wollte sprechen, aber konnte keine Worte finden, um meine Gedanken auszudrücken. Was war das nur für ein Alptraum? Luzias und Baxters Gesichter kreisten um mir. Ich wollte nach ihnen greifen, doch konnte sie nicht erreichen. Schwäche! Die Müdigkeit verstärkte sich im gleichen Maße, wie die Schmerzen zurückgingen. Das Licht wurde dunkler, war schließlich nur noch ein kleiner, leuchtender Punkt. Instinktiv wollte ich ihn fassen, festhalten, das Dunkel nicht an mich heranlassen. Zu spät … viel zu spät …

Kapitel 24

Baxter hatte schon längst damit gerechnet, als sich das Visiofon meldete. Sein Vorgesetzter teilte ihm mit, dass in sechs Stunden seine neue Schicht beginnen würde. Als er das Gespräch beendete, da wusste Baxter, dass nun die entscheidende Phase begann. Unwillkürlich beschleunigte sich sein Herzschlag, auch wenn es dafür keinen Grund gab. Alle Vorkehrungen waren getroffen und es müsste schon mit dem Teufel zugehen, wenn er seine Aufgabe nicht erfüllen würde. Die Typen, die ihn kontaktiert hatten, verstanden ihr Handwerk.

Wie so oft in den letzten Tagen kniff er das linke Auge zu. Das künstliche Okular war immer noch ungewohnt, fühlte sich wie ein Fremdkörper an – was es letztendlich ja auch war. Beinahe mechanisch packte er seine Reisetasche und bereitete sich so auf den Einsatz vor. Er wappnete sich gegen alle Gefühlsregungen, die ihn verraten könnten. So etwas würde sein Vorgesetzter sicher nicht dulden und was mit denjenigen geschah, die Schwäche zeigten und somit nicht mehr als zuverlässig galten, wusste er nur zu gut.

Verdammt, er wollte nicht daran denken! Es war eine Sache, keine Stärke zu demonstrieren, aber etwas ganz anderes, die mächtige Organisation zu hintergehen. Über kurz oder lang würde man ihm höchstwahrscheinlich auf die Schliche kommen, doch wenn alles glatt lief, war es dann für die Hintermänner von TRANSPLAN zu spät.

Routinemäßig überprüfte er ein letztes Mal sein Gepäck und

checkte die benötigten Codekarten, bevor er sein Haus verließ. Es lag keineswegs in einer noblen, bewachten Gegend, aber wenn er die Papphütten in den Slums vor sich sah, so hatte er es wirklich gut getroffen. Gelegentlich dachte er an die Bewohner, die dort unten buchstäblich im Dreck hausten, doch er verdrängte jegliche Schuldgefühle. Diese galten als Schwäche und das konnte er sich nicht leisten.

Er stieg in sein Fahrzeug, ließ den Bordcomputer alle Systeme überprüfen und gab schließlich sein Ziel ein.

»Sie werden bei TRANSPLAN erwartet, Baxter«, meinte der Computer ihn erinnern zu müssen.

»Ich habe vorher noch etwas zu erledigen.«

»Der zeitliche Puffer ist ausreichend«, gab ihm die synthetische Stimme eine Information, um die er nicht gebeten hatte.

Es bestand natürlich eine nicht unerhebliche Gefahr, dass der Computer dieses Verhalten an die Zentrale meldete, aber dagegen würde er später noch etwas unternehmen.

»Ich schlage eine Route durch Sektor B1 und C4 vor.«

B1 war eine der besseren Slumgegenden – wenn es so etwas überhaupt gab.

»Polizeipräsenz?«, fragte Baxter.

»Ausreichend. Es besteht keinerlei Gefahr.«

»Dann starte!«

Mit einem leichten Ruckeln fuhr der Wagen los, während Baxter seine Hände hinterm Kopf verschränkte. Von nun an musste er sich um nichts kümmern, bis er sein Ziel erreichte. Die Kontrollen an den Sektorengrenzen konnte er getrost dem Computer überlassen. Das war der Vorteil, wenn man einen Wagen aus dem Fuhrpark von TRANSPLAN benutzte.

Erwartungsgemäß ging der Übergang von seinem eigenen Wohnsektor D2 nach C4 problemlos vonstatten. Baxter erledigte seine Besorgungen ganz gerne in diesem Sektor, der von kleinen Gewerbetreibenden und Händlern dominiert wurde. Als sich aber der Wagen der Sektorengrenze zu B1 näherte, steigerte sich seine Nervosität. Natürlich gab es kaum etwas zu befürchten, wie ihm die schwer bewaffneten Sicherheitskräfte sagten, die die Straßen bevölkerten. Dennoch gab er dem Fahrzeug den Befehl, mit der gerade noch erlaubten Höchstgeschwindigkeit durch die heruntergekommene Gegend zu fahren. Außerdem meldete sich sein schlechtes Gewissen und das konnte er im Moment nicht gebrauchen. Es würde ihm noch früh genug zu schaffen machen.

Endlich ließ er den Sektor und kurze Zeit später auch die dicht besiedelte Gegend der Stadt hinter sich. Dennoch konnte er sich nicht entspannen, denn nun näherte sich der Zeitpunkt, an dem es kein Zurück mehr gab.

»Den hast du schon längst überschritten«, murmelte er, als es ihm bewusst wurde.

Nach rund zwanzig Minuten bog sein Wagen auf den Parkplatz der Richardson-Plattform ein – seinem Ziel. Nun musste er schnell sein, aber er hatte die Handgriffe immer wieder geübt. Daher gelang es ihm rechtzeitig, die automatische Rückmeldung des Fahrzeugs zum Fuhrpark von TRANSPLAN zu verhindern. Es war nur eine kleine Sicherheitsmaßnahme, die ihm vielleicht etwas Zeit verschaffen konnte. Retten, das war ihm klar, konnte es ihn aber auch nicht.

Sein Herz schlug ihm bis in den Hals hinauf, als er ausstieg und wie ein sorgloser Spaziergänger hinüber zur Aussichtsplattform ging. Um diese Zeit waren nur wenige Menschen anwesend, doch die Frau, deretwegen er hier war, blickte ihm schon entgegen. Lächelnd kam sie auf ihn zu, als ob sie ein Pärchen wären. Es war zwar ziemlich durchsichtig, aber wieso sollte jemand Verdacht schöpfen.

»Schön, dass du es geschafft hast!«, säuselte sie und legte ihm die Arme um den Hals. Sie brachte ihren Mund an sein Ohr, als ob sie ihm ins Ohrläppchen beißen würde. Gleichzeitig schob sie ihm einen Gegenstand in die Jackentasche.

»Du hast eine Stunde. Dann wird unser Mann in der Empfangsstation abgelöst«, flüsterte sie. »Du musst bis dahin auf dem Gelände sein, oder jemand anders wird die Route des Fahrzeugs auslesen und sich fragen, was du außerhalb der Stadt und weit entfernt von TRANSPLAN zu suchen hattest.«

»Ich konnte nicht eher kommen«, erwiderte Baxter.

»Aktiviere es erst, wenn du auf dem Gelände bist! Wir haben die Frequenz an diejenige angepasst, die heute benutzt wird. Du hast vierundzwanzig Stunden, dann musst du den Sender deaktivieren, oder du fliegst auf!«

Er nickte brav, aber ihm war klar, dass er ohnehin entdeckt werden würde. Spätestens nach den Übertragungen ins Infonetz. Doch es war ein Preis, den er zu zahlen bereit war. Sie blickten noch gemeinsam eine oder zwei Minuten ins Tal hinunter, bevor sie sich verabschiedeten.

Er schaffte es noch rechtzeitig auf den ihm zugewiesenen Parkplatz in der Tiefgarage von TRANSPLAN. Die Fahrt durch den Sicherheitskorridor war problemlos verlaufen, so wie sie es ihm gesagt hatte. Er schaltete den Motor aus und blieb eine Minute sitzen, bevor er tief einatmete und das Gerät aus der Tasche nahm, was ihm die Frau auf der Aussichtsplattform gegeben hatte. Es sah auf den ersten Blick wie ein etwas altertümliches Feuerzeug aus, doch als er eine winzige Schraube am Boden des Gerätes drehte, klappte es auseinander. Er nahm die schmale, langgestreckte Spindel heraus und als er sie auseinanderschraubte, fing eine kleine Diode an zu blinken. Er setzte das stumpfe Ende der Spindel direkt auf die Linse seines linken Auges und spürte, wie sich das künstliche Okular einschaltete. Wie man ihm versprochen hatte, fühlte er keinerlei Schmerzen, nur ein leichtes Ziehen, was aber schnell verging. 'Ein Wunderwerk der Technik' hatte der Arzt gesagt und damit lag er nicht verkehrt, auch wenn Baxter dafür sein linkes Auge hatte opfern müssen. Doch nun war er bereit.

»Ich möchte eine solche Panne wie beim letzten Zyklus nicht noch einmal erleben. Habe ich mich klar genug ausgedrückt?«

Zustimmendes Gemurmel ertönte, wenn auch die meisten Anwesenden die Köpfe gesenkt hielten. Baxter bildete da keine Ausnahme. Der oberste Geschäftsführer von TRANSPLAN ließ sich nur selten in einer seiner Einrichtungen blicken, doch weil beim letzten Durchlauf so einiges schiefgegangen war, sah er es wohl als notwendig an.

»Wir haben das Amnesiepräparat noch einmal verbessert, aber Sie alle sind dafür verantwortlich, dass den Zugeteilten nichts auffällt, was sie im Geringsten an vergangene Ereignisse erinnern könnte. Einen zweiten Fall Stanford darf und wird es nicht geben, verstanden? Im Zweifelsfall lassen sie den Betreffenden etwas länger im Amnesiebad. Dann wünsche ich uns für diesen Zyklus eine gute Ernte!«, sagte er und jeder im Konferenzraum atmete auf, als damit das Ende der Versammlung eingeleitet wurde.

Colonel Karlson verabschiedete den wichtigen Besucher mit einem Händedruck und befahl seinen Untergebenen, an die Arbeit zu gehen.

»Sie nicht!«, hielt er Baxter zurück. »In mein Büro!«

Mit mulmigem Gefühl ging Baxter hinüber in das kleine Zimmer, wo schon Dr. Elder auf ihn wartete. Waren sie ihm etwa bereits auf die Schliche gekommen? Es musst ja so sein, wieso sollten sie ihn sonst sprechen wollen? Obwohl … er ahnte, worum es gehen könnte. Und er behielt recht.

»Wir sind mit Ihrer Arbeit eigentlich ganz zufrieden«, begann Colonel Karlson. »Sie verstehen es, das Vertrauen der Ihnen Zugeteilten zu gewinnen. Doch im letzten Zyklus haben Sie es übertrieben.«

»Wir nehmen es Ihnen nicht übel, so etwas ist nur allzu menschlich«, sagte Dr. Elder. »Aber wir möchten eine solche Sache nicht noch einmal erleben, zumal es dadurch einige … Komplikationen gab. Zumindest gab es keine Verzögerung bei der Ernte.«

»Es wird nicht noch einmal vorkommen«, sagte Baxter.

Der Colonel schien zufrieden. »Gut. Dann schlage ich vor, Sie gehen nun ebenfalls an die Arbeit. Der neue Zyklus beginnt in weniger als zwei Stunden.«

»Vorher helfen Sie mir aber bitte noch beim Aufräumen«, sagte Dr. Elder, während er gleichzeitig mit Baxter aufstand. »Weil uns Jenny überraschend verlassen hat, müssten Sie dieses Mal ihre Arbeit mit übernehmen.«

»Kein Problem, Sir.« Baxter war klar, dass der Arzt im gleichen

Augenblick subtil auf das Schicksal anspielte, was allen Mitarbeitern drohte, die nicht den notwendigen Abstand zu den Zugeteilten einhielt. Jenny hatte zu starke Gefühle für die kleine Luzia entwickelt und war daher für TRANSPLAN zu einer Gefahr geworden. Baxter fragte sich, in welcher Einrichtung die Frau wohl gelandet war. Was für ein Los sie dort erwartete, daran bestand allerdings kein Zweifel. Er folgte dem Arzt zu den Fahrstühlen, um ihn auf Ebene D zu begleiten.

»Haben Sie schon den neuen Film gesehen, den unsere Techniker entwickelt haben?«, fragte Elder. Baxter schüttelte den Kopf. »Sie werden begeistert sein. Mit dem neuen Modell der Clearer haben die sich selbst übertroffen. Das wird die Zugeteilten bestimmt davon abhalten, an die Oberfläche zu wollen.«

Der Aufzug kam und brachte die beiden Männer viele Yards tief unter die Erde. Baxter war noch nie gerne auf dieser Ebene gewesen und er wappnete sich schon gegen den Anblick, der ihm bevorstand.

»Wissen Sie, dass Ihre Zugeteilte den Rekord für das längste Verweilen im künstlichen Traumschlaf gebrochen hat?«, fragte Elder. Erneut verneinte Baxter. »Zwischendurch hatten wir sogar die Befürchtung, dass sie aufwachen könnte. Aber es ist dann doch alles gut gegangen. Manchmal wünschte ich mir, ich könnte sehen, was die Zugeteilten in dem Zustand gerade durchleben. Es ist wirklich eine tolle Erfindung, die Professor Kreighton gemacht hat. Vorher sind uns viele auf dem Operationstisch einfach weggestorben und wir konnten einige wertvolle Organe nicht mehr entnehmen. Doch so konnten wir den Gewinn für TRANSPLAN weiter steigern – und damit auch unseren Bonus.«

Baxter reagierte kaum auf Elders Geschwätz. Er hielt den Blick unverwandt nach vorne gerichtet, dorthin, wo der Operationssaal war. Hoffentlich konnte er die Fassung bewahren.

Elder öffnete ihm die Tür und Baxter kämpfte mit einer Schwindelattacke, als er die Bahre mit dem großen Tuch sah, unter dem sich deutlich zwei Körper abzeichneten.

»Wir haben sie beide auf einen Rollwagen gelegt, damit Sie nur einmal gehen müssen. Dann haben Sie noch etwas Zeit, um sich auf Ihre neue Zugeteilte vorzubereiten.«

»Vielen Dank, Doktor«, brachte Baxter heraus. Er vermied es, einen Blick zur Wand zu werfen, wo er das Ungetüm hängen wusste, an den die beiden Toten bis vor wenigen Stunden noch angeschlossen gewesen waren. Diese Stacheln, die den Zugeteilten im künstlichen Schlaf hielten, weil sie bis in das Traumzentrum des Gehirns getrieben wurden.

Er packte den Griff des Rollwagens und fuhr ihn aus dem Raum, hin zum Aufzug, um die Körper auf Ebene E in das Krematorium zu bringen.

Hier unten brach er dann fast zusammen. Nur unter Aufbietung aller Kräfte zwang er sich, seine Augen auf die verwüsteten Körper zu richten. Zumindest hatte man die Köpfe nicht aufgespalten, sodass sich sein Gehirn einreden konnte, dass Hope und Luzia nur schlafen würden. Der Kopf des kleinen Mädchens lag in Hopes Armbeuge und Baxter hatte keine Ahnung, ob er absichtlich so drapiert worden war. Er wusste, diese Bilder wurden dank seines künstlichen Okulars in dem Moment auf einen Server außerhalb von TRANSPLAN übertragen. Wenn sie sich erst über das Infonetz verbreiteten, würde es garantiert zu einem Aufstand kommen, der sogar die Mächtigen der Stadt erschüttern würde.

Das widerliche Geschäft der Greifer, die unschuldige Menschen aus den Slums in die Einrichtungen von TRANSPLAN verschleppten, um sie dort 'abzuernten', würde beendet werden. Jedenfalls hoffte er es, damit Hopes Opfer – und das all der anderen der letzten Zyklen – nicht vergebens war.

Was würde er dafür geben, wenn er Elder, Karlson und all die anderen Verbrecher in einer Sicherheitszelle sehen könnte. Für einen kurzen Augenblick hielt er inne und sprach ein stummes Gebet, bat Hope und Luzia um Verzeihung, weil er sie nicht hatte retten können. Schließlich griff er in seine Tasche und holte ein altes, abgegriffenes Stofftier heraus, das er neben Luzias Kopf auf die Bahre legte. Tränen strömten aus seinem rechten Auge und er hasste sich in dem Moment fast so sehr, wie er Elder und den Colonel verabscheute.

Nach einer ganzen Weile öffnete er die Tür zum Verbrennungsofen und schob die beiden Körper hinein. Er konnte nichts mehr für sie tun, nur zu verhindern versuchen, dass es noch mehr Opfer gab.

Er hatte sich gerade im Waschraum etwas frischgemacht, als das Signal aus der Kontrollzentrale den Start des neuen Zyklus' ankündigte. Eine tiefe Ruhe erfüllte ihn, als er sich sagte, dass die Zugeteilten, die nun für die Ernte vorbereitet werden sollten, überleben würden. Er begab sich auf die Ebene A und ging zum Aufwachraum Z2, wo Brenda, seine neue Zugeteilte, in diesem Moment erwachte. Er zwang sich ein Lächeln auf das Gesicht, öffnete die Tür und näherte sich der Kammer mit dem sogenannten Heilbad, aus dem ihm bereits ein ängstliches Augenpaar entgegenblickte.

'Du wirst hier nicht sterben!', sagte er sich, bevor er sein Lächeln noch verstärkte.

»Hi, ich bin Baxter!«

DER AUTOR

HOFFMANN

G. O. Hoffmann

G. O. Hoffmann schreibt seit sechs Jahren und liebt es, sich in verschiedenen Genres auszutoben. Er kehrt aber immer wieder zur charaktergetriebenen Science-Fiction zurück. Besonders gerne schickt er in diesen Büchern die Protagonisten auf Abwege, auf denen sie sich zu verlieren drohen. Außerdem gibt es in fast all seinen Büchern unerklärliche und übernatürliche Phänomene, mit denen sich völlig normale Menschen konfrontiert sehen.

Die Ideen zu den Geschichten kommen ihm unter der Dusche und bei längeren Spaziergängen durch den Stadtwald, bei denen er immer ein Notizbuch mit sich führt.

Dystopische-Science-Fiction

MENSCHENSTADT
(M. J. Colletti)

ISBN: 978-3-949640-07-0

Die Welt, wie wir sie kennen, existiert nicht mehr!

Die Sonne ist hinter einer dichten Wolkenschicht verschwunden und ließ die Erde in einem diesigen Zwielicht zurück. Auf einer sterbenden Welt kämpfen die letzten Menschen um das nackte Überleben. Sie werden bedroht von gigantischen Fressmaschinen, den Jalomar, die nun die neuen Herren der Erde sind. Jenna ist seit dem Tod ihres Bruders auf sich allein gestellt. Nur der Gedanke an ein sagenhaftes Refugium, die sogenannte Menschenstadt, hält sie aufrecht. Sie weiß nicht, ob es sich dabei nur um einen Mythos handelt, aber sie weiß auch, dass sie die Stadt finden muss, wenn sie überleben will. Doch als sie eher widerwillig den Schutz einer Gruppe Menschen übernimmt, lernt sie schnell, dass mehr als nur eine sagenhafte Geschichte hinter der Menschenstadt steckt. Viel mehr!

Dystopische Science-Fiction

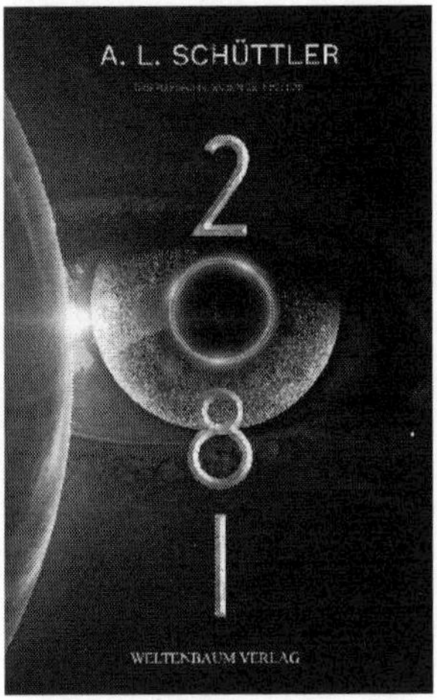

2081
(A.L. Schüttler)

ISBN: 978-3-949640-20-9

Das Jahr 2081 ist gezeichnet von den Folgen einer globalen Klimakatastrophe. Die Menschheit hat sich in sogenannte Litho-Asylums gerettet: unterirdisch in den Boden gegrabene Tunnelsysteme, die nur zu deutlich machen, welchen Stand jemand innerhalb der Gesellschaft einnimmt. Als Noah, Sohn einer privilegierten Familie, herausfindet, dass nur die wichtigsten Menschen zum Mars fliehen können, muss er sich entscheiden, auf welcher Seite er kämpfen möchte.

Als im Jahr 2074 die ersten Raumschiffe zum Mars geschickt werden, ist Raphael unter den Auserwählten. Er weiß nicht, dass sie alle nur deshalb fliegen dürfen, weil sie zu den entbehrlichsten Menschen gehören. Er selbst hat wegen des fehlenden

Sonnenlichts der unteren Ebenen Rachitis und einen verunstalteten Körper. Sein Schiff ist das einzige, das es von der Erde unbemerkt zum Mars schafft.

Im Jahr 2121 zeigen sich die Auswirkungen der Mars-Kolonialisierung. Als Gaia das geeignete Alter erreicht, um der Gesellschaft zu dienen, wird sie an das System herangeführt. Ein Anschlag auf die Raumstation lässt sie jedoch zweifeln und erkennen, dass das System, das sie kennt, vielleicht gar nicht so unantastbar ist, wie sie geglaubt hat.